HANNSDIETER LOY

Grabmoosalm

OBERBAYERN KRIMI

emons:

Bibliografische Information der Deutschen Nationalbibliothek
Die Deutsche Nationalbibliothek verzeichnet diese Publikation in der Deutschen Nationalbibliografie; detaillierte bibliografische Daten sind im Internet über http://dnb.d-nb.de abrufbar.

FSC
www.fsc.org
MIX
Papier aus verantwortungsvollen Quellen
FSC® C083411

Umschlagfoto: fotolia.com / Sven Käppler
Umschlaggestaltung: Tobias Doetsch
Druck und Bindung: CPI – Clausen & Bosse, Leck
Printed in Germany 2012
ISBN 978-3-95451-045-0
Oberbayern Krimi
Originalausgabe

Unser Newsletter informiert Sie
regelmäßig über Neues von emons:
Kostenlos bestellen unter
www.emons-verlag.de

Für
Ingrid
Astrid & Hagen & Falko

»Die Person sickert Tropfen für Tropfen aus der Person heraus.«

Aus: Arno Geiger, »Der alte König in seinem Exil«

Von Bayern, insbesondere von Oberbayern, schwärmen viele und reden nur Gutes. Japaner, Texaner, Südkoreaner, Taiwaner, auch manche Bürger der in Einzelstaaten zersplitterten früheren Sowjetunion lassen ihr Geld hier. Sie loben das Bier und die knusprigen Haxn vom Schwein und die zarten von den Deandln. Das sind meist Menschen, die noch nie einen Tag in der Zentralschweiz, in der Steiermark, in Tirol oder Vorarlberg verbracht haben, wo's auch fast so schön ist.

Einverstanden. Man kann's hier aushalten. Und es gibt auch Flecken, die wirklich anziehend sind – Chiemsee, Neuschwanstein, Brünnstein, das Rosenheimer Land zum Beispiel. Aber dann gibt es eben auch – wie im richtigen Leben – gar grausliche Stellen auf der oberbayerischen Erdoberfläche. Nur Kasachen würden dort hinfahren oder vielleicht noch Nordäthiopier. Aber keiner der oben genannten Bayernfans.

Deshalb gibt es in dieser kargen Region weit und breit kein Tourismusbüro. Wahrscheinlich hat man weltweit noch kaum von diesem Landstrich in Oberbayern gehört.

Selbstverständlich trifft man auch hier Berge, Hügel, Dörfer und Seen an. Nur sind die Berge und Hügel nicht frisch und bunt, abenteuerlich gezackt und in Stein gehauen wie im übrigen Alpenland, sondern vegetieren halbrund und in kränkelndem Grau vor sich hin. Die Wälder sind morsch und braun, durchsetzt von umgefallenen und abgeknickten Bäumen. Nach den Stürmen und der folgenden Sommerhitze der letzten Jahre ist der Borkenkäfer als strahlender Sieger hervorgegangen.

Die wenigen Dörfer dort töten den Nerv jedes unfreiwilligen Besuchers, und die zwei, drei Seen, die es gibt, bestehen zu acht Zehnteln aus Sumpf und Moor.

Es gibt Eichhörnchen, die auf den Fang von Kröten und Schmetterlingen aus sind, es wimmelt geradezu von flammendrot-nachtschwarz gefleckten Salamandern, die sich selbst auffressen und daher zu den bedrohten Tierarten zählen, und man hört immer wieder von grünäugigen Wölfen, die anderen Tieren das Leben schwer machen oder es gar beenden.

Trotzdem leben in dieser abscheulichen Einöde Menschen. Es bleibt ihnen nichts anderes über.

Beispielsweise auf der Grabmoosalm. Das ist jene Alm in tausendzweihundertzwölf Metern Höhe, auf die man trifft, wenn man das stacheldrahtumzäunte Gelände der Papierfabrik umgangen, den übel riechenden Fluss überquert, das Schlangendickicht hinter sich gelassen hat und den zerfurchten, schmierigen Pfad hinaufgestiegen ist, den die Waldbauern nach ihren Holzfällerarbeiten hinterlassen haben. Meist wird die Grabmoosalm umwabert von tief hängenden Wolken oder hoch stehendem Nebel, der sich mit dem beißenden Qualm der Fabrik tief unten mischt. Das wiederum hat den Vorteil, dass man die Wesen, die dort existieren, nicht so genau erkennt.

Alles wirkt ein bisserl geheimnisvoll, mysteriös.

Da hatten wir zum Beispiel die Annemirl. Ihr Gesicht glich der Landschaft um sie herum – Berge, Hügel, Dörfer, Seen. Es war von den Sorgen und dem Verdruss der Vergangenheit gezeichnet. Trotzdem muss man sagen, dass sich hinter ihrer allzeit strengen Miene durchaus der Charakter einer zärtlichen Mutter verbarg, die sie für ihre Tochter Resi zeitlebens gewesen war.

Ein Merkmal, das muss betont werden, ragte aus dem Gesicht der Annemirl hervor. Die Nase. Sie war so entwickelt wie in alten Zeiten beim Herrschergeschlecht der Habsburger. Zuerst aus der Gegend zwischen den Augen schräg und zielstrebig nach vorn schießend. Dann über einen krummen Rücken kühn abfallend wie ein Wasserfall, der sich in eine Klamm ergießt, bis zur Mundpartie, wo der untere, parallel zur Erdoberfläche waagrecht abstehende Nasenteil sich wieder dem übrigen Gelände einordnet. Wie gesagt, wie bei den Habsburgern. Womit nicht angedeutet werden soll, dass die Mosers von Königen und Kaisern abstammten. Vermutlich wussten sie nicht einmal etwas mit dem historischen Namen anzufangen.

Und dennoch: Die Vorfahren der Annemirl könnten durchaus einmal einem Habsburger über den Weg gelaufen sein. Denn die Mosers bewirtschafteten die Grabmoosalm seit Menschengedenken. Annemirl hatte sie vor Jahren von ihrer Mutter übernommen. Von der Moserin, so wird der jeweils älteste Familienteil genannt. Immer war es eine Frau, niemals ein Mann. Männer schienen in der Hierarchie dieser Almbauern über die Jahrhunderte nichts zu suchen gehabt zu haben. Nicht, dass die Moserinnen sich wie Einzeller selbst vermehrt hätten. Dazu bedurfte es durchaus eines Mannes und herkömmlicher Methode. Doch ein Mann tauchte im Familienbuch nie auf. Es war stets bei einer Moserin geblieben.

Ob es nun an den Charaktereigenschaften der Mosers gelegen hat, an der Einsamkeit dort oben oder ob es die pure Verzweiflung war, in dieser trostlosen Gegend leben zu müssen – die Bewohner der Grabmoosalm lagen ständig in Streit miteinander. Und zwar jede mit jeder. Besonders hervorgetan hatten sich dabei die Moserin und die Annemirl, ihre Tochter.

»Geh du heid in den Stall!«

»Na, i war gestern scho. Geh du!«

»Zifixluja no amoi! I werd an Dreck tun und in'n Stoi gehn. Geh du, hab i gsagt!«

Sie lagen sich in den Haaren, zerrten sich an ihren Schürzen, bis sie auf dem Fußboden herumkugelten. Und vertrugen sich erst nach Tagen wieder, bevor der Streit aufs Neue losging.

Hätte die Annemirl auch nur im Entferntesten geahnt, wie schrecklich absehbar ihre Zukunft sein würde, als sie an diesem Tag auf die Jagd nach dem Wolf ging, hätte sie ihre Mutter wahrscheinlich vorher erschlagen.

So aber kam alles ganz anders.

Erster Teil

EINS

Es ging alles sehr schnell. Die Annemirl konnte nicht vorhersehen, dass sie praktisch überhaupt keine Zukunft mehr vor sich hatte. Jedenfalls keine, die der Erwähnung wert gewesen wäre.

Draußen wehte ein leichter Wind von Norden. Es war kühl. Neblig trotz des Luftzugs. Im Gastraum der Grabmoosalm verbreitete der alte tannengrüne Kachelofen eine wohlige Wärme. Die Annemirl stand mit einem Haferl heißem Kaffee in der Hand vor einem der vier Jogltische im Gastraum. Die geladene Flinte von der Wolfsjagd schob sie quer über den Tisch zu ihrem Platz.

Es schepperte.

Raffiniert wie eine Giftschlange schnappte sich die alte Moserin die geladene Flinte genau in dem Augenblick, als die Annemirl mit ihrem halb vollen Kaffeehaferl aus cremefarbener Keramik an ihren Platz auf der Bank rutschte. Sie schob sich noch ein rotes Kissen unter, sammelte den langen Rock ein und streifte die weiße Schürze glatt. Hinter ihr ein Fenster, rote Geranien in der Fensternische.

Die Moserin hob die Flinte fachgerecht und legte an. Entsicherte. Zielte über Kimme und Korn auf ihre Tochter. Sie rang nach Luft. Schweiß perlte von ihrer Stirn.

»Was machst du da?«, schrie die Annemirl. »Du blöde Kuh! Nimm die Flinte runter!«

Sie wollte die Tasse an die Lippen setzen. Ihre Hand blieb mitten in der Bewegung stehen.

Der lang gezogene Knall eines Gewehrschusses rollte durch den Gastraum.

Wie eine Granate explodierte die Kaffeetasse vor dem Gesicht der Annemirl. Winzige, halb winzige und sehr winzige Scherbchen verteilten sich zusammen mit dem braunen Gesöff auf einen Schlag über Annemirls weiße Schürze, ihr blutleeres Gesicht und das eh schon rot geblümte Kopftuch. Hässliche Flecken entstanden.

Ein dünner Schrei von der Tür her. Die Resi hielt sich die eine Hand vor den Mund und den Seppe an der anderen Hand.

Die Sissi sah vom Ofen her gelangweilt auf.

»Was haaaaaa …« Was hast du vor, wollte die Annemirl wohl noch schreien. Es wären ihre letzten Worte gewesen. Doch dazu kam es nicht mehr. Im Moment des größten Mundaufsperrens beim »aaaa …« schlug die zweite Kugel in rotes Fleisch ein und nahm auch noch drei Zähne mit.

Die Moserin hatte ihr mit unbewegtem Gesicht direkt in den Mund geschossen.

Alles, was die Moser Annemirl je gewusst, gedacht, gefühlt oder geliebt hatte, troff behutsam wie Himbeerpudding an der Glasscheibe hinter ihr hinab.

Die Moserin, wie sie ihr den Schlüssel zur Alm übergibt. Die kraftvolle Gestalt Sissis, wie sie sich in den Wolf verbeißt. Der Körper ihres toten Babys in seinem Bettchen, ihre erste Fehlgeburt. Der Streit mit dem Pfarrer wegen ihres sündigen Verhältnisses im Dorf unten. Weihnachten auf der Alm. Das Gesicht ihrer Tochter und ihres Enkels, die jetzt fassungslos an der Tür verharren.

Bilder über Bilder, die sich in weniger als einer Viertelsekunde gegenseitig einholten, bevor ihr durchlöcherter Kopf, von dem die Hälfte fehlte, nach links wegrutschte.

Die Moserin bückte sich, legte das Gewehr auf den Holzbohlen des Fußbodens nieder, pflückte die zwei leeren Patronenhülsen vom Teppich, pustete hinein und steckte sie in die Schürzentasche.

»Endlich isser tot, der Wolf«, flüsterte sie halblaut und ließ sich auf der Bank am Kachelofen nieder. Sie senkte die Augen auf die unter ihr liegende Sissi und seufzte tief.

»Endlich tot. Kein Schaf mehr kaputt.«

Die Resi stand mit pochendem Herz und nahm das Bild in sich auf. Sie würde es für ewig in sich tragen. Ihre Mutter tot, ihr zerschossener Kopf, ein umgestürzter Stuhl, das verspritzte Blut und ihr Gehirn, ein Gewehr auf den Holzbohlen neben einem hellen Webteppich mit blauen Rändern.

»Wieso sagst du mir am Telefon, dass die Annemirl gstorbn ist, ha?«, fragte der Landarzt die Resi aufgebracht.

Er war ein dicker Mann in grünem Loden und war mit seinem alten Schnauferl den Berg heraufgekommen.

»Die ist erschossen worden. Ermordet. Oder hat sie sich selber erschossen? Jedenfalls einfach so vor sich hingstorbn is die ned.«

Die Augen des Doktors schossen Blitze durch die starke Hornbrille in Resis Richtung.

»Hast du des gsehn, wie's passiert ist, ha?«

Als die Resi wortlos und noch immer verstört nickte, sagte er: »I will's gar ned wissen. Plag di net. Ich muss eh die Polizei einschalten. Erzähl du des denen.«

»Also, dann erzählen Sie!«

Während die beiden Männer und die Frau in weißen Kapuzenoveralls sich über jeden Quadratzentimeter im Gastraum der Grabmoosalm hermachten, saß die Resi einem grimmigen Herrn im feinen Anzug gegenüber. Er hatte sich ihr als Kriminalirgendwas vorgestellt, ihr sogar seinen Ausweis unter die Nase gehalten. Doch den Namen wusste sie nicht mehr.

Innerhalb von Sekunden hatten die Kriminaler herausgefunden, dass mit der alten Moserin nicht viel anzufangen war. Eigentlich gar nichts. Sie saß still in einer Ecke und stierte vor sich hin.

Deshalb hatten sie sich gleich an die Resi gewandt.

Zuerst hatte die Resi fürchterlich geheult. Sie war aus dem Heulen gar nicht mehr herausgekommen. Sie und der Seppe waren sich in den Armen gelegen und hatten beide Rotz und Wasser geweint und geschluchzt.

Geliebt hatte die Resi ihre Mutter nicht. Sie waren mehr wie zwei Schwestern gewesen, die oft stritten. Aber trotzdem …

Sie hatte sich überlegt, was sie denen sagen sollte. Und ein paar Einzelheiten verändert, damit die Sach nicht herauskommt. Und dem Seppe hatte sie eingetrichtert, bloß kein Wort zu sagen. Einfach nur zuhören, was sie selber sagt, wenn's so weit ist.

Der Moserin hatte sie, so weit das ging, die neue Sachlage erklärt und ihr eingeschärft, sie solle sich raushalten.

»Ich regel das schon«, hatte sie zur Moserin gesagt. »Ich werd mich einfach engagieren.«

»Hier entlang«, hatte sie – ganz frisch gebackene Chefin der Grabmoosalm – zu den Kriminalern gesagt.

Die Männer und die Frau waren ihr von der Haustür her anstandslos gefolgt.

Die Resi hatte sich vorgenommen, die Polizei selbst zu ihrer toten Mutter zu führen. Aber nachher brachte sie es doch nicht fertig. An der Tür war sie stehen geblieben.

»Sie ist da drin«, sagte sie leise und deutete auf die Tür zum Leichenzimmer.

ZWEI

Heute, an diesem grauslichen, nassen Tag, hatte sich die Annemirl gleich in der Früh mit Flinte und scharfer Munition hinausbegeben, um den Wolf zu schießen, der die Schafe tagelang malträtiert hatte.

»Und du hilfst mir, Sissi«, sagte sie zu der Tigerdoggenhündin, die elegant wie ein Dressurpferd hinter ihr hertrabte.

Die Sissi grunzte zweimal, was vermutlich bedeutete: »Okay, mach ich. Wenn's sein muss.«

Während die Annemirl ein graugrünes Gewand trug, das bis zu den Knöcheln reichte, und ein dunkelrot geblümtes Kopftuch, war die Sissi in reines Weiß gekleidet. Über den elegant gestreckten Körper waren ungleichförmige, zerrissene lackschwarze Flecken verteilt. Den Hals zierte ein silbernes Band. Es erweckte den Eindruck, als sei die Hündin unter Lämmern und Goldfischen groß geworden. Doch das täuschte. Früher hieß diese Tierart Saupacker oder Hatzrüde.

Der Wolf, als sie ihn schließlich sichteten, bekam das zu spüren.

Die beiden schenkten sich nichts im folgenden Kampf. Die Sissi war größer und schwerer als der Wolf. Aber der Wolf war wendiger und an Überlebenskämpfe gewohnt. Schmerzen und Blut spielten für beide keine Rolle.

Die Annemirl stand staunend hinter einem Baum und schaute zu, wie sich ihre Sissi mit kräftig strampelnden Beinen für Sekunden auf dem Rücken wälzte, danach aber immer mehr die Oberhand gewann.

Der Kampf wurde dadurch beendet, dass beide Tiere sich mit gefletschten Lefzen knurrend umkreisten. Zum ersten Mal wurde der Annemirl deutlich, dass ihre brave Hündin Zähne besaß, die mit Leichtigkeit einen Oberschenkel knacken konnten.

Die Sissi brach schließlich den Bann, stellte sich vor die Annemirl und leckte ihr die Stiefelspitzen.

Der Wolf fühlte sich als stolzer Sieger, legte den Kopf zurück und heulte kurz auf. Dann hinkte er mit eingezogenem Schwanz ins neblige Dunkel des Waldes.

Auf dem Heimweg machte sich das Rot von Sissis eigenem Blut, gemischt mit dem des Wolfs, gut auf der weiß-schwarzen Farbkombination ihres Fells. Weniger elegant war ihr Gang. Die Sissi hinkte stark und bewegte sich ruckhaft wie ein defekter Roboter. Die Zunge hing bis auf den Boden.

Die Annemirl dachte kurz daran, den Tierarzt zu rufen. Doch nach intensiver Zwiesprache mit der Verwundeten ließ sie den Gedanken wieder fallen. Die ist ein harter Hund, dachte sie. Die kommt auch so wieder auf die Beine.

Bestätigung erhielt sie von einem Blick aus Sissis Augen. »Vergiss das!«, sollte der wohl bedeuten. »Eine Alpensissi kennt keinen Schmerz.«

Als die zwei nach erlebnisreichen Stunden zurück zur Alm kamen, war das Schicksal der Annemirl bereits besiegelt. Schicksal, so heißt es, sei die Zeit in ihrer beschleunigten Form.

Das muss wohl stimmen, denn kurz darauf war alles sehr schnell gegangen.

Verwundert hat's nachher keinen. Droben auf der Grabmoosalm ist man an so was gewöhnt.

Seit ihrer Geburt hatte die Annemirl hier gelebt. Zuerst allein, seit sechsundzwanzig Jahren zusammen mit ihrer Tochter, der Resi, und seit neun Jahren auch noch mit dem Seppe, ihrem Enkel.

Ab und zu war auch noch die Moserin, ihre Mutter, vor Ort gewesen, wenn sie sich aus dem Wohnstift drunten, in dem sie lebte, heraufchauffieren ließ. So war es auch heute gewesen.

Kurz bevor die Annemirl mit geschulterter Flinte und Sissi, der großen Hinkenden, auf dem schmalen, matschigen Wiesenpfad zur Hütte kam, standen sie schon da und winkten, die Resi und der Seppe.

Die Moserin stand nicht da. Nie im Leben hätte sie ihrer Tochter zugewinkt.

Fünf weiß-braun gefleckte Kühe grasten in Wolken von hartnäckigen Fliegen und Schwaden von Kuhfladendunst vor der Alm. Ihre Hinterteile waren nach Nordwest ausgerichtet.

Von dort wehte ein stürmischer Wind. Er hatte den ganzen Tag schon an der kahlen Fichtengruppe vor dem Haus gezaust und graue Wolkenfetzen immer wieder vor die dürftige Sonne getrieben. Der Wind wehte auch jetzt noch.

»Na, wie war's?«, rief die Resi.

»Großmutter, hast du den Wolf?«, fragte der Seppe mit heller Stimme.

Er wäre am liebsten mitgekommen, um das Tier zu erlegen.

Ein Kind, das heutzutage außerhalb der Spielkonsole einen Wolf erlegen will, hatte sich die Annemirl erfreut gedacht und trotzdem abgelehnt. Es war einfach zu gefährlich.

Sie klemmte sich die Flinte unter den Arm. Zusammen gingen sie hinein. Der verletzten Sissi ließen sie den Vortritt.

»Bist du der Wolf?«, fragte die Moserin die Sissi.

Die Moserin – also die Urmutter des real existierenden Moser-Clans – war hager wie eine Bohnenstange, trug einen Dutt und eine Lesebrille. Ihr kastenförmiges Kostüm ähnelte einem langgestreckten dunklen Sarg mit einem Rocksaum, der sich in unvorteilhafter Nähe zu den flachen Schuhen befand. Im Freien schleifte er oft im Dreck. Die dunklen Augen standen weit auseinander, sie hatte blasse, schmale Lippen und eben diese Hakennase, welche die Habsburger und die Familie Moser gleichermaßen auszeichnete. Es wäre im Übrigen egal gewesen, ob sie eine Lese-, eine Gleitsicht- oder eine Fernsichtbrille auf der Nase gehabt hätte. Sie hätte eh nicht eins vom anderen unterscheiden können. Die Moserin wusste seit geraumer Zeit nicht mal mehr den eigenen Vornamen. Doch bei diesem Namen wurde sie nie gerufen. Bedenklich war nur, dass sie oft auch nicht reagierte, wenn sie »Moserin« gerufen wurde.

Die Moserin hatte einen Schatten. Vergaß alles. Verwechselte vieles. Stand vor ihrem Kleiderschrank und wusste nicht, warum. Verlangte nach einer Kutsche, einer vierspännigen, und als das Taxi kam, wusste sie nicht mehr, wohin sie damit wollte und warum.

»Wer sind Sie denn? Was machen Sie hier?«, hatte sie ihre Enkelin gefragt, als die Resi sie im geblümten Kleid im Wohnstift abholte.

Mit anderen Worten: Die Moserin war neunundsiebzig Jahre alt und schien komplett dement.

»Bist du der Wolf?«, fragte sie also die Sissi und reckte den Unterkiefer gebieterisch nach vorn.

Die Sissi hatte keine Zeit zu antworten. Sie leckte gerade ihre Wunden und wusste mit der Frage nichts Rechtes anzufangen.

Und die Moserin schien in der nächsten Sekunde vergessen zu haben, dass sie eine Frage gestellt hatte. Sie verlangte nach einem Käsekuchen mit Erdbeeren obendrauf.

Die Annemirl blickte zweifelnd zu ihrer Tochter hin, und die Resi schaute zurück. Ja, sie ist wieder total umnachtet, schien ihr Blick zu sagen.

»Moserin, ja Mama, das ist doch die Sissi. Die kennst doch!«, rief sie aus. »Die hat den Wolf verjagt. Aber sie ist doch ned der Wolf.«

»Drei Schaf. Die Sissi.«

Die Annemirl schüttelte heftig den Kopf, legte die gesicherte Flinte zur Seite und kniete sich zur Hündin hin. Mit gespreizten Fingern fuhr sie ihr übers samtene, blutige Fell.

Der Seppe trat neben seine Urgroßmutter und nahm ihre Hand.

»Die Sissi is jetzt sieben Jahr alt. Fast so alt wie ich. Aber die is nie und nimmer a Wolf. Und der Käskuchen is aus, Moserin.«

In seinem für Nichteingeweihte schwer verständlichen Dialekt ermahnte der Seppe die Mutter von der Annemirl, also seine Urgroßmutter, doch stad zu sein. Zu oft schon hatte er sie aufgeregt erlebt, wenn sie etwas nicht bekam, zum Beispiel Recht, oder wenn ihr etwas gegen den Strich ging.

»Woaßt scho.«

Die Gaststube auf der Grabmoosalm war ein rechteckiger Raum mit Fenstern an drei Seiten. Die vierte Seite war vom Ausschank und dem mächtigen grünen Kachelofen mit umlaufender Bank besetzt, darüber waagerechte Holzgestänge, an welche die Skitourengeher im Winter ihre nassen Klamotten hängen konnten. Auf den uralten Holzdielen waren in regelmäßigen Abständen vier Jogltische aus Zirbenholz verteilt, deren Platten quadratisch und glatt gescheuert waren. Im Herrgottswinkel hing das obligatorische, mit roten Seidennelken geschmückte Kruzifix. Sonstiger Schmuck hielt sich in engen Grenzen. Es roch nach Scheuermitteln, Kaffee und etwas Moder.

Die stahlgraue Sonne durchdrang kaum den Dunst der Natur. Es dämmerte.

Zu viert saßen sie um den Tisch im Herrgottswinkel. Der Seppe mochte diesen Tisch besonders gern, denn er konnte unten die Schuhe auf die Fußleiste stellen, und in der Schublade vor sich hatte er immer ein paar Leckerli für die Sissi versteckt. Deshalb saß der Hund normalerweise mit aufgestellten Ohren und hängenden Lefzen neben ihm und folgte jeder seiner Bewegungen mit gequältem Blick aus den blutunterlaufenen Augen. Heute war es anders. Die Sissi lag mit geschlossenen Augen zusammengerollt hinten im Eck neben dem Kachelofen. Verwundete mögen es warm.

»Die Sissi wird scho wieder werden«, sagte die Resi. »Wer kriecht, kann ned stolpern.«

Die Annemirl und die Moserin hatten ein Glas frische Milch von ihren eigenen glücklichen, frei laufenden Kühen vor sich. Die beiden Frauen saßen sich gegenüber, zwischen ihnen lag nur die geladene Flinte auf dem Tisch. Die Annemirl war der Meinung, in ihrer Waldeinsamkeit sei es besser, wenn man jederzeit bewaffnet sei. Davon war sie nicht abzubringen.

»Geht's dir gut?«, fragte die Annemirl über den Tisch hinweg und schaute ihrer Mutter tief in die Augen.

Die Moserin trank ihr Glas aus. »Aaaaah«, machte sie.

Dem Seppe wurde langsam langweilig. Er rutschte auf dem Hosenboden hin und her und wünschte sich die Sissi neben sich.

Die Moserin schob ihr Glas mit beiden Händen in die Tischmitte. Dann stützte sie die wie zum Beten gefalteten Hände und die Ellenbogen auf den Tisch.

»Die Ottakring«, deutete sie an. Und schwieg. Und schaute zur dunkel bemalten Holzdecke.

»Ja, die Ottakring«, sagte die Annemirl, seufzte und legte den Kopf schräg.

Die Resi bettete eine Hand auf den Unterarm der rechts von ihr sitzenden Moserin.

»Was ist mit der Ottakring?«, fragte sie ihre Großmutter. »Will die wieder eine Extrawurst gebraten bekommen?«

Beim Wort »Wurst« sauste Sissis Kopf nach oben. Die schwarzen Lackflecken auf dem weißen Fell leuchteten. Das Blutrot dazwischen hatte der Seppe schon entfernt. Mit Augen wie Spiegeleier äugte sie mit gestrecktem Hals und heraushängender Zunge vom Ofen zum Tisch herüber.

»Himmelherrgott noch mal«, sollte das wohl heißen. »Gibt's hier nix zum Knabbern für eine schwer verletzte Heldin?«

Vielversprechend zog der Seppe seine Schublade auf.

Die Sissi wollte sich erheben, verwurschtelte sich aber mit den Beinen und kippte zur Seite. Im Liegen noch stellte sie die Ohren auf und schlug an.

»Was bellst du denn?«, fragte die Annemirl.

»Wegen mir wahrscheinlich«, kam es von der halb offenen Tür her.

Die Annemirl riss mit einem Ruck die Flinte an sich. Sie befürchtete einen Indianerüberfall.

»Ich war grad in der Gegend«, sagte der Mann mit braunem Filzhut und verdrecktem Rucksack, der unter der Tür stand. Ein Mann um die sechzig, der beim Reden die Augen zusammenkniff. »Und wollt mal reinschauen.«

Die Resi sprang auf und eilte ihm entgegen. Man kannte sich offenbar. Sie hatte ihr helles Kleid mit den blauen Blumen an und Haferlschuh an die nackerten Füß. So was trug sie jeden Tag. Einen ganzen Schrank voll geblümter Kleider besaß sie. Mit Ausschnitt oder ohne. Heute mit.

Was dem Mann unter der Tür sehr entgegenkam. Vergeblich versuchte er, seine Augäpfel in Zaum zu halten. Sie huschten über die oberen Blumenfelder und tanzten auf schmalem Grat.

»Grrrrrrrrrrr!«, knurrte die Sissi gefährlich.

»Aus!«, rief die Resi.

Der Hund hockte sich hin. Aber so, dass für den Ankömmling kein Durchkommen war.

»I bin doch der Ottakring«, sagte der Ottakring und hob friedvoll eine Hand. »Kennts mi denn ned? Im Wohnstift Grandis sehen wir uns öfters. Meine Mutter …«

Er schien überrascht und machte einen Schritt nach vorn.

Doch da saß die Sissi mit gefährlich traurigem Gesicht und hängenden Lefzen. Erst als der Mensch stolperte und über den Hundekörper stürzte, fletschte sie die Zähne und fing an zu knurren. Es klang, als röhre ein Hirsch aus einem hohlen Baumstamm heraus.

Ottakring, an sich ein Mensch ohne Furcht und Angst, lief eine Gänsehaut über den Rücken. Er lag mit dem Gesicht nach oben dreißig Zentimeter unter einem speicheltriefenden Saupacker, einem Hatzrüden mit vor Zorn geröteten Augen! Er gab einen dumpfen Laut von sich, als ränge er mit dem Tod.

Resi nahm sich seiner an. Sie packte die Sissi an den Ohren und zog sie zur Seite.

»Ich kenn Sie doch aus dem Altenheim«, sagte sie zu Ottakring. »Sie sind der pensionierte Kriminaler, gell?«

Ottakring nickte und erhob sich ächzend. Den Hund beäugte er aus den Augenwinkeln.

»Genau«, sagte er und klopfte sich den Staub von der Hose. Dann wies er mit dem Kinn auf die Moserin. »Freilich. Sie, die Moserin, ist mit meiner Mutter so was wie befreundet. Das wisst ihr doch, oder?«

Die Annemirl und ihre Tochter wechselten einen Blick, der die Annemirl veranlasste, aus ihrer Bank zu rutschen. Und mit einem skeptischen Blick auf den Mann, auf dessen rechtem Schuh die Sissi mittlerweile saß, rief sie aus:

»Der Ottakring san Sie? Grad hammer davon gredt. Ned wahr, Moserin?«

Die alte Frau stierte leer in die Gegend.

»Der Wolf«, sagte sie nur.

»Mögen S' an Kaffee?«, fragte die Annemirl.

Die Mutter von Kriminalrat Joe Ottakring lebte schon länger im Wohnstift Grandis als die Moserin. Er respektierte seine Mutter. Mehr aber auch nicht. Er pflegte sie und betreute sie, weil sie seine Mutter war. Im Grund war sie das böseste Weib, das er kannte. Und sie zog andere Böse an. Zum Beispiel die Moserin.

Die Moserin und die Ottakring brachten das ganze Haus durcheinander. Die Bewohner, die Schwestern, die Stiftsleitung.

Mal waren sie hell, mal hatten sie einen Schatten, dann wieder wechselten sich die zwei Weiber ab und spielten sich die Bälle gegenseitig zu. Ihre Stimmen waren dürr und brüchig, und so war auch ihr Charakter. Sie saugten die anderen Heiminsassen aus.

Den Kaffee lehnte Ottakring dankend ab. Ein Weißbier hätte er schon gewollt. Aber das Risiko, sich für eine Bierlänge mit dem ganzen Weibervolk abgeben zu müssen, wollte er nicht eingehen.

»Holt ihr sie denn zwischendurch immer hierher auf die Alm?«, sagte er und winkte der Moserin am Tisch zu. Wie einem Kleinkind winkte er ihr zu. Keine Reaktion.

»Der Wolf!«, schrie die Moserin dann unvermittelt und griff nach der Flinte vor ihr. Unendliches Entsetzen stand ihr ins Gesicht geschrieben.

»Hör auf damit, verdammt!«, schrie die Annemirl und entriss ihr die Waffe.

Doch ihre Mutter gab nicht nach. Sie rangen um den Besitz, der beiden die Welt zu bedeuten schien.

Der Kriminalrat konnte das nicht länger mit ansehen. Er ging dazwischen. Schnappte sich die Flinte und wollte sie auf die Ofenbank legen.

Doch dort lag der Hund. Die Sissi hatte es sich wieder am Kachelofen gemütlich gemacht und verfolgte das Spielchen. Ihr Kopf flog hin und her und blieb nun an Ottakring hängen.

»Grrrrrrrrrrrr!«

Ottakring zuckte mit den Achseln und schaute unschlüssig herum. Schließlich behielt er die Waffe parallel zum Fußboden einfach in der Hand. Er musterte sie kurz und schmunzelte. Sie musste noch aus der Zeit der Befreiungskriege um Andreas Hofer stammen.

Eine Weile noch dauerte das Gezetere der Frauen an. Zuerst ging es nur um den Wolf, der die Schafe riss, und um die Schafe, welche die Moserin retten wollte, und den Wolf, den sie deshalb erschießen wollte.

»Des lass i ned zua!«, schrie die Annemirl.

Die Moserin grinste angewidert.

Eine Wolke der Beklemmung breitete sich aus.

Schon in seiner Zeit als Chef der Rosenheimer Mordkommission hatte Joe Ottakring solch hitzige oder gar feindliche Diskussionen verabscheut. Musste er sich jetzt als Pensionist damit rumschlagen? Noch dazu auf einer Alm?

Irgendwas stimmte sowieso nicht. Die alte Moserin strahlte eine Aggressivität aus, die ungewöhnlich war. Es passte auch, dass sie mit seiner Mutter so etwas wie befreundet war. Die war meistens grad so. Er musterte die alte Frau noch einmal. Sie trug eine Brille und einen Dutt. Äußerlich und innerlich verhutzelt.

Unmerklich schüttelte er den Kopf und verzichtete auf den Kaffee oder das Bier, auch das Käsbrot, das er vorgehabt hatte zu bestellen. Er musste wieder an die frische Luft, um einen klaren Kopf zu bekommen.

Die Flinte legte er mitten auf den Fußboden, warf einen letzten Blick auf die drei Frauen, lud den Rucksack wieder auf, musste sich noch einmal gegen die wieder erstarkte Tigerdogge durchsetzen und marschierte nach draußen.

Mittlerweile hatte die Dunkelheit den Berg erfasst.

»Sakramentisch!«, dachte er, holte die Taschenlampe aus dem Rucksack und folgte dem schmalen Pfad durch den Hochwald den Berg hinunter. Eine kalte, schneidende Brise verfolgte ihn. Er roch den Qualm der Papierfabrik.

Seltsam, dachte er, die beiden Frauen. Er hatte ein in vielen Dienstjahren erprobtes, nagendes Gefühl, dass da etwas mit denen nicht stimmte. Und verschwommen kam ihm in den Sinn, dass er nicht einmal nach dem Namen des Hundes gefragt hatte.

Der grelle Schrei eines verspäteten Eichelhähers über seinem Kopf holte ihn auf den Boden zurück.

DREI

So eine Tötungsart war auch für den früheren BKA-Agenten und jetzigen Chef der Rosenheimer Mordkommission Rico Stahl ungewöhnlich. Jemand, dem exakt in den Mund geschossen worden war. Selbstmord war ausgeschlossen, die Umstände deuteten eindeutig auf Fremdeinwirkung hin. Jemand hatte dieses Bergidyll hier oben verletzt und einen Menschen erschossen. Ob mit Absicht oder versehentlich, war zu klären. Er hatte es schon so oft erlebt. Viel zu oft. Ermordete Menschen waren nicht nur tot. Sie hatten nichts Menschliches mehr an sich.

Die junge Frau, die nun in der Stube der Grabmoosalm vor ihm saß, hatte den Arzt verständigt und der die Einsatzzentrale. Sie konnte ebenso gut die Täterin sein wie – nein, die alte, verhärmte Frau drüben am Fenster war's bestimmt nicht.

»Und wer ist das?«, fragte Rico und nickte zu der Alten hin.

»Das ist meine Großmutter, die Moserin«, sagte die Resi. Sie schickte ihre Augen zur Decke und wischte ein paarmal mit der Handfläche vor dem Gesicht hin und her. »Sie hat Alzheimer.«

Aha, plemplem, dachte Rico. Hätt ich mir denken können. Er sah die junge Frau mit gesenktem Kopf an. Wie ein wachsamer Boxer im Ring.

»Und das ist Ihr Bub?« Rico rückte sich die rot gesprenkelte Krawatte zurecht.

»Der Seppe, ja.« Und zum Seppe sagte sie. »Und gib dem Herrn Kommissar eine Hand. Sei ein Galant.«

Doch der Seppe streckte dem Kommissar die Zunge raus, drehte sich um und verschwand durch die Tür.

»So, dann lassen Sie uns endlich in medias res gehen«, meinte Rico und rutschte mit der halben Pobacke von der Tischkante, die er bisher in Anspruch genommen hatte. »Erzählen Sie.«

Sie waren der Resi zuliebe ins Nebenzimmer gegangen, damit die zerschossene Mutter aus dem Blickfeld war. Und die Spusi drüben in Ruhe ihre Arbeit verrichten konnte.

Rico hockte sich rücklings auf einen Stuhl der Resi gegenüber.

»Wohin sollen wir gehen?«, fragte die Resi.

Rico konnte mit der Frage nichts anfangen.

»So, wie das geklungen hat, liegt das in Süditalien«, meinte die Resi. »In Medio Rio.«

Rico konnte ein Grinsen nicht unterdrücken.

»In medias res. Das heißt so viel wie ›gleich zur Sache kommen‹.«

Verlegen senkte die Resi die Augenlider und nickte. »Ja, so sind s' halt, die Buam«, sagte sie leise.

Verstohlen drehte sie den Kopf und schaute zur Tür. Nein, der Seppe lungerte nicht dort rum. Und die Moserin stand wie ihr eigener Schatten am Fenster und sah hinaus, die Hände auf dem Rücken verschränkt. Als ob ein Beerdigungsinstitut dort einen Sarg senkrecht abgestellt hätte.

»Also, es war so.« Sie warf einen vorwurfsvollen Blick auf die Sissi, die wieder an ihren Wunden herumleckte. »Die Mama ist am Fenster gsessn, die Moserin in der Ecke. Auf dem Tisch vor der Mama ist die Flinte glegn. Weil die Mama war vorher mit der Sissi hinter dem Wolf her. Droben im Bergwald.«

Die Sissi, das schien der Hund zu sein. Ein putziger Name für das Riesenvieh.

Die Resi berichtete kurz, was sie von dem Wolf und den Schafen und der Sissi erfahren hatte, von dem Kampf zwischen Wolf und Hund und vergaß auch nicht, den Besuch vom Tierarzt zu erwähnen. Dass es nicht der Tierarzt gewesen war, sondern der Ottakring, das hatte sie verwechselt.

Rico nickte und warf einen versonnenen Blick zur Tür.

Die Sissi hinkte grad wieder herein, sah sich um, fuhr sich zwei-, dreimal mit der Zunge durchs Maul, leckte sich eine Wunde am Hinterteil und ließ sich mit einem lauten Plumps zu Boden fallen.

Rico machte »ts ts ts«. Unvermittelt schaute er die Resi an. »War sie geladen?«, fragte er.

»Die Flinte? Ja. Sonst wär das ja ned passiert.«

»Ist das bei euch so üblich, eine geladene Waffe offen auf den Tisch zu legen?«

Die Resi rutschte ein paar Zentimeter auf ihrem Stuhl umher und hob die Schultern. »Mhhmm.«

»Einen Waffenschein habt ihr sicher?«

»Mhhmm.«

Selbstverständlich war das schon überprüft worden. Es stimmte.

»Und?«, sagte Rico und hob eine Hand. Dann hüllte er sich wieder in Schweigen.

»Und dann hat die Moserin das Wort gesagt, das man in der Sissi ihrer Gegenwart nicht aussprechen darf. Das von dem grauen Tier im Wald, das unsere Schafe reißt.«

»Der –«

»Pssst!«, unterbrach die Resi und legte einen Finger auf die Lippen. »Jedenfalls ist die Sissi sofort von ihrem Platz hochgerumpelt. Falsch. Wie der Blitz war sie oben und mit den Pfoten neben der Moserin am Tisch.«

Die Resi legte eine Pause ein und schnaufte durch.

Rico lehnte sich zurück und faltete die Hände vor dem Waschbrettbauch. Fragend zog er die Augenbrauen hoch und den Atem ein.

»… Pfoten auf den Tisch«, wiederholte er kopfschüttelnd.

Die Resi nickte.

»… Tisch gelegt. Beide Vorderläufe. Und da ist ja die Flintn glegn. Und da muss sie halt irgendwie an den Abzug geraten sein, die Sissi. Und dann hat's geknallt. Und dann hat's die Mama getroffen. Sie war grad am Reden. Mitten in den Mund …«

»Mitten in den Mund …«

Ein paar kurze Pfiffe ertönten von der Tür her. Der Seppe stand da mit gespitzten Lippen. Und pfiff. Mit den schmalen Schultern an den Türpfosten gelehnt, die kleinen Fäuste in den Hosentaschen, stieß er ein paar unmelodische Pfiffe unterschiedlicher Taktlänge aus.

Die Sissi erhob sich und hinkte zu dem Burschi hin. Vorsichtig fuhr sie ihm mit der feuchten Zunge durchs Gesicht. Dann ließ sie's wieder bleiben und faltete sich umständlich neben ihm nieder.

Seppes Scheitel ging bis knapp über Sissis Ohren.

Rico war aufgestanden. Er stellte sich vor die Resi hin, beide Hände in den Hosentaschen vergraben. Versonnen sah er sie an.

Als wolle er sich ihre Gesichtszüge ganz besonders scharf einprägen. Dabei sammelte er seine Gedanken.

Er schien den Boden unter den Füßen zu verlieren. Diese junge Frau wollte ihn doch allen Ernstes glauben machen, dass ein Hund der Toten in den Mund geschossen hatte. Er warf einen kurzen Blick auf das Tier, das noch immer neben dem Burschi kauerte. Es war verletzt. Es war auch schon verletzt gewesen, als es den angeblichen Satz mit den Vorderläufen auf den Tisch gemacht hatte. Schafft ein ziemlich schwer lädierter Hund das? Und wie soll er an den Abzug geraten?

Einiges war unklar und verworren.

Rico war gespannt auf die Ergebnisse der Tatortarbeit nebenan.

Die Annemirl war nicht schön anzuschauen. Die Frau im weißen Overall kniete neben ihr auf der Bank und machte sich an den Überbleibseln von Annemirls Gehirn zu schaffen, die geronnen am Fenster klebten. Eine Reihe von Zähnen und Zahnsplittern hatte sie vorher schon vom Tisch, vom Boden und aus dem Vorhang eingesammelt.

Draußen im Flur pfiff der Seppe in abgehackten, hohen Tönen, als ob er morste. Bis es dem Kollegen, der sich am anderen Ende des Tischs zu schaffen machte, zu dumm wurde.

Er ging zur Tür und wollte den Jungen bremsen. Doch da hatte er die Rechnung ohne die Sissi gemacht. Die Hündin hatte sich unter die Tür gestellt und knurrte gefährlich.

»Oooohaaaahoooh …«

Es rumpelte vom Fenster her. Die Frau im weißen Overall war über die Annemirl gestürzt und hatte sie nach unten mitgenommen.

Ein seltener Anblick. Die Leiche war seitwärts auf die Bank gesunken, unregelmäßig bedeckt vom Plastikweiß des Overalls der ächzenden Frau über und auf ihr. Deren Kapuze hatte sich selbstständig gemacht und gab einen üppigen kastanienbraunen Schopf mit blond eingefärbten Strähnen frei. Und zu guter Letzt breitete sich auch noch der weiß-rot gestreifte Vorhang, den die Frau im Fallen vom Fenster gerissen hatte, wie ein Leichentuch über die beiden Gestalten.

Rico Stahl staunte nicht schlecht. Der unmenschliche Schrei hatte ihn hergelockt. Mitten im Schritt hielt er inne. Dann brach er ungewollt in lautes Lachen aus und machte die Tür von innen zu.

Die Situation war unglaublich komisch.

Trotzdem hatte er ein ungutes Gefühl. Während die Spusi-Kollegin sich aufrappelte, ging Rico näher an den Tisch heran, an dem sich das Unglück ereignet hatte, und versuchte, das Ereignis nachzuvollziehen.

Hund erschießt Frau.

Es wollte ihm nicht recht gelingen.

Dann warf er noch einen belustigten Blick auf die entsetzte Kollegin und tat unbeteiligt.

Er hatte schon die Haustür erreicht, um zu gehen, da drehte er sich noch einmal um. Ihm fiel auf, dass er die Alte, diese Moserin, die ganze Zeit über nicht mehr gesehen hatte.

»Frau Moser?«, rief er fragend in das Haus.

Nichts rührte sich.

»Frau Moser?«

Die Resi erschien aus dem Nebenzimmer jenseits des Flurs. Den Flur bedeckten wunderschöne alte Steinfliesen.

»Sagen S' ruhig Resi zu mir. Die Frau Moser liegt da drin.« Sie deutete auf den Gastraum mit ihrer toten Mutter.

»Gut. Resi. Wo ist denn eigentlich Ihre Großmutter? Ich hab sie nur kurz gesehen, dann war sie verschwunden.«

Ein kurzer Augenblick des Zögerns entging ihm nicht.

»Sie ist oben. Hat sich hingelegt. Sie ist alt.«

Ein Gefühl, das er kannte, überkam ihn wieder einmal. Dass er etwas übersah. Dass er etwas Grundlegendes missverstand oder falsch interpretierte.

»Hat sie da oben ein eigenes Zimmer?«

Wieder dieses Zögern. Als ob sein Gegenüber lieber eine andere Antwort geben würde, als mit der Wahrheit herauszurücken.

»Nein, die Moserin … die wohnt nicht … wohnt nicht hier.«

»Ah so«, sagte Rico verwundert. »Wo wohnt sie dann? Und warum ist sie hier?«

»Hab ich doch gesagt. Sie besitzt einen Alzheimer. Sie wohnt in der Stadt. In einem Heim. Wo auch andere sind. Im gleichen Zustand wie sie.«

Aha. In einem Pflegeheim also.

»Wie heißt dieses Heim? Und warum ist sie jetzt hier?«

Gerade jetzt, wo ihre Tochter von einem Hund erschossen wurde, wollte er fast hinzufügen. Ein eigenartiger Zufall.

Der Resi verzog es das Gesicht. Zuerst nur ein wenig. Dann krampfte es sich zusammen wie eine Gummimaske. Sekunden später brach aus dieser Gummimaske ein Wasserfall von Tränen heraus. Haltlos, endlos, grenzenlos. Resi verbarg das Gesicht in den Händen und ging ein paar Schritte zur Seite.

Rico wusste nicht recht, was er mit der Situation anfangen sollte. Tröstend in den Arm nehmen konnte er die Kleine schlecht. Die Tür öffnen und abhauen ebenso schlecht. Also marschierte er zwei Stufen auf einmal nehmend die enge, steile Treppe hinauf, um die Moserin zu suchen.

Drei Türen links, vier Türen rechts. Nach dem zweiten Versuch hatte er sie.

»Tu mir nichts! Tu mir nichts!«, rief sie mit verzerrtem Gesicht und hob beide Hände. Sie stand am Fenster, das zum Hof führte. Sie hatte wohl hinausgeschaut.

»Keine Angst, ich tu Ihnen nichts. Sind Sie hier zu Hause?«

Ihre Miene entspannte sich schlagartig.

»Zu Hause«, sagte sie gefühlvoll. »Dahoam.«

Rico war kein Psycho-Mensch. Er wusste nicht, wie man mit Demenzkranken umging. Er probierte es einfach.

»Waren Sie beim Tod Ihrer Tochter dabei?«, fragte er.

Die Moserin wirkte verklärt.

»Tot? Der Wolf ist tot. Keine Schafe mehr.«

Rico machte zwei, drei Schritte in das karg ausgestattete Zimmer hinein. In einer Armeslänge Entfernung stand er vor ihr.

Mit weit aufgerissenen Augen wich sie zurück und wirbelte mit den Armen.

»Haben Sie das Gewehr in der Hand gehabt? Wissen Sie es noch? Sie haben doch auf den Wolf geschossen, oder?«

Die Moserin presste die Lippen zusammen, was ihr einen noch abweisenderen Gesichtsausdruck verlieh.

»Haaaaaaaalt! Was bilden Sie sich ein!« Die Resi stand unter der Tür. Sie hatte die Hände in die Hüften gestützt und rote Flecken im Gesicht. »Wer hat Ihnen erlaubt, sich hier im Privathaus umzuschauen? Und mit der Moserin zu sprechen? Ihre Zimmertür war zu!«

Endlich eine menschliche Regung bei der Frau. Zuerst der Weinkrampf, jetzt der Wutanfall. Kein Wunder, wenn sie durcheinander ist. Immerhin ist ihre Mutter auf grässliche Weise umgekommen.

Aus der Moserin war eh nicht mehr rauszuholen. Ziemlich hoffnungslos, das Mädchen, dachte Rico.

Es gelang ihm noch, eine Frage an die Resi zu richten, die ihm wichtig erschien.

»Ist die Moserin in ärztlicher Behandlung?«, fragte er.

»Mmhhhmm.«

»Wie heißt der Arzt?«

»Weiß ich nicht. Weiß aber das Haus, in dem sie wohnt.«

»Und?«, fragte er heftig. »Verdammt, lassen Sie sich nicht alles wie Würmer aus der Nase ziehen. Wie heißt das Haus?«

Darauf bekam er endlich eine konkrete Antwort. Das Wohnstift Grandis drunten in der Stadt. Kannte er vom Hörensagen.

Zu seiner großen Freude gelang es ihm in kürzester Zeit, oben die Resi zu beruhigen, unten dem Seppe die Hand zu schütteln und der Sissi über den Kopf zu streicheln.

Ein Blick zurück bestätigte ihm, dass die Moserin am Fenster stand. Ob ihre Augen ihm folgten, war nicht zu erkennen.

Im zweiten Gang fuhr er die gewundene, steile Bergstraße hinunter. In seinem Kopf arbeitete es. Ein Hund, der einem Menschen mit dem Gewehr den Kopf zerbröselt. Wenn das stimmte, würde das in die Annalen eingehen.

Aber: Wusste die junge Frau mehr, als sie zugab?

***

Nach einer Weile ging der Seppe vor die Tür. Ziellos überließ er sich dem eiskalten Regen, der auf ihn niederprasselte. Es gefiel ihm sogar, wie er über und über patschnass wurde. Er schlenderte mit den Händen in der Hosentasche und gesenkten Augen dahin, das Bild der Moserin im Kopf, die leblos und mit weggeschossenem Kopf auf die Bank gerutscht war. Bei jedem kleinen Schritt verflüchtigte sich das Bild ein bisschen mehr, und eigene Gedanken kamen auf.

Atemlos und wie angewurzelt blieb er stehen, als er sich einem Bussard gegenübersah. Der Bussard hockte mitten in einem Weißdornstrauch, war bucklig und schwarzgrau, hatte einen Riesenschnabel und starrte ihn aus Augen an, die wie grüne Scheinwerfer leuchteten.

Ein zweiter Bussard rauschte über sie drüber.

Der Seppe hob den Kopf, der Bussard nicht.

»Geh, hau ab«, rief der Seppe, »i fürcht mi ned!«

Zur Bekräftigung warf er die Arme nach vorn, wackelte mit den Händen und spreizte die Finger. Der Seppe hatte wirklich keine Angst vor dem Raubvogel.

Dann geschah zweierlei. Erstens blieb der Bussard hocken und schaute ihn weiter an, als wolle er ihn gleich fressen.

Und zweitens kriegte der Seppe nun kein Wort heraus, obwohl er sonst gar nicht auf den Mund gefallen war.

Statt »Geh, hau ab« spitzten sich die Lippen wie von selbst und pfiffen lang-kurz-lang ein viel zu leises »Da-di-da« vor sich hin, das der Vogel kaum hören konnte.

Er probierte es noch einmal und kam zum gleichen Ergebnis.

Es war ihm vorhin schon mal aufgefallen. Er konnte nicht mehr reden! Kein Wort. Mir hat's bestimmt vor Schreck die Sprach verschlagen, hatte er schon einmal von der Mama gehört. Aber dann ging das doch auch wieder vorbei, wenn der Schreck wieder weg war, oder? Er musste nur abwarten.

Cool bleiben!

Mei, is des a Gfredd, ging es ihm im Kopf herum.

Unser kloans Zamperl soll die Großmutter erschossen ham? Wer soll des denn glauben? Die Sissi mit ihre treuen Augen? Die der Wolf so zugerichtet hat? Und die den Wolf vertrieben hat?

Diese Fragen streifte der Seppe aber bald ab. Ihn hatte es einfach umgehauen nach diesem Mord. Denn dass das, was die Moserin mit der Großmama gemacht hatte, Mord war und kein Unfall, das war ihm sonnenklar. Nicht erst, seit er »Tatort« und die »Rosenheim Cops« schauen durfte.

Nimmt die das Gewehr und schießt ihr in den Mund, ha! Klar, die zwei haben sich noch nie gemocht.

Interessant ist's aber schon gwesen, wie des Blut gspritzt hat. Das war so, wie seine Freunde das immer von ihren Videospielen erzählten. Ein Schuss und – peng!, haut's einem das Gehirn raus. Und dann fällt die Leiche um und ist total weg. Schön hat s' nimmer ausgsehn, die Oma. Aber kein Wunder bei dem Riesenkaliber von der Patrone.

Er hat genau gesehen, der Seppe, wie die Moserin die leeren Patronenhülsen eingsteckt hat. Da is er jetzt schon gspannt, ob die Kriminaler des merken werden. Dass da keine Hülsen rumliegen, wo doch zwei Schüsse erfolgt sind. Einer durch die Tasse, der andere durch den Mund. Vielleicht sind die ja im Mund oder im Kopf stecken geblieben. Aber er, der Seppe, hat genau gesehen, wie die Moserin die zwei Patronenhülsen aufghobn hat. Die durch die Tasse und die durch den Mund. Schaumermal.

Noch wuider aber ist das, was die Mama der Polizei gsagt hat. Von wegen der Sissi und so. Die Sissi – nie im Leben tät die so was fertigkriegn. Die Großmutter erschießen, die wo sie für den Wolf gehalten hat. Nie! Da ist die Sissi viel zu gutmütig und zu deppert dafür.

Ja, der Seppe machte sich Sorgen. Jetzt, wo die Oma tot war, machte er sich Sorgen um die Mama, die Sissi und die Welt.

Nass bis auf die Knochen blieb er vor der Haustür stehen. Lang war er nicht unterwegs gwesen. Er strich sich die Haare aus der Stirn und drückte die Klinke hinunter. Nix! Noch einmal drückte er die Klinke.

Die Mama hatte abgesperrt! Sie sperrte doch nie ab. War sie sauer? Kräftig schlug er mit den Knöcheln dreimal gegen die Tür. Wenn sie kommt, um mir eine Watschn zu geben, dann am besten gleich. Erneut klopfte er, und kurz darauf hörte er Mamas Schritte näher kommen.

Das Schloss drehte sich. Die Tür öffnete sich einen Spalt. Ein dunkler, argwöhnischer Blick lastete auf ihm.

Als der Mond in dieser Nacht aufging, hing er bleigrau, verformt, beinahe geschwollen zwischen den Bergen und erleuchtete das ganze umliegende Land. Eine fahle Welt. Sichtbare Wolkenschatten glitten über die Papierfabrik, ihre Schlöte und den Qualm, den das Werk produzierte.

Überall halb frisches Blut. Die Resi bemühte sich erst gar nicht, es wegzuwischen. Ihre Mam war in einem Zinksarg abtransportiert worden. Nach München würde sie gebracht, hatten sie gesagt. Ihre Leiche würde dort aufgemacht, hatten sie angekündigt. Um nachzuschauen, ob das, was sie, die Resi, ausgesagt hatte, stimmte, hatten sie gesagt. Auch die Flinte hatten sie mitgenommen und die Moserin zurück ins Wohnstift gebracht. Alles, was der Resi geblieben war in dieser schweren Nacht, waren der Seppe und die Sissi.

Und die frischen Erinnerungen. Ihre Gedanken wirbelten. Was sollten sie schon finden? Die Mam konnte nichts mehr sagen. Wer die Kugel durch sie hindurchgejagt hatte, war ja wohl kaum feststellbar.

Oder?

Fingerabdrücke an der Flinte würden sie nicht finden. Sie hatte sie sorgfältig abgewischt, bevor der Trupp angereist war. Auch den Abzug.

Und ein Hund hinterlässt keine Fingerabdrücke. Aussagen kann er auch nicht.

Den Seppe hatte sie im Griff. Also – was sollte passieren?

Wo war der Seppe? Wie durchgedreht rannte sie durchs Haus.

»Seppe! Seppe!«

Mein Gott, wo war der Seppe?

In diesem Augenblick klopfte es.

Hatte sie die Tür abgesperrt?

War der Seppe draußen?

Sie rannte zur Tür. Rüttelte. Rüttelte. Abgesperrt.

Sie schloss auf.

Da stand er, der Seppe. Nass bis auf die Knochen.

Dann lagen sie sich wieder in den Armen und heulten Rotz und Wasser.

Kalt war's. Sie zog ihn herein.

Er sagte nichts. Er pfiff.

Eigenartig. Er redete nicht mehr. Er pfiff nur mehr.

»Ja, Seppe, mei Kloaner, was ist mit dir? Hat's dir die Sprach verschlagen?«

Wortlos hob der Seppe die schmalen Schultern.

Nur die Sissi behielt die Übersicht. Majestätisch lag sie mit überkreuzten Vorderpranken vor den zwei jammernden Menschenbündeln. Aus voller Kehle kam ein tiefes Bellen. Zuerst dreimal. Dann noch zweimal.

»Ja mei«, sollte das heißen, »lass den Seppe doch in Ruh. Ich kann ihn verstehn. Du musst dich nur bemühn.«

Die Resi warf der Hündin einen dankbaren Blick zu.

»Ja, wenn ich dich versteh«, sollte der Blick bedeuten, »dann werd ich den Seppe schon auch bald verstehn lernen.«

Sie spielte mal wieder die Fröhliche, die Unbeschwerte, die Resi. Aber innerlich war sie von einer großen Unruhe erfüllt. Es gab Zeichen, die nichts Gutes verhießen.

***

Drüben, wo die weiten Wiesen von der Grabmoosalm aufhören und in grünen Wald übergehen, stand von alters her ein Kruzifix. Ein moosbewachsener Felsbrocken, der aus der Gebirgskette am südöstlichen Horizont herausgerissen schien, kauerte wie ein zu Stein gewordener Zeuge daneben. Nachdem sie vor anderthalb Jahren den Christus geklaut hatten, hing nur mehr eine grobkörnige Farbfotografie des Gekreuzigten am Holz des Kreuzes. Sie war mit Kunstblumen umrankt, Kunstblumen schmückten auch die gefalteten nackten Füße. Das Feldkreuz war oben überdacht und über zwei Meter hoch.

Die Resi musste also gut aufschauen, als sie in der nächsten Früh davorkniete, um zum Herrn Jesus zu beten oder ihm gar zu beichten. Es war sicher ein Zufall, dass das Muster ihres knielangen dunkelroten Kleids mit den Blumen harmonierte, welche die Füße ihres Herrn schmückten.

»Lieber Herr Jesus«, betete sie leise, nachdem sie sich vorher vergewissert hatte, dass niemand in der Nähe war, der sie hören konnte. »Allerhöchster Herr, vergib mir meine Schuld. Freilich hab ich gsehn, wie die Moserin die Mama erschossen hat. Und die hat's auch mit Absicht getan. Die hat genau gezielt. Aber die ist doch nicht zurechnungsfähig. Sozusagen schizophil. Das weißt du selber doch am besten. Die hat wirklich denkt, des is der Wolf. Weil den hasst sie gewaltig. Die hat pfeilgrad den Wolf erschießen wollen. Und natürlich ist eine Lüge eine Sünd. Aber wem hätt's denn geholfen, wenn ich das ned gsagt hätt, das mit der Sissi! Der Sissi tut's ned weh, und der Moserin ist geholfen. Ihr bisserl Leben ist doch eh nix mehr wert. Hätten mir des jetzt noch verschlimmern sollen, indem ich gsagt hätt, dass sie ihre Tochter erschossen hat? Bitte, lieber Herr Jesus, hab ein Einsehen mit deiner Sünderin. Ich hab's doch wirklich nur gut gmoant. Hab mich ned bereichert, mir keinen Vorteil verschafft – es war nur der Moserin zulieb.«

Sie sah auf, schnaufte durch und unterbreitete dem Herrn Jesus einen Vorschlag. »Mir können auch gern ein Treffen mit dem Herrn Pfarrer engagieren. Dann hast du's beichtmäßig.«

Der Resi tat der Rücken weh. Sie reckte sich. Vor ihrem inneren Auge wurde der Seppe abgebildet. Ihr Sohn. Wie er dastand, die Händ in den Hosentaschen, mit dicken Schmolllippen im Gesicht.

»Und bitte, allergnädigster Herr Jesus, mach, dass mir der Seppe ned gram ist. Der hat ja die ganze Gschicht brühwarm mitgekriegt. Mach, dass der mir keine Vorwürf macht, und bitte mach auch, dass er sich von seinem Schock wieder erholt.«

Sie wandte die Augen zum Himmel, dann wieder zu der Figur am Kreuz.

»Der Pfeiferl«, setzte sie hinterher.

»Ich möchte dich fragen – hast du ihm des gschickt mit dem Pfeifen? Dass er nimmer reden kann? Hast du ihm des Schicksal gschickt? Bitte nimm den Fluch wieder von ihm! Lieber Herr Jesus, ich bitte dich sehr. SEHR! Mehrer noch als alles andere.«

Danach blieb die Resi noch eine ganze Weile auf den Knien und schwieg. Dann machte sie einen tiefen Schnaufer und stand auf.

»Amen«, sagte sie leise in demütigem Ton.

Und – hatte der Gekreuzigte ihr nicht zugezwinkert? Unter dem dunklen Dacherl und in dem ganzen Qualm von der Fabrik konnte sie es nicht richtig erkennen. Aber sie glaubte schon, dass er ihr zugezwinkert hatte. Eigentlich war sie sich sogar sicher. Und was das bedeuten tät, konnte sie sich ausrechnen. Wenn's stimmen tät, na, dann wär ja bald alles wieder gut.

»Amen«, wiederholte sie. »Und danke.«

Auf einmal hatte sie das Gefühl, ein Engel striche mit den Flügeln beim Schweben um ihre Beine.

Aber es war nur die Sissi mit ihrem Schwanz.

»Ja, wo kimmst denn du her?«, rief die Resi aus und legte eine Hand auf den großen Kopf. »Schickt dich der Herrgott?«

Die Tigerdogge legte den Kopf zur Seite und sah sie aus großen braunen Augen an.

»Na klar, was sonst?«, las die Resi darin.

»Also«, rief sie aus und klatschte in die Hände. »Jetzt gehmer wieder hoam.«

VIER

Als Ottakring am Wohnstift Grandis ankam, war es dunkel.

Ein grünlich verblasster Kunststoffmülleimer mit unbeschreiblich stinkendem Inhalt stand auf einem verwahrlosten Rasenstück rechts vom Eingang zum Wohnstift. Ein Metalltor mit spitz zulaufenden senkrechten Stäben, an denen Drachen sich hätten aufspießen können, führte auf den Innenhof des früheren Schlösschens.

Das Tor war mit wildem Wein bewachsen, daneben eine gusseiserne Bank.

Zwei Meter weiter, bereits im Innenhof, prangten drei gleich große Verbotsschilder: ein rot durchgestrichenes Handy, eine rot durchgestrichene Zigarette und ein ebenso rot durchgestrichener Hund.

Der Innenhof war von Gaslampen bewacht, die vor nicht allzu langer Zeit auf elektrisch umgerüstet worden waren. Eine breite, ausgetretene Steintreppe führte zum Hausportal hinauf, wo ein helles Rechteck die Aufnahme markierte. Das ockerfarbene Licht stammte aus mehreren Sparlampen, die an das abbröckelnde Gipsrelief unter der Zimmerdecke montiert waren.

Dass Ottakring sich beim Betreten beobachtet fühlte, rührte von einer kantigen Raubvogelsilhouette her, die hinter dem Empfangstresen lauerte. Der scharfe Blick war von derselben Farbe wie das Ordensgewand, das der Vogel trug.

Ottakring kannte das Verfahren bereits von zahlreichen Besuchen. Er blieb stehen und wartete auf das dahingenuschelte »Avemariapurissima«, das gleich über ihn hereinbrechen würde.

Doch es kam nicht.

»Sie waren bei der Beerdigung?« Die Stimme der Nonne war tief und klang müde.

Ottakring war nicht sicher, ob sich die Frage von seinem Aussehen herleitete. Trotzdem leuchtete sein Gesicht auf, weil ihm offensichtlich das heilige Geschwafel erspart geblieben war.

»Ja. Ist meine Mutter wach?«

Eine knochige Hand fuhr aus einem weiten Ärmel und deutete nach oben.

»Wie immer. Zweiter Stock, fünfte Tür links.«

Ohne einen Mucks von sich zu geben, wollte der Kriminalrat der nächsten Steintreppe folgen. Doch die Stimme hinter ihm, die klang, als käme sie aus einem Ofenrohr, hielt ihn zurück.

»Ihre Mutter ist doch mit der Moserin befreundet?«

»Ja«, rief er ins Ungewisse zurück.

»Geben Sie nichts auf die Freundin Ihrer Mutter. Die spricht wieder wirres Zeug.«

Die Treppe führte ihn an eine geschlossene Tür.

»Offen!«, rief der Raubvogel von unten. Ein Summer ertönte. Ottakring drückte auf und ließ die Tür wieder hinter sich ins Schloss fallen.

Er stand in einem höhlenartigen Korridor, dessen Geruch ihn an einen U- oder S-Bahn-Schacht oder an ein Heimatmuseum erinnerte. Die Augen mussten sich erst anpassen. Im Halbdunkel weiterer Sparlampen waren zu beiden Seiten wie senkrecht aufgestellte Särge Holztüren sichtbar, die teils geöffnet, teils geschlossen waren.

Auf den ersten Blick hatte Ottakring das Gefühl, er sähe eine Sammlung von Wachsfiguren, die mit glasig-toten, wie Zwanzig-Cent-Münzen glänzenden Augen herumstanden oder -saßen. Man hätte denken können, es handle sich um Puppen oder die Reste aus einer Ausgrabung. Doch sehr langsam und behutsam bewegten sich die Gestalten. Sie hatten kein bestimmtes Alter oder Geschlecht und waren in lange oder kürzere Gewänder gekleidet, die früher von alpenländischer Natur gewesen sein mussten.

Die fünfte Figur von links war Ottakrings Mutter.

»Na endlich«, krächzte Frau Ottakring mit brüchiger Stimme.

»Grüß dich, Mama«, sagte der Kriminalrat.

»Hast du den Haftbefehl dabei?«, fragte sie.

Auf Ottakrings Stirn begannen sich Schweißperlen zu bilden. »Hä?«, sagte er.

»Den Haftbefehl. Für die Moserin.«

Nicht die Moserin, seine eigene Mutter sprach wirres Zeug.

Herr Adlmayer, ein Koloss von einem Mann, war in den fünfziger Jahren unter dem Pseudonym »I.K. Staatenlos« als Catcher im Ring aufgetreten. Auf Volksfesten trat er gegen jeden an. Als es ruhiger um ihn geworden war, arbeitete er in einem Zirkus als Transportarbeiter und Lagerist. Im Grandis kannte man ihn nur in einem ausgebeulten blauen, weißen, grünen oder rot gestreiften Trainingsanzug, je nachdem, welcher gerade nicht in der Wäsche war. Im Gemeinschaftsraum, den sie »Casino« nannten, pflegte er reglos am Tisch zu sitzen, bis ihm das Geplapper ringsum zu viel wurde. Dann stand er unvermittelt auf und ging mit geballten Fäusten auf einen Mitbewohner zu.

»Halt dein Maul!«, rief er gerade. Er wischte sich den Schaum vom Mund. »Oder ich nehm dich in den Würger!«

Der, den er bedrohte, war in diesem Fall Ephraim Stubenrauch, Trompeter und pensioniertes Mitglied der Münchener Philharmoniker, Solist für Barockmusik. Der war meist dunkel gekleidet und trug weiße Handschuhe. Er saß züchtig wie ein Mädchen auf seinem Stuhl, den Trompetenkasten auf den Knien, und wartete mit geduldigem Lächeln darauf, dass man ihn zur Probe abholte.

»Wann kommen die endlich? Wann nur? Ich versäume die Probe und werde vom Dirigenten geschimpft. Wann kommen die nur? Ja, wann endlich?«

Er klagte, bis der Würger kam und ihn zur Räson rief.

Frau Michalke, ehemalige Postbotin, klaute leidenschaftlich gern Kleidungsstücke aus anderen Zimmern. Damit getarnt, ging sie von Bude zu Bude und lieferte die Post ab, die sie mit eigenen Händen vorher mühsam erschaffen hatte. Sie war bei allen herzlich willkommen. Wer bekommt nicht gern Post?

Pauline, deren Nachnamen keiner kannte, war die Witwe eines Kampfpiloten aus dem Zweiten Weltkrieg. Sie hatte schütteres graues Haar und ein spitzes Kinn. Jeden Tag hatte sie etwas anderes an und immer eine braune, abgewetzte Handtasche dabei. In dieser Handtasche befand sich nichts als ein Telefon. Ihre Mitbewohner hielt sie für Betrüger, und sie wollte das Gerät retten, damit niemand anders als sie es nutzen konnte. Dieses Mobilteil eines Festnetztelefons hatte längst seinen Geist aufgegeben, die Akkus waren leer. Deshalb beschwerte sich Pauline stündlich und lautstark bei der Auskunft.

Ein gefundenes Fressen für Herrn Adlmayer, der auf der Stelle einschritt und mit Erwürgen drohte.

Dr. Alfons Mindler war sozusagen der Klassensprecher. Der Betriebsrat. Der Intellektuelle. Ein gutes Zeichen dafür, dass frühere Fähigkeiten auch unter der Fuchtel seines Krankheitsbilds nicht verloren gehen müssen. Ein kultivierter und charmanter Mann mit Seemannsbart, der sich gewählt auszudrücken wusste und über Phantasie und selbst unter diesen Umständen über eine Portion Humor verfügte.

»Mir fehlt nichts. Ich mache nur gelegentlich Fehler«, war sein Bekenntnis.

Wenn er am Fenster stand, sagte er: »Die Straßengeräusche, das Gekreische des Herrn Stubenrauch – fast wie eine Symphonie, finden Sie nicht? Kennen Sie Josef Stalins ›Sibiria‹ in d-Moll?«

Meist stand er barfuß am Fenster. Er hatte nicht darüber nachgedacht, Schuhe anzuziehen. Er hielt seine Füße für Schuhe.

Frau Lunau war ihr Leben lang von ihrem geschiedenen Ehemann finanziell unterhalten worden und hatte nie einen Beruf ausgeübt. In den vergangenen dreißig Jahren war sie Vegetarierin gewesen. Jedes Jahr an Silvester hatte sie sich eine blaue Forelle vorsetzen lassen, das war alles an Fleisch gewesen. Sahne auf einem Stück Kuchen hätte sie als Ekel-Food empfunden.

Nun tafelte sie mit den anderen am langen Tisch und aß mit großem Vergnügen das montägliche Curryhuhn und sonntags den festlichen Braten. Auch den Nachtisch, die Schokotorte mit Sahnehäubchen, verschmähte sie nicht.

Sie hatte vergessen, dass sie Vegetarierin war.

Kriminalrat Joe Ottakrings Mutter war seit dem 24. Oktober des vergangenen Jahres Insassin. Seither hatte er sie als braver Sohn schon häufig besucht, sie hatte sonst niemanden. In diesen Monaten hatte sich ihr geistiger Zustand verschlechtert.

Gretl Ottakring war eine zierliche, fast durchsichtige Frau in den Achtzigern, die keinen Zentner wog. Erst vor zwei, drei Jahren hatte ihr Sohn erfahren, dass das wundervoll herabperlende schwarze Haar, das ihr über die Schulter fiel, gefärbt war. Immer schon gefärbt gewesen war. Selbst ihn, den erfahrenen Kriminaler, hatte sie täuschen können. Seit sie zum Färben oder Tönen nicht mehr in der Lage war, fraß das natürliche graue Haar das schwarze von innen her auf. Diesen Mangel versuchte sie mit aquarellbunten, beinahe transparenten Kleidchen, die bis zur Kniemitte reichten, wieder wettzumachen.

Wenn die Mama sich wie eine Seiltänzerin mit ängstlich von sich weggestreckten Armen bewegte, hielt ihr Ottakring wie selbstverständlich die Hand hin, um sie zu stützen und zu führen. Der kleinste Höhenunterschied von einem Korridor zum anderen konnte zu schlimmen Brüchen oder gar zum Tod führen.

Gretl Ottakring nahm dann seine Hand und lächelte. Sie bedankte sich mit dünnem Stimmchen. Sie lächelte auch, wenn sie ihrem Sohn zum Abschluss seines Besuchs einen Kaffee kochen wollte. Dann stand sie vor der Maschine im Casino, sah die Maschine an, sah ihren Sohn an, wieder die Maschine und wusste nicht, was sie mit der modernen Technik anfangen sollte.

»Ja, das wollte ich grad auch tun«, rief sie glücklich und lächelte, wenn er schließlich den Startknopf drückte.

Oder sie verharrte eine Viertelstunde vor dem Kleiderschrank, um sich für einen kurzen Spaziergang etwas Warmes anzuziehen, und hatte vergessen, warum sie vorm Kleiderschrank stand. Vor wenigen Monaten waren es noch Minuten gewesen, bis sie den Faden wieder fand. Inzwischen fand sie ihn nie mehr.

Oder – oder – oder …

Oft gab Gretl Ottakring einen dumpfen Laut von sich, als ränge sie mit dem Tod. Erst nach Sekunden ging ihr dann auf, dass das Geräusch aus ihrem Mund kam. Dann lachte sie.

Manchmal musste der große Ottakring sich umdrehen und weinen, wenn er seine Mutter so erlebte. Das Mitgefühl des eigenen Fleischs und Bluts.

»Mama, was redest du da. Haftbefehl. Wieso soll ich …?«

Um sie herum hatte sich eine Gruppe undefinierbarer Gestalten angesammelt, welche die Ottakrings mit neugierigen oder ängstlichen Blicken beäugten. »Ja, wieso soll sie?«

Die Befragung seiner Mutter über den Grund ihrer Frage

brachte nichts ein. Nur leere Blicke, Gewimmer, Rülpser und irre Reden.

Bis sich eine hagere Frau in gerader Haltung vordrängte. Sie trug ein sauberes, bodenlanges schwarzes Dirndl mit dunkelbrauner Schürze.

»Der Wolf ist tot!«, krächzte sie mit Mühe und rückte sich die Nickelbrille zurecht. Die weit auseinanderstehenden Augen sahen über Ottakring hinweg in die Ewigkeit. Die Habsburgernase zuckte, als ob sie Witterung aufnähme.

»Ich!«, schrie sie blechern hinaus. »Den Wolf.« Ihre langen Bergbauernarme ließ sie wie Sensen kreisen.

»Können Sie mir sagen, was Sie meinen? Und warum spricht meine Mutter von einem Haftbefehl?«, sagte Ottakring ernst.

Er drängte die Moserin zurück und sah um sich, um sich zu vergewissern, dass niemand die Antwort mitbekam. Wenn es eine Antwort gäbe.

Sie streckte eine erstaunlich starke Hand aus und winkte ihn mit dem Zeigefinger zu sich. Komm, komm, komm, schien der Finger zu sagen.

Ottakring näherte sein Ohr ihrem Mund, sodass er den stinkiglauen Atem riechen musste. Es dauerte lange. Er fürchtete schon, sie würde ihn beißen, da flüsterte sie ihm unerwartet etwas ins Ohr. Es war nicht viel, und sie brauchte nicht lange. Doch es reichte, um Ottakring das Gesicht verziehen zu lassen und ihn nachdenklich zu machen.

»Sag ich doch«, flötete seine Mama mit ihrem Piepsstimmchen dazwischen und machte die Bewegung des Halsabschneidens. »Haftbefehl. Die Moserin ist eine Mörderin.«

Lange hatte Ottakring nicht gelacht. Aber jetzt musste er laut lachen.

»Ich war droben und hab den Wolf getötet«, hatte sie geflüstert.

FÜNF

Rico Stahl holte vier DIN-A5-Blätter aus dem Drucker. Er warf einen kurzen Blick darauf und ließ sie ungelesen sinken. Stattdessen sah er aus dem Fenster. Der Blick aus dem Gebäude des Polizeipräsidiums hinaus war um Welten attraktiver als der Blick von außen auf das Gebäude.

Der Tag endete wieder wie der letzte und der vorletzte – mit spektakulär untergehender Sonne.

Abendlicht spiegelte sich in den Autodächern drüben auf dem Loreto-Parkplatz, zitternde Sonnenstrahlen durchstießen wie Degenstiche die Ahornbäume entlang der Straße, blutrote Kumuluswolken darüber, im Hintergrund die Alpenkette mit ihren grauen Steilhängen und Zacken. Wie auf einem Gemälde von Alfons Wegner.

Ein Wetter, wie man es droben auf der Grabmoosalm wahrscheinlich seit Menschengedenken nicht erlebt hatte. Zumindest, seit die Papierfabrik in Betrieb war.

Seltsam, sagte sich Rico Stahl zum wiederholten Mal. Seltsam, die Gschicht dort droben.

»Wo bleibt das Ergebnis?«, rief er laut ins Telefon. Wenn der Chef der Mordkommission spricht, spuren die Leute gewöhnlich.

»Moment. Kommt schon.« Kurze Pause. Papierrascheln. »Kein Hinweis auf eine andere Version als die, die Ihnen geschildert worden ist. Seltsam nur, dass null Abdrücke an der Waffe waren. Als wenn der Schaft und der Abzug abgewischt worden wären. Alles jungfräulich. Dabei ist die Waffe doch bestimmt durch einige Hände gegangen. Zumindest durch die von der Toten. Von dem Hund waren leider keine Abdrücke zu erwarten.«

Der Anrufer hüstelte.

»Moment noch, Chef. Das Altenheim von dieser Moserin, das wo Sie wissen wollten. Das Wohnstift Grandis. Das liegt am östlichen Stadtrand.«

Rico Stahl nickte. »Dann schaut euch einmal dieses Wohnstift an. Verwalter. Zimmer der Moserin. Umfeld. Ihr wisst schon.«

Immer stärker hatte er das Gefühl, droben am Tatort etwas bemerkt zu haben, was nach einer Deutung verlangte. Er goss sich ein Glas Wasser ein und schob die vor ihm liegenden Papiere zur Seite. Eine undeutliche Erinnerung tauchte in seinem Kopf auf, ohne dass er sie exakt festhalten konnte. Sie hatte mit dieser Moserin zu tun. Und mit dem Altenheim, in dem sie lebte. Dem Grandis.

***

»So? Einen Durchsuchungsbefehl haben Sie nicht? Sie, das mögen wir aber gar nicht gern, wenn die Polizei hier herumschnüffelt. Das schafft Misstrauen unter unsren Hausgästen und verunsichert die Angehörigen. Das war noch nie der Fall. Warten Sie, ich werd mich erkundigen.«

Die Heimleiterin des Wohnstifts Grandis tippte eine Kurzwahl. Sie hieß Frau Unruh, war geschätzt so alt wie die Bundeskanzlerin und ähnelte ihr ziemlich. Immer ein vergnügtes Lächeln um die Lippen.

Chili Toledo und ihre Kollegin von der Mordkommission sahen sich aus dem Augenwinkel an.

Chili trug enge Jeans, eine braune Weste über einem graugrünen Top und die Zigeunerohrringe, die sie so liebte. Tizianfarbenes Haar ergoss sich über die Schultern.

»Aha!«, rief die Leiterin, beendete ihr Telefonat und wandte sich den Besucherinnen zu. »Sie sehen, es ist das erste Mal, dass die Polizei einfach hier reinschneit. Ohne Erlaubnis.«

Chili trat zwei Schritte vor.

»Wir schneien hier nicht einfach rein. Und es geht nicht um Bußgeld. Es geht um Mord.«

Das war zwar nicht ganz korrekt. »Tod durch Fremdverschulden« war die offizielle Bezeichnung. Doch wenn man auftrumpfen wollte, klang Mord bedrohlicher.

Schließlich war die Heimleiterin bereit, sie auch ohne den Durchsuchungsbefehl ins Zimmer der Moserin zu führen. Unter einer Bedingung: Die Moserin durfte nicht dabei sein.

»Was suchen Sie eigentlich?«, wollte sie am Ende noch wissen.

»Sie können gern dabei sein. Dann werden Sie's schon sehen. Es steht aber bei Weitem nicht fest, ob wir überhaupt was finden werden.«

Zwanzig Minuten später rief Chili ihren Chef, Kriminalrat Rico Stahl, über Handy an.

»Erinnern Sie sich, Chef, wie viele Schüsse auf die Tote abgegeben wurden?«

Rico musste nicht lange nachdenken. »Zwei. Und die Hülsen wurden nicht gefunden.«

»Doch, Chef. Jetzt wurden sie gefunden.«

Chili konnte spüren, wie ihr Chef aufhorchte. Es folgte eine kurze Pause, während der beide schwiegen.

»In der Schürzentasche von der Moserin.«

Noch eine Sekunde Schweigen.

»Gleiches Kaliber. Unzweifelhaft.«

Chili war nur flüchtig mit der Moserin zusammengetroffen. Man hatte sie vor der Durchsuchung entfernt. Ihr Zimmer war nicht groß. Dadurch aber, dass auch nicht viel drin war, wirkte es geräumiger als die vielleicht fünfzehn Quadratmeter. Ein Bett, ein Tisch mit Stuhl, ein altmodischer Sessel, ein Holzschrank in sienafarbenem Ocker mit primitiver Bauernmalerei, der vier Stummelbeine hatte. Eines dieser Stummelbeine fehlte, dafür hielt ein roter Ziegelstein das Gewicht. Selbst die Form und Art dieses Ziegelsteins, genau wie die des Sessels, war lange außer Mode gekommen.

In dem Schrank – rechts mit Kleiderstange, links unten Schubladen, oben für Kurzärmeliges – fanden sich vier Schürzen. Zwei mit Trägern, zwei ohne. In der linken und rechten Außentasche einer der beiden Schürzen ohne Träger hatte sich je eine Patronenhülse befunden.

Jeden Zentimeter im Zimmer der Moserin hatten sie umgedreht. Nichts, was einen weiteren Hinweis auf die Tat ergeben hätte, hatten sie gefunden.

»Können Sie sich erinnern, welche Schürze Ihre Großmutter am Todestag getragen hat?«, fragte Chili am Telefon.

Unweigerlich, diese Frage an die junge Resi musste kommen.

Und es war grad so unweigerlich, dass sich die Resi nicht daran erinnern würde. Den Beweis musste das Labor erbringen. Doch selbst wenn – was bewies das schon?

Das war die eine Nachricht, die Rico Stahl an diesem Nachmittag erhielt.

Die andere konnte er dem Arztbericht entnehmen, den er zunächst so achtlos weggeschoben hatte.

Dr. Oliver Schmeling hieß der Psychiater, bei dem die Moserin sporadisch in Behandlung war.

»Die Patientin hat in zunehmendem Maße Mühe, Gesichter zu erkennen. Oft sieht sie auch Gesichter, wo keine sind. Im Wartezimmer tätschelt sie die Köpfe anderer Patienten, weil sie sie für Kinder hält. Liebenswürdig spricht sie den Wasserspender im Vorzimmer an und ist erstaunt, wenn er keine Antwort gibt.

Da die Patientin hochgradig an Diabetes leidet und sich diese Krankheit auf die Augen auswirken kann, wurde sie an einen Fachkollegen überwiesen. Er nahm die Anamnese auf und untersuchte die Augen. ›Mit den Augen ist alles in Ordnung‹, schrieb er mir zurück. ›Aber mit dem Sehzentrum ihres Gehirns stimmt etwas nicht.‹ Frau M. benötigt demnach keinen Psychiater und keinen Augenarzt, sondern einen Neurologen.«

Rico Stahl wurde sehr nachdenklich. Sollte er diese Frau einem weiteren Facharzt überantworten?

Eine ganz andere offene Frage beschäftigte ihn beinahe noch mehr. Warum glaubte er der Zeugin Resi Moser nicht? Ihre Aussage war eindeutig. Der Hund war mit den Läufen oder mit den Krallen an den Abzug geraten. Die Waffe hatte sich entladen und die Grabmoosalm-Wirtin tödlich getroffen.

Doch zwei Indizien irritierten ihn bei alldem.

Warum waren keine Fingerabdrücke an der Waffe? Die Wirtin war schließlich angeblich mit dem Gewehr auf Wolfsjagd gewesen und musste Abdrücke hinterlassen haben, wenn sie nicht die ganze Zeit über Handschuhe getragen hatte.

Und nun die zwei Patronenhülsen. Warum steckte die demente Moserin diese Dinger, mit denen die tödlichen Schüsse abgefeuert wurden, in die Tasche? Ließ sie also verschwinden?

In seinem Kopf bestand kaum mehr ein Zweifel. So viele Zufälle konnte es nicht geben. Und wenn das so wäre, hätte die Enkelin, die Resi, gelogen. Gelogen, um eventuell etwas zu verschleiern.

Vorerst wollte er seine Gedanken jedoch noch für sich behalten. Sie waren noch zu unklar, um den anderen mitgeteilt zu werden.

***

Als Joe Ottakring an diesem Morgen kurz nach sieben aufwachte, war er immer noch sehr müde. Er blieb mit offenen Augen unbeweglich und kraftlos im Bett liegen.

In seiner aktiven Zeit war ihm das nie passiert. Da hatte er Nächte durcharbeiten können und war am Morgen frisch und bereit zu neuen Taten gewesen. Aber das war nun schon gute zwei Jahre her. Er setzte sich auf die Bettkante. Der Fußboden unter seinen Füßen war kalt. Er zwang sich in die Senkrechte.

Lola fehlte ihm. Finnland, ein Kongress. Der Bauch zog sich ihm bei dem Gedanken zusammen, dass sie ihn wieder hintergangen haben könnte wie bei einer ihrer letzten längeren Abwesenheiten.

Dann ging er ins Badezimmer. Das kalte Wasser nach dem heißen Duschen war wie eine Ohrfeige. Doch er hatte sich vorgenommen, diese Gewohnheit beizubehalten, die ihn dazu zwang, wieder zu funktionieren. Wenn sie zurückkam, würde er Lola fragen, wie die Finnen es mit dem Duschen handhabten.

Als der Kaffee fertig war, begab er sich an den Küchentisch. Inzwischen hatte er die Morgenzeitung geholt. Auf der Regionalseite waren ein Foto der Grabmoosalm und eine kurze Meldung abgedruckt.

Annemarie Moser, die weithin bekannte Wirtin, sei bei einem Unfall ums Leben gekommen. Resi, ihre Tochter, übernehme nunmehr die Leitung der Alm.

Mehr nicht.

Doch Ottakring konnte zwischen den Zeilen lesen. Etwas stimmte da nicht. Kein Wort zur Art des Unfalls, keine weiteren Ausführungen.

Das Kurioseste: Er selbst war noch am Tag des Unfalls auf der

Grabmoosalm gewesen und hatte die Wirtin lebend im Kreis ihrer Familie gesehen! Das musste demnach kurz vor dem Unfalltod gewesen sein.

Er wollte weiterblättern. Doch er kam nicht zum Lesen. Seine Gedanken waren bei dem Unfall. Immer wieder. Etwas vagabundierte minutenlang in seinem Hinterkopf herum. Bis er darauf kam.

Seine Mutter. »Die Moserin ist eine Mörderin!«, hatte sie gekrächzt.

Und er hatte gelacht, als sie ihm ihren Verdacht ins Gesicht warf!

Er blickte auf die Uhr. Wenn er jetzt bei seinen früheren Kollegen anrufen würde und er läge mit seinem Gefühl falsch, würden sie ihn für verrückt erklären.

SECHS

Die Resi war abwechselnd sehr traurig und sehr nervös, manchmal beides zugleich. Tieftraurig, weil sie von einer Sekunde auf die andere die Mutter verloren hatte, und nervös, weil sie merkte, dass sie einen groben Fehler begangen hatte.

Sie hätte nach Worten suchen müssen, sollte sie den Zustand beschreiben, in dem sie sich befand, seit ihr Seppe die Sprache verloren hatte.

Sie hatte mit ansehen müssen, wie ihre Mutter auf abscheuliche Weise getötet wurde. Mitten durch den Mund. Hätte sie da der Polizei die Wahrheit erzählen sollen?

Nichts deutete vorläufig auf die Moserin als Täterin hin.

Selbst der Fehler, den sie begangen hatte, war kein Hinweis.

Trotzdem war die Resi nun beim Besteckputzen aus einem unbestimmten Grund nervös, weil sie an der Flinte sämtliche Spuren beseitigt hatte. Fünf, sechs Mal oder öfter war sie mit dem nassen Handtuch drübergegangen.

Natürlich hatte sie lediglich die Fingerabdrücke von der Moserin entfernen wollen, damit kein Verdacht auf sie fiel. Doch selbstverständlich hätten zumindest die Abdrücke ihrer toten Mutter daran kleben müssen. Sie war auf Wolfsjagd gewesen, und das hatte sie der Polizei auch berichtet.

Während sie noch überlegte, schoss ihr plötzlich siedend heiß ein weiterer Gedanke durch den Kopf. Hatte nicht vorher schon dieser Kriminaler den beiden Frauen die Waffe entrissen, als sie hitzköpfig darum gerungen hatten? Auch seine Spuren hätten demnach gefunden werden müssen.

Aber das wusste niemand, und der Mann dürfte sich kaum mehr daran erinnern.

»Mein arms Pfeiferl.«

Früher hatte er, wenn die Mama mit ihm sprach, geantwortet: »Ja, Mama«, oder etwas Ähnliches.

Jetzt spitzte er die Lippen und pfiff.

»Di di daa daa.«

Am liebsten hatte er es, wenn sie ihn in die Arme nahm und ihn abbusselte. Das war ihm dann eine komplette Pfeif-Symphonie wert.

Auf einmal, mitten im Besteckputzen – Essteile in der Linken, Lappen in der Rechten –, fuhr ihr ein Schreck durch die Glieder.

»Pfeiferl! Seppe! Wo bist du?«, rief sie durchs Haus.

Normalerweise wäre jetzt der Bub aufgetaucht oder die Sissi, oft beide zusammen. Doch niemand kam.

Wo war der Bub?

Die Resi rannte ans Fenster, schob die weiß-rot gestreiften Wollvorhänge zur Seite und schaute hinaus. Auf der Terrasse standen Tische und Stühle säuberlich aufgereiht. Aschenbecher und Salz und Pfeffer auf den Tischen, Kissen auf den Stühlen. Der Traktor stand da, die Garage war offen. Doch kein Pfeiferl und keine Sissi weit und breit.

Gehetzt eilte die Resi zur Tür und riss sie auf.

»Pfeiferl! Seppe! Wo seid ihr?«

Sie pfiff auf zwei Fingern.

»Sissi! Komm!«

Aus dem Wald gegenüber schallte ihr Echo leise zurück. Sie hätte sich von Herzen eine andere Reaktion gewünscht. Wo waren sie?

Der Seppe, der sich sonst keinen Schritt von daheim zu entfernen wagte. Wohin war er verschwunden?

Verflixte Ferien! Während der Schulzeit wäre so was nicht passiert.

Bald bräche die Dämmerung herein. Die Resi kriegte es mit der Angst zu tun.

»Dada di dit«, pfiff der Pfeiferl leise. Die Sissi folgte ihm dicht auf den Fersen. Sie waren beide etwa gleich groß und achteten sorgfältig darauf, keine überflüssigen Geräusche im Wald zu verursachen, der wieder einmal voll Dunst und dünnem Nebel war.

Sie bewegten sich wie Soldaten über ein Minenfeld.

Die Sissi hatte sich erstaunlich schnell auf die neuen Befehle umgestellt. Zuerst, als der Seppe sie nicht mehr rief, sondern nach ihr pfiff, hatte sie nur die Ohren angelegt und ihren jungen Herrn fragend angesehen. Nun aber wedelte sie bei jedem Pfeifkommando freudig mit dem Schwanz und folgte ihm mit glänzenden Augen.

Sie kamen an eine besonders enge, verfilzte Baumgruppe, an welcher der Pfad vorbeilief. Der Pfeiferl musste sich ducken, um durchs Gebüsch zu kommen, und die Sissi bewegte ihren schmalen, langen Körper aalgleich wie eine Schlange.

Weit war's nicht mehr bis zur Wolfshöhle.

Bei aller Vorsicht und allem Nervenflattern musste der Pfeiferl oft an den Tag denken, als die Moserin die Großmutter erschoss. Er hatte so etwas schon einmal im Fernsehen gesehen. Doch in echt war es etwas ganz anderes.

Allein das viele Blut überall! Und der halbe Kopf war weg. Dass seine Großmutter tot war, hatte der Bub zwar begriffen. Aber so richtig ins Bewusstsein gedrungen war's ihm noch nicht. Es war, als ob er sie auf einem vergilbten Foto betrachten würde, das Gesicht halb im Schatten. Und mit einer Miene, als sei das Bild gegen ihren Willen aufgenommen worden.

Er erinnerte sich genau an die hagere Gestalt, ihre nervösen, fahrigen Bewegungen und ihre Stimme, die klang wie die vom Direktor in der Schule.

Seither konnte er nicht mehr reden.

Er mochte seine Großmutter, nicht nur weil sie den besten Zimt-Grießbrei von der ganzen Welt zubereiten konnte. Jedenfalls war sie für ihn nicht tot.

Sooft er konnte, fuhr er mit dem Radl zum Friedhof. Dann stand er vor der großen Grabplatte, unter der die Großmutter lag. Dass sie sich freiwillig in ein Feuer gelegt hatte, um verbrannt zu werden, mochte er nicht glauben. Für ihn lag sie da unten und schlief, und er konnte mit ihr reden. Nach außen hörte es sich wie Pfeifen an. Aber für ihn war es reden. Er hatte gar nichts dagegen, dass er nicht mehr richtig reden konnte so wie früher und wie die anderen Menschen. Und er hatte auch nichts dagegen einzuwenden, dass die Mama ihn jetzt Pfeiferl nannte. Ihm gefiel der neue Name.

Sie hatten das Dickicht hinter sich gelassen. Es wurde schon ein bisschen dunkel, und der Pfeiferl kniff die Augen zusammen und dachte wieder an den Wolf. Auf einmal fing die Sissi an zu quietschen. Der Bub hob die Hand, und beide blieben stehen.

Es fing leise zu regnen an.

Und mit dem Regen nahm der Pfeiferl den Geruch von so etwas wie kaltem Schweiß wahr.

Die Sissi setzte sich leise und gefährlich knurrend neben ihn und schaute ihn an.

Leise pfiff er »Da daa daa dit!«, was so viel hieß wie: »Vorsicht! Jetzt wird's ernst!«

Hochgradig nervös schaute die Resi auf die Uhr. Zwei Stunden waren vergangen, seit sie die Abwesenheit der beiden bemerkt hatte. Die Dunkelheit, die sich jetzt über die Grabmoosalm, den Wald, das Tal und die Papierfabrik gesenkt hatte, kam ihr kalt und feindselig vor. Die Wolkendecke war aufgerissen, der Regen hatte aufgehört, und es war kühl geworden.

Ein tiefes Gefühl der Hilflosigkeit überkam sie.

Nicht nur, dass ihr Bub verschwunden war.

Dass ihre Mutter tot war und die Großmutter schwachsinnig im Heim.

Selbst die geliebte Hündin war weg.

Ebenso schlimm war: Sie war allein!

Ein verzweifelter Gedanke durchzuckte sie nicht zum ersten Mal.

Anstatt die Alm abzuschließen, sich in ihr Auto zu setzen und sich auf die Suche nach den zwei Ausreißern zu begeben, war sie unschlüssig herumgesessen und hatte gewartet. Sie mochte einfach nicht wahrhaben, dass die zwei verschwunden waren. Einfach so. Ohne sich abzumelden.

Deshalb sperrte sie jetzt – hoffentlich war es nicht zu spät! – die Alm ab, setzte sich in ihr Auto und wollte gerade vom Hof fahren, als sich von rechts, vom Forstweg ins Tal her, gluthelle Scheinwerferkegel im Wall der dunklen Bäume verfingen. Ihr Licht durchdrang den dichten Dunst mühelos, zuckte rauf und runter und erreichte schließlich Resis tannengrünen Subaru.

Die Resi wartete bei laufendem Motor auf dem Fahrersitz.

Mit vierzehn hatte sie zu rauchen angefangen. Zuerst nur Menthol und nur vier, fünf Stück am Tag. Später, mit neunzehn oder zwanzig, war sie bei täglichen fünfundzwanzig Gauloises ohne Filter angekommen. Vor zwei Jahren hatte sie von einem Tag auf den anderen – vom Ostersonntag auf den Ostermontag, um genau zu sein – mit dem Rauchen aufgehört. Innerhalb eines Vierteljahres hatte sie über zehn Kilo zugenommen, die ihr aber gut standen.

Eine halb gefüllte Packung Gauloises hatte sie als Andenken im Handschuhfach aufbewahrt.

Im Licht der Scheinwerfer hob sich die Silhouette des Almhauses mit seinem hohen Giebel aus der Dunkelheit ringsum ab. Zum Hang hin lagen wie ein Querschiff in der Kirche die früheren Stallungen. Die Moserin hatte sie zu Matratzenlagern umfunktioniert. Durch das rautenförmige Fenster in der Küchentür neben dem Gastraum schimmerte Licht. Die Resi hatte vergessen, es auszuschalten.

»Hallo, hallo, hallo!«

Die Resi griff zum Handschuhfach.

Ein lärmendes Pack entstieg dem ankommenden Wagen, der von fern aussah wie ein Panzer, der sich gegen das Volk richtete.

»Sind Sie die Grabmoosalmwirtin?«

Das sind Schaulustige, die etwas von Mamas Tod gehört oder gelesen haben, dachte die Resi.

Das hatte sie schon einmal miterleben müssen, wie Menschentrauben angekommen waren und sich überall breitgemacht hatten. Bloß nicht wieder diese Neugierigen!

Vorsichtig, um nichts, was sie nicht sehen konnte, über den Haufen zu fahren, gab sie Gas.

Im Mundwinkel hing die Zigarette. Nur so. Nicht angezündet.

Drüben klappten die Türen wieder zu.

In dem Auto gestikulierten Menschen.

Die Resi konnte sie verschwommen durch die Frontscheibe sehen.

Sie wusste nicht, wohin. Zu viel ging ihr durch den Kopf. Wie in Trance fuhr sie langsam auf den schmalen Feldweg Richtung Wald.

Sie blendete auf.

Sie musste den Pfeiferl finden.

Als sie die ersten Bäume passierte, zündete sie die Zigarette an und nahm einen tiefen Zug. Der Rauch, der durch die Lungen kroch – und aus den Nasenlöchern wieder herausquoll –, tat gut und schmeckte unbeschreiblich.

Das dicke Paket von Geländewagen hatte sich von hinten auf wenige Meter genähert.

Endlich fasste sie sich ein Herz, trat in die Bremsen und beobachtete den anderen im Rückspiegel.

Es war knapp, er fuhr fast auf, aber es reichte.

Eine Sekunde später wurden beide Vordertüren des Geländeprotzes aufgerissen. Zwei Männer sprangen heraus.

Die Resi schaltete die Scheinwerfer ein und gab wieder Gas. Dreck spritzte nach hinten weg.

Dass ein nasser Wolf nach kaltem Menschenschweiß riecht, überraschte ihn. Aber jetzt wusste es der Pfeiferl. Der Graue stand keine zehn Meter entfernt vor ihnen, halb verdeckt durch einen dicken Fichtenstamm. Er hatte Nacken und Kopf gesenkt und schaute aus böse funkelnden Augen zu ihnen her.

Der Pfeiferl zog die Luft tief ein und legte einen Arm um Sissis Nacken. Angst hatte er nicht vor dem Wolf, aber den Eindruck, dass Sissi ihn plötzlich um Kopfeslänge überragte.

Sissi knurrte aus tiefer Brust. Sie hatte es ja kürzlich erst blutig mit dem Kerl zu tun gehabt.

Bevor der Bub einen weiteren Pfiff flüstern konnte, näherte sich der Graue Zentimeter für Zentimeter, die Augen auf den Hund geheftet.

Der hinkt ja, fiel dem Pfeiferl auf.

Die Sissi stelzte kraftvoll und ohne Furcht vorwärts.

Die Dunkelheit des Waldes hatte sich herabgesenkt. Der Aschgraue hatte sich in einen Kohlschwarzen verwandelt, und seine Augen glühten wie das Feuer der Hölle.

Trotzdem streckte der Pfeiferl ihm die Zunge raus, zischte und wackelte mit den Ohren.

Drei, vier Meter waren die Tiere jetzt nur mehr voneinander entfernt. Sie standen da mit gesträubtem Fell und knurrten sich an, bereit zum Sprung. Doch sie hatten ihre Erfahrungen miteinander schon gemacht und verhielten sich vorsichtig. Millimeter für Millimeter näherten sie sich einander, den Kopf gestreckt.

Noch eineinhalb, noch einen Meter.

Beide Köpfe zuckten mit gefletschten Zähnen vor.

»Di daaa!«, rief der Pfeiferl aus.

Beide würden mit Leichtigkeit seinen Arm knacken können, stellte er sich vor.

Dann standen sie Haut an Haut, Fell an Fell aneinander.

Der Wolf knurrte wie ein Löwe, die Sissi wie eine Tigerin.

Der Pfeiferl konnte in der Dunkelheit nur das Leuchten ihrer Augen sehen.

Sie umkreisten sich, biegsam wie junge Füchse.

Es sieht fast aus, als würden sie sich mögen, dachte der Pfeiferl. So wie er und die Alex unten im Dorf.

In diesem Moment wurde er abgelenkt. Er hörte etwas. Etwas wie ein Motorgeräusch.

Auch die Tiere hielten inne.

Dann irrte ein Scheinwerfer mitten durch die Bäume, zitterte, flirrte – und auf einmal befanden sie sich mitten in grellem Licht.

Später erinnerte sich der Pfeiferl, in einem Baumwipfel in der Nähe einen Vogel laut singen gehört zu haben.

Die Resi war aufgeregt. Sie hatte geglaubt zu merken, wie ihr langsam schlecht wurde.

Der Pfeiferl war verschwunden.

Die Sissi war verschwunden.

Und dicht hinter ihr ein Auto mit Verbrechern oder solchen, die auf dem besten Weg waren, welche zu werden.

Da tauchte im Licht des herumirrenden Scheinwerfers ein Bild auf, das sie nie mehr würde vergessen können. Zwei Tiere mit Augen wie fluoreszierende Spiegeleier und ein Kind.

Beim zweiten Hinsehen lief ihr eine Gänsehaut über den Rücken.

Ihr Pfeiferl! Er hielt sich eine Hand vor die Augen. Sie blendete ab. Und daneben die Sissi mit – war das der Wolf? Die Gruppe hielt sich wenige Meter neben der Forststraße auf.

Bremsen, suchen, halten. Als sie wieder aufblickte, war der Wolf verschwunden. Aber ihre zwei waren da! Unversehrt, wie es schien. Die Resi bekam feuchte Augen. Sie musste eine kurze Weile sitzen bleiben, hatte das Bedürfnis, die Stirn gegen das Lenkrad zu lehnen.

War sie wütend oder erleichtert? Sie entschied sich zu Letzterem. Doch für langes Nachdenken war keine Zeit. Denn sie spürte, wie draußen sowohl der Pfeiferl wie auch der Hund unschlüssig waren und bereit wegzulaufen.

Da wurde die Tür aufgerissen.

»Sie sind doch die Grabmoosalm, oder? Können wir Sie kurz sprechen?«

Ein Mann und eine Frau. Sie hielten ihr einen Ausweis hin.

»Presse!«, rief die Frau.

Die Resi wischte den Ausweis weg.

»Lassen Sie mich in Ruhe!« Sie hörte sich selbst schrill brüllen.

In diesem Augenblick geriet Bewegung in die zwei im Wald. Die Sissi kam mit langen Sätzen angesprungen, im Nu war sie da.

»Huch, der Hund. Ein wilder Hund!«, kreischte die Frau.

Dann war die Presse weg.

Der Pfeiferl schlang die Hände um die Mama, die Sissi sprang zuerst wie ein Gummiball um die beiden herum. Dann stellte sie sich auf, legte die dicken Pranken auf Resis Schulter und leckte vor Freude heulend ihr Gesicht ab. Der Pfeiferl spitzte die Lippen und pfiff vor Glück. Ein lachendes Gesicht mit funkelnden Augen.

»Mei, wo wart ihr denn? Ihr wart auf einmal weg. Warum hast du nicht Bescheid gsagt, Pfeiferl? Ach, bin ich jetzt froh!«

Erst jetzt kam sie etwas zur Ruhe. Sie schaute an ihrem blau geblümten Kleid hinunter, die Tränen liefen ihr über die Wangen.

Erst jetzt stellte sie fest, dass sich der Geländeprotz entfernt hatte.

»Daa dididit daa daa daa! Dadidita didit!«

Der Pfeiferl fuchtelte wild mit den Armen herum, deutete auf die Dogge, die noch immer verrücktspielte, und mit dem Daumen hinter sich in den Wald.

Nicht jedes Mal konnte ihn die Resi verstehen. Doch diesmal war die Botschaft eindeutig.

»Wir haben den Wolf gesucht«, übersetzte sie. »Und gefunden! Und die Sissi war cool!«

Strahlend sah der Pfeiferl sie an und grinste zufrieden. Auch er hatte verstanden.

»Los, rein mit euch!«

Eine Minute später hatte sie gewendet. Beim Losfahren sah sie, wie im Wald zwei Spiegeleier aufleuchteten.

Sissi bellte auf. Hielt kurz inne. Und bellte weiter.

Es klang wie ihr Bellen, wenn der Briefträger kam oder der Pfarrer, wenn er eine Halbe brauchte.

Beide mochten die Sissi sehr.

SIEBEN

»Sie schon wieder?«, ätzte die Heimleiterin.

Frau Unruh war eine schmächtige Frau, die Willenskraft und Stärke ausstrahlte. Sie erwiderte Chili Toledos Blick, ohne auch nur einen Zentimeter auszuweichen.

»Haben Sie denn diesmal einen Durchsuchungsbefehl?«

Ein Dauerlächeln mit Zähnen wie aus einer Gebisswerbung wich nicht aus ihrem sonst strengen Gesicht.

Chili empfand es als aufdringlich und unehrlich.

»Es geht um Mord«, trumpfte sie auf und strich sich eine tizianfarbene Strähne aus dem Gesicht. »Ich will Frau Moser besuchen. Dazu benötige ich keine Anordnung. Sie werden mich nicht stoppen.«

Wenig später saß sie Frau Moser gegenüber.

Die Moserin, in ihrem dunklen Sarg-Kostüm, stand am Fenster. Hinter ihr an der Wand der ockerfarbene Bauernschrank mit dem Backstein als Bein.

Chili hätte sich gern im Sitzen mit ihr unterhalten, doch da war nichts zu machen. Sie holte zwei x-beliebige Gewehrpatronen aus der Tasche, bettete sie auf die offene Handfläche und hielt sie der Moserin unter die Nase.

Die Miene der Frau wirkte so teilnahmsvoll wie ein Mülleimer. Ihre Augen tasteten die Kommissarin ab, die Patronen ließen sie links liegen.

»Was führt Sie zu mir?«, fragte sie höflich.

»Frau Moser, wissen Sie, dass Ihre Tochter tot ist?«

Kein Fältchen zuckte.

»Tochter? Welche Tochter? Wer ist tot?«

Schwierig, dachte Chili, schwierig. Sie hatte einen Fehler begangen. Sie hätte einen Spezialisten mitnehmen sollen. Doch dann hätten sie noch mehr Mühe aufwenden müssen, überhaupt so weit zu kommen.

»Ihre Tochter. Die Annemirl.« Na, dann gleich volles Geschütz. »Sie wurde erschossen. Und das sind die zugehörigen Patronen.

Mit denen sie erschossen wurde. Sie waren in Ihrer Schürzentasche. Warum, Frau Moser? Wie kommen diese Patronen in Ihre Schürzentasche?«

Ein Mundwinkel hob sich. Die Frau deutete ein Lächeln an. Vielleicht erinnerte sie sich?

Der Mundwinkel senkte sich wieder.

»Wer bist du überhaupt?«, fragte die Moserin und streckte Chili die Hand hin. »Die Leute scheinen zu glauben, dass irgendwas mit meinen Augen nicht stimmt.«

So kam sie nicht weiter, das war sicher. Also holte Chili den Trick aus der Tasche, den sie sich von der Rechtsmedizin geholt hatte.

Sie hatte eine Zeitschrift mit einem Wolf auf dem Titelbild mitgebracht. Ein Wolf, umgeben vom Grün des Waldes und der Wiesen. Er wirkte nicht gerade wie ein verwöhntes Haustier.

»Was ist das ...?«

Die Frage hätte sie sich sparen können.

»Der Wolf, der Wolf, der ...«, rief die Moserin erregt aus. Sie machte den Eindruck, als wollte sie noch mehr sagen. Doch vorher wurde sie ohnmächtig.

Sie erkannte den Wolf auf dem Foto, verdrehte die Augen, holte einmal tief Luft, röchelte wie ein Kanaldeckel und sank in sich zusammen. Eine lautstarke Blähung entwich ihrem Darm, und ein ekelhafter Geruch erfüllte das Zimmer.

»Hat sie wieder gefurzt?«

Eine Frau, die aussah wie ein luftiger Teenager aus den wilden Sechzigern, hatte die Tür geöffnet. Zierlich, durchsichtig, Blümchenkleidchen bis zum Knie.

»Wer sind Sie denn?«, fragte Chili Toledo forsch. »Sie sehen doch, wir unterhalten uns.«

»Wer ich bin? Hehehehehe. Fragen Sie doch die da!«

Sie deutete mit dem Kinn zur Moserin, die sich inzwischen aufgerappelt hatte und wieder aus dem Fenster schaute.

Die Neue wedelte mit einer Hand vor dem Gesicht herum.

»Hier stinkt's vielleicht. Aber das sind wir von der da ja gewohnt. Sie wird's auch nicht sagen können, wer ich bin. Dann sag ich's Ihnen halt. Ich bin die Ottakring. Gretl Ottakring.«

Chili blieb vor Überraschung der Mund offen stehen. Sie wusste von einem Kollegen, dass Joe Ottakrings Mutter im Pflegeheim war. Stand sie jetzt vor ihr?

»War Ihr Sohn bei der Kripo?«, fragte sie die Hagere.

»Der Wolf!«, ertönte es laut aus dem Hintergrund. »Der Wolf ist tot!«

»Blödsinn!«, rief die Ottakring verächtlich aus. »Der Wolf ist lange noch nicht tot.«

Sie trippelte zu Chili hin und neigte sich zu ihr. »Die Moserin ist eine Mörderin«, flüsterte sie verschwörerisch. »Glauben Sie's mir. Sie hat's mir selber gesagt. Eine Mörderin.«

Chili neigte dazu, der Behauptung nicht weiter nachzugehen. Wen sollte die Alte denn schon ermordet haben? Ihre eigene Tochter etwa? Blödsinn!

»Genau! Mörderin!«

Die Moserin kam aus dem Hintergrund auf die beiden zugeschossen, legte die Hände um Chilis Hals und drückte zu.

»Mörderin!«, schrie sie noch einmal.

***

Dutzende Male hatte Joe Ottakring seine Mutter schon im Wohnstift besucht. Meist saß sie im Casino auf der zweiten Etage und begriff nicht, warum sie hier war. Was sie hier verloren hatte.

Dieser Teil war die geschlossene Abteilung des Grandis, in dem diejenigen untergebracht waren, die als grenzwertig galten oder die Grenze bereits überschritten hatten. Oder die, die sich auf die Socken machen und abhauen würden.

Zu diesem Zweck gab es einen breiten Eingang mit Holzrahmen, Sicherheitsglas und Sicherheitsschloss. Das Schloss war immer abgesperrt. Ohne Schlüssel war weder ein Rein- noch Rauskommen.

Nun wollte Ottakring seine Mutter besuchen. Nicht, weil er das Bedürfnis dazu hatte. Sondern weil er sich verpflichtet fühlte, es zu tun. So wie er früher zum Dienst ging, weil es seine Pflicht war.

Er fand sie im Casino.

Dr. Mindler stand barfuß hinter ihr, hatte ihr die Hände auf die Schultern gelegt und war dabei, ihr den zweiten Satz der Sibiria-Symphonie von Josef Stalin zu erklären.

»Können Sie die Gretl kurz entbehren?«, fragte der Kriminalrat a. D. den Herrn in freundlichem Ton.

Überrascht blickte Mindler auf. Er spitzte die Lippen, als ob er schmollte. Dann lächelte er breit.

»Wenn Sie mir nur gestatten, den zweiten Satz zu Ende zu erklären. Gretl wollte es unbedingt hören. Und wenn wir fertig sind, werde ich sie ins Konzert führen. In London spielen sie die ›Sibiria‹ meist noch im alten Jahr.«

Ottakring war nicht sehr bewandert, was klassische Musik anbetraf. Seine Mutter noch viel weniger.

»Wer sind Sie eigentlich?«, hakte Mindler nach.

Ottakring verweigerte die Antwort.

Den anderen störte das nicht. Er hatte seine Frage schon vergessen.

Die Gespräche im Raum waren verstummt. Es war still.

Ephraim Stubenrauch, der Philharmoniker, hatte seine Trompete unter den Arm geklemmt und war auf Zehenspitzen näher getreten.

»Das friedliche, wie in klösterlicher Abgeschiedenheit empfangene Hauptthema klingt in den ersten Violinen auf und entfaltet sich über die Celli hin zu den Bratschen«, dozierte Dr. Mindler. Er hatte sich einen Stuhl herbeigezogen und sich vor die Frau gesetzt. Der Trompeter schloss sich ihm an. »Ein Farbtupfer durch die Hörner, eine Unterstreichung durch die Violinen auf ihrer klangvollen G-Saite …«

Gretl Ottakring hing an seinen Lippen.

Ihr Sohn hatte sie kaum je so konzentriert gesehen. Es freute ihn, dass es ihr so gut ging.

Die Wahrheit.

Konnte es wahr sein, dass der Hund der Mosers versehentlich die Frau erschossen hatte? Wie konnte ein Hund mit seiner Riesenpratze versehentlich den Abzug eines auf dem Tisch liegenden Gewehrs betätigen? Doch die Ermittler waren schon weit, das war

Ottakring bekannt, und sie hatten kein Haar in der Suppe gefunden.

»›Die Moserin ist eine Mörderin!‹ Hast du doch gesagt, oder?«, fragte er seine Mutter später auf ihrem Zimmer. Ottakring mochte es nicht, länger mit den anderen Geisteskranken zusammenzusitzen. Er hatte lange genug bei der Kripo gedient, und im Grandis reichte ihm seine eigene Mutter.

Er ahnte schon, dass seine Frage unbeantwortet bleiben würde.

Doch seine zierliche geblümte Mutter sah zu ihm auf und sagte: »Hab ich doch gesagt, oder?«

»Gut. Dann sag mir, wen sie ermordet hat.«

Er hatte gelernt, dass Wiederholungen bei Alzheimer-Patienten nützlich sein können. »Warum ist sie eine Mörderin?«

Listig sah sie ihn von unten an und lächelte.

»Weil sie einen Wolf ermordet hat«, flüsterte sie. »Hat sie mir selbst gesagt. Einen Wolf. Mit dem Gewehr. Sie ist eine Mörderin. Hat sie auch selbst gesagt.«

Ottakring blies die Backen auf und ließ die Luft langsam wieder ab.

»Ist gut, Mutter«, sagte er. »Ich werd mir's merken.«

»Sie haben wieder nicht ordentlich geputzt«, schimpfte die Ottakring und schwenkte die Hand durch den Raum. »Spinnweben überall. Sie müssen mehr putzen.«

Ottakring sah nirgendwo Spinnweben. Da kam sie wieder hervor, seine herrische, selbstsüchtige Mutter.

Früher war sie kaum jemals ohne Make-up aufgetreten. Er hatte sie niemals dabei ertappt, dass sie weinte. Nicht vor Enttäuschung, nicht vor Schmerz, nicht einmal vor Wut. Tränen hätten ihr makelloses Make-up verdorben, ihr Gesicht anschwellen lassen, ihre Mundwinkel nach unten gezogen und Furchen vertieft, die verraten könnten, wie alt sie war. Ihr Aussehen war ihr beinahe wichtiger gewesen als alles andere.

Ottakring erinnerte sich an eine elegante Frau mit goldenen Ohrringen, einem Armband mit Glücksbringern und perfekt gewellter Frisur. Und jetzt saß sie da, hilf- und schmucklos, mit abstehenden Haaren und schlampig gekleidet. Fast könnte man als ihr Sohn Mitleid mit ihr bekommen. Hätte sie doch bloß jemals Mitleid mit ihm gehabt.

Er blieb nicht lange. Er hatte das Gefühl, seine Pflicht erfüllt zu haben. Er zog den Umschlag aus der Brusttasche, den er heute Früh im Briefkasten gefunden hatte, und warf noch einmal einen kurzen Blick auf den Inhalt.

»Mutter«, sagte er und musterte sie. »Wirst du jeden Tag in der Früh gewaschen? Werden die Blumen gegossen? Putzt du dir vor dem Zubettgehen die Zähne?«

Egal, was sie antwortete. Er konnte sehen, dass nichts von dem stimmte. Sie verbreitete eine Duftwolke aus saurem Schweiß und ungewaschenen Klamotten, die Alpenveilchen ließen die Köpfe bis zum Anschlag hängen, und die Zahnpastatube stand ungeöffnet senkrecht auf ihrem Verschluss neben dem Becher.

Unentschlossen trat Ottakring ans Fenster und schaute hinaus. Er staunte immer wieder über den Kontrast zwischen der Herkunft dieses Hauses, das einmal ein Schlösschen gewesen war, und der Hinfälligkeit der alten Menschen. Da unten im Innenhof sollten Tulpen, Rosen, Gladiolen und Dahlien blühen – und nicht Unrat, Müll und verrostetes Gerät herumliegen.

Er behielt die Monatsrechnung in der Hand und stand auf. Es schien, als hätte er mit der Verwaltung noch ein Hühnchen zu rupfen.

Bedauerlicherweise war die Heimleiterin zu Besorgungen unterwegs und nicht zu sprechen gewesen. Er musste den Ärger möglichst zügig vom Hals bekommen. Es war Betrug! Sie berechneten Leistungen, die nie und nimmer erbracht wurden. Oder er sah sich gleich nach einem anderen Haus für seine alte Dame um.

»Die Moserin ist eine Mörderin.« Wie ein herumsurrendes Insekt schwirrte der Ausspruch seiner Mutter in seinem Kopf. Er fragte sich, ob darin ein Körnchen Wahrheit stecken konnte. Wenige Stunden vor dem Unfall war er noch auf der Grabmoosalm gewesen und hatte mit den drei Frauen gesprochen. Sogar ein Handgemenge mit der Toten und der Alten um ein Gewehr gehabt. Gab es etwas, was er damals nicht bemerkt oder erkannt hatte? Er musste es prüfen. Und wo ginge das besser als am Tatort?

Er setzte sich ins Auto und fuhr den windungsreichen Weg hinauf zur Alm. Die Presse hatte die Umstände des Todes mit keinem Wort erwähnt. Seltsam. Im Präsidium wollte er nicht nachfragen. Denn was hatte er denn in Händen? Nur sein Gespür aus tausend Jahren Berufspraxis, nichts weiter.

Nach der nächsten Kurve kam ihm der Gedanke an Chili. Chili Toledo könnte er fragen. Sie arbeitete zwar in der Mordkommission, und um einen Mord handelte es sich offiziell nicht. Doch Chili hatte ihre Augen und Ohren überall. Nur – das hatte Zeit. Zuerst wollte er mit der Resi sprechen, der Tochter der Toten, die jetzt die Alm führte.

War er verrückt? Warum sollte die Moserin ihre eigene Tochter umbringen? Und wenn sie es getan haben sollte – hätte es sich in einer Art geistiger Umnachtung abgespielt haben können? Wäre eine Alzheimer-Patientin überhaupt in der Lage dazu? Könnte es sein, dass man in tiefer Demenz solch eine Tat sofort oder bald darauf wieder vergaß? Interessante Überlegungen, fand er. Rein theoretisch selbstverständlich.

Nachdem er scharf bremsen musste, um zwei Rehen auszuweichen, die Sehnsucht nach der anderen Straßenseite hatten, war er da. Die riesige Dogge kam ihm entgegengesprungen. Ein paar Wanderstöcke waren an die Hauswand gelehnt. Zwei Autos parkten neben der Scheune. Eines der beiden Nummernschilder kam ihm bekannt vor.

Wieder einmal fiel ihm die Wettersuppe auf, die über den Almwiesen und über der Grabmoosalm selbst lag. In ganz Oberbayern bestach eine alpenländische Bergwiese durch ihr sattes, frisches Grün, durch bunte Blumen und einen kernigen Duft. Nur hier oben war alles in dumpfes Grau getaucht, das wie dicke Milch aus dem Wald gekrochen kam. Er konnte das entfernte Läuten von Kuhglocken hören, doch das Vieh selbst blieb unsichtbar im Dunst.

Vom Haus drangen Jubelschreie herüber, als er, die Handfläche auf dem Nacken der Dogge, zum Eingang ging.

Er war noch fünf Schritte entfernt, da flog die schwere, mit Schnitzwerk versehene Holztür auf.

Was er zu sehen bekam, verschlug Ottakring den Atem. Er packte den Hund an den Ohren und hielt sich fest.

Chili Toledo trat in Begleitung der Jungwirtin aus dem Wirtshaus!

Chili besaß eine makellose Haut mit natürlichem Teint. Nun aber waren ihre Wangen gerötet. Als erwachsene Frau kannte er sie nur in figurbetonenden Jeans, die sie auch heute trug. Ihr tizianfarbenes Haar hielt sie mit einem Band in der Farbe ihrer mandelfarbenen Augen zusammen. Ohne Band hätte es sich über die Schultern ergossen. Darunter lugten ihre Lieblingswaffen, wagenradgroße goldene Zigeunerohrringe, hervor.

Chili war die Tochter von Ottakrings viel zu früh verstorbenem Freund Torsten Toledo, der bis zu seinem Tod Chef der Flensburger Hafenpolizei gewesen war. Ottakring hatte sie schon als Kind gekannt. Heute war Chili gut dreißig Jahre alt, hatte einen Hang zu Ehrgeiz, Perfektion und Eigenwilligkeit. Und ab und zu auch Sinn für Humor.

»Hi, Onkel Josef«, sagte sie, ohne verblüfft zu sein. Sie kaute an einer Chilischote herum. Ihre Augen blitzten. »Warum ich hier bin? Resi, sagen Sie's ihm.«

Die Resi hatte sich offenbar umgezogen. Sie trug ein mit violetten Blumen gemustertes dunkelblaues, luftiges Kleid, das ihr bis übers Knie reichte. Dazu stand sie strumpflos in schwarzen Haferlschuhen.

Sie stimmte ein Klagelied an. Fast wäre sie dabei ins Heulen gekommen. Das Leid mit der Moserin und ihrem Alzheimer (»Des is fei a Sach, wenn man eine Großmutter ins Heim stecken muaß.«). Der Wolf im Wald, der die Schafe riss. Der unheilvolle Tod ihrer Mutter.

»Und jetzt no der Umstand, dass der Pfeiferl einfach abhaut. Dabei is der doch erst neun. Und der Hund macht mit! Der haut mit ihm ab.«

»Wer ist der Pfeiferl?«, fragte Ottakring neugierig.

»Na, des is mei Bub, der Seppe, der durch den tödlichen Unfall die Sprach verloren hat. Jetzt hoaßt er halt Pfeiferl. Schauen Sie amoi als kloaner Bub zu, wie Ihre Oma … oh!«

Die Resi bekam große Augen, schaute zuerst Chili an, dann Ottakring und hielt sich die Hand vor den offenen Mund.

Was ging hier vor? Ottakring entging das Zögern nicht. Für ihn stand fest, dass Chili keinen Privatausflug gemacht hatte, sondern in dienstlichem Interesse auf die Alm gekommen war. Jetzt wurde ihm auch klar, warum ihm das Nummernschild bekannt vorgekommen war.

Er gab ihr ein Zeichen.

»Was war los?«, fragte er sie, nachdem die Resi wieder ins Haus verschwunden war. Die Tigerdogge war ihr gefolgt, die Schnauze in ihren Kniekehlen. »Bist du wegen des Unfalls hier, der in der Zeitung stand?«

Chili hatte sich bei ihrem früheren Chef untergehakt. Sie waren ein Stück Richtung Wald gegangen. Die Bäume zeichneten sich halb kahl, wie Skelette, vor dem verhangenen Hintergrund ab. Das platt getretene Gras unter ihnen war stumpf und tot. Ottakring stellte wieder einmal fest, dass Chili nicht wesentlich kleiner war als er. Nach seiner Frage blieb sie stehen, hakte sich wieder aus und sah ihn an.

»Wie viel weißt du?«, fragte sie ihn.

Er antwortete mit einem durchdringenden Blick. »Was sollte ich denn wissen?«

Sie lachte hell.

»Das wüsste ich auch gern. Hinter was du her bist, meine ich. Es ist doch kein Zufall, dass du hier auftauchst. Fühlst du dich als so etwas wie ein Aufsichtsrat für deine alte Firma?«

»Chili«, sagte er, »du weißt, dass meine Mutter Bewohnerin im Wohnstift Grandis ist. Und mit der alten Moserin so etwas wie befreundet. Soweit man unter solchen Umständen von Freundschaft sprechen kann. Und über die Moserin führt der Weg auf natürliche Weise hierher zur Grabmoosalm.«

Er schilderte ihr, wie er kurze Zeit vor dem Unglücksfall von einer Wanderung kommend im Wirtshaus einkehren wollte und alle Beteiligten noch lebend gesehen hatte.

Chili schnaufte tief durch. Und dann platzte der Knoten. Der bisher bekannte Hergang sprudelte aus ihr heraus. Die Resi habe ausgesagt, dass der Hund unter unglücklichen Umständen die Frau erschossen habe. Dass die Moserin es getan habe, halte sie für kaum wahrscheinlich, selbst wenn sie die Patronenhülsen habe mitgehen lassen. Der Einzige, der sonst noch im Haus war, war der Bub. Aber dass der Seppe seine Oma erschossen haben sollte …

»… na siehst du. Den Fall können wir zu den Akten legen, Joe.«

Ottakring schwieg.

Chili setzte noch einmal an.

»Die Tat fand um circa neunzehn Uhr dreißig statt. Du warst zwei Stunden vorher auf der Alm und hast mit allen Beteiligten gesprochen, als sie noch lebten. Ist dir da was aufgefallen?«

Klar. Die Pflichtfrage aus der Polizeischule. Ist Ihnen etwas aufgefallen?

»Nein«, sagte er wahrheitsgemäß.

Chili sah ihn lange an. Sie meinte, Joe Ottakring aus vielen privaten und beruflichen Begegnungen in- und auswendig zu kennen. Die feinen Äderchen in seinen Hängebacken traten hervor, was für Aufregung sprach. Die Augenlider hingen schwer herunter, was ihm den Anschein des Undurchsichtigen verlieh. Das alles kannte sie.

Sie waren einem versandeten Feldweg gefolgt, der zum Wald führte und kurz vor den ersten Bäumen an einer Mauer endete. Die Mauer war aus unregelmäßigen Bibersteinen gebaut, einem Nagelfluhgestein von einem Berg der Gegend. In den Mauerritzen hatte die Feuchtigkeit der Luft und des Regens winzige Pflanzen wachsen lassen.

Hier wendeten sie und gingen zurück zum Almanwesen. Chili hängte sich wieder ein. Bevor sie jedoch weitere Fragen stellen konnte, hörte sie ein Handy klingeln. Es war nicht ihr eigenes. Es musste seines sein. Doch er machte keine Anstalten, das Gespräch anzunehmen.

Sie entzog ihm ihren Arm. »He, dein Handy. Willst du nicht rangehen?«

»Oh!«

Als ob er aus Gedanken erwachte. Er fummelte in der Seitentasche herum, klappte das Telefon auf und prüfte das Display.

»Hallo?«

Seine Miene erstarrte. Er hörte nur hin. Er sprach kein Wort. Alle Farbe wich aus seinem Gesicht.

»Verstanden«, sagte er mit belegter Stimme. »Ich komme sofort.«

ACHT

Rico Stahl saß seit zehn Minuten ausgeruht und geschniegelt wieder im Büro, als Chili Toledo anrief.

»Haben Sie ein paar Minuten Zeit, Chef?«

»Worum geht's? Urlaubswünsche? Wollen Sie sich den Beschwerden übers Kantinenessen anschließen? Haben Sie einen Ohrring verloren?«

Er hörte ein Kichern am anderen Ende.

»Immer gut gelaunt, Chef, was? Welche Krawatte haben Sie heute an? Eine geschmacklose gelbe oder eine hässliche gepunktete?

»Kommen Sie her, dann werden Sie's sehen.«

Als sie nach leisem Anklopfen die Tür zu seinem Dienstzimmer zügig öffnete, war Rico Stahl bereits genervt. Genervt vom lauwarmen Kaffee. Genervt von diesem jungen Schnösel von Staatsanwalt. Genervt, weil der Richter erst nach Tagen reagiert hatte. Genervt, weil er Toledos kurzfristigem Terminwunsch zugestimmt hatte, obwohl er seine Leute angewiesen hatte …

Doch diese Frau, die hatte etwas, was seine Nerven durchaus wieder beruhigen konnte.

»Hallo, Chef.«

Er schwieg und legte die Stirn in Falten.

»Die ist ja heute mal nicht hässlich«, sagte sie.

»Was? Was ist nicht …?«

»Die Krawatte. Sie hat Streifen. Und sie ist nicht gelb. Sehr geschmackvoll.«

Rico war aufgestanden, als Chili eintrat. Er hatte Manieren.

»Bitte.«

Er wies auf den harten Stuhl gegenüber, ohne ihr die Hand zu reichen. Dann ließ er sich wieder in seinen Chefsessel mit meerblauem Stoffbezug sinken. Der Sessel hatte sanft aufsteigende Armlehnen, einen stützenden Rücken und stand auf einem filigranen Metallfußkreuz. Schaukeln war nicht möglich.

»Sie wissen, worum's mir geht«, begann sie. »Die Gschicht mit der Grabmoosalm. Ich hab zufällig den Kriminalrat Ottakring getroffen. Der war zwei Stunden vor dem Ereignis dort gewesen.«

»Um halb sechs also«, warf Rico ein.

»Um halb sechs, genau. Er kann sich an die Zeit erinnern, weil er von einer Wanderung zurückkam. Er wollte in der Grabmoosalm einkehren. Und er hat alle Beteiligten quietschlebendig gesehen. Alles war in Ordnung – außer einer kleinen Rangelei um eine Waffe vielleicht.«

»Rangelei? Wer gegen wen?«

»Gute Frage. Die Wirtin – also das spätere Opfer – war, wie wir bereits wissen, von der Jagd auf diesen geheimnisvollen Wolf zurückgekommen. Irgendwie muss dann die Moserin – also die Demente aus dem Grandis – an die Waffe geraten sein und wollte unbedingt den Wolf erschießen. Ottakring vermutet, sie hat den Hund für einen Wolf gehalten. Eine riesige Tigerdogge, wissen Sie.«

Rico hob die Hand.

»Blöde Sache. Wie hat sich Herr Ottakring verhalten?«

»Vorbildlich. Er hat ihr die Waffe entrissen.«

Rico schnalzte ungeduldig mit der Zunge. »Na gut. Ist dieses Zusammentreffen von Bedeutung? Die Aussage lautet doch, dass der Hund …«

»… den Schuss ausgelöst hat? Das hat sich erst zwei Stunden später abgespielt.«

Rico legte beide Arme auf die Lehnen, beugte sich zurück und verfolgte interessiert das Krabbeln einer Fliege an der Decke.

»Frau Toledo«, sagte er trocken. Er sprach langsam und gedehnt. »Weshalb sind Sie eigentlich hier?«

Er wartete.

Sie setzte eine skeptische Miene auf.

In die Pause hinein schellte das schwarze Mobiltelefon auf dem Schreibtisch. Als ob ihn das Geräusch umgehend von einer Last befreite, schnellte Rico nach vorn.

»Ja!«, bellte er in den Apparat.

Er hob die Augenbrauen. »Ja, gut. Reden Sie.«

»Wir haben eine Tote gefunden«, hörte er. »Mit Sicherheit Fremdverschulden.«

Rico sprang auf und marschierte Richtung Fenster. Dann nahm er das Telefon vom Ohr und tippte auf Mithören.

»Eine unbekannte junge Frau wurde erschlagen und in ein Stück Teppich eingerollt. Ein Sexualverbrechen scheint nach erstem Anschein nicht vorzuliegen. Es dürfte sich um eine Südosteuropäerin handeln. Türkin oder Griechin. Wir konnten sie bisher nicht identifizieren. Wir haben die vorliegenden Vermisstenanzeigen geprüft. Keine Beschreibung passt auf die Tote.«

Chili hatte sich erhoben und sich neben Rico ans Fenster gestellt. Beide sahen hinaus.

Rico räusperte sich. »Fundort?«, fragte er hastig ins Telefon.

»An der Papierfabrik unterhalb der Grabmoosalm …«

Die beiden am Fenster sahen sich an. Ihnen kam derselbe Gedanke.

»… in der hintersten Ecke vom Parkplatz.«

»Also Fundort nicht gleich Tatort«, bestätigte Rico.

»Das erschwert die Ermittlungen«, sagte Chili leise. »Eine alte Weisheit.«

»Das Opfer macht einen gepflegten Eindruck«, hörten sie weiter. »Nicht ausgeschlossen, dass es aus dem Rotlichtmilieu stammt. Auch eine Eifersuchtstat …«

Es reichte.

»Ich komme sofort«, rief Rico ins Telefon. »Wartet, bis ich da bin.«

»Vielleicht ein Familiendrama«, sagte Chili, nachdem er aufgelegt hatte.

»Das sind doch alles reine Spekulationen. Die führen uns vorerst nicht weiter«, bemerkte Rico Stahl im Hinausgehen leicht genervt. »Was mir auch zu schaffen macht, ist die Frage, ob ein Zusammenhang zu dem Tod auf der Grabmoosalm besteht.«

Chili nickte.

»Nicht, dass wir da an etwas Größeres geraten sind«, sagte sie.

***

Während der Fahrt hinunter in die Stadt wunderte sich Ottakring über sich selbst. Er wunderte sich, warum er keine Sorge empfand und keine Eile hatte. Der Anruf, der ihn auf der Grabmoosalm erreicht hatte, hätte allen Grund dazu hergegeben. Es war die Heimleiterin gewesen, die ihn verständigt hatte.

»Diese Betrügerin«, murmelte er leise.

Als er sich durch die verkehrsfeindliche Rosenheimer Innenstadt gekämpft hatte, ohne von einem Lkw angekratzt zu werden oder selbst jemanden zu Tode gebracht zu haben, fand er schließlich mit viel Glück einen Parkplatz in Reichweite des Wohnstifts Grandis. Ein Getränkelaster, der das Haus beliefert hatte, hatte sich aus einer knappen Nische gezwängt, ohne den Vordermann anzufahren.

Das Haus müsste einmal gestrichen werden, dachte Ottakring, als er von der anderen Straßenseite aus hinüberschaute. Doch hier scheint's an allen Ecken und Enden an Geld zu fehlen.

Das graue Mauerwerk des Westflügels war alt und verwittert. Dieses Gebäude hatte deutlich bessere Zeiten erlebt. Über der zweiten Etage, auf der seine Mutter untergebracht war, erhob sich ein seltsames Durcheinander von Türmchen, Zinnen und Giebeln. Die Südfassade war mit kunstvollen Holzschnitzereien übersät.

»Hallo!«

Nun erst bemerkte er die Heimleiterin auf der gegenüberliegenden Straßenseite. Wieder verblüffte ihn die Ähnlichkeit mit der Bundeskanzlerin. Die Frisur, die hängenden Mundwinkel. Allerdings hatte sie sehr tief liegende Augen.

Sein Gesicht verfinsterte sich.

»Kommen Sie doch. Rasch!«, rief Frau Unruh.

Von dir lass ich mir gar nichts sagen, dachte Ottakring und begann betont langsam, mit hinter dem Rücken verschränkten Händen, die Straße zu überqueren. Doch dann, nachdem er zwei Autos hatte passieren lassen, beschleunigte er seinen Schritt. Auch wenn er nur seine Pflicht tat – um seine Mutter musste er sich kümmern.

Zeit seines Lebens hatte Joe Ottakring immer den Eindruck gehabt, seine Eltern führten eine gute Ehe und seine Mutter sei ihm eine gute Mutter gewesen. Erst als Vater vor fünf Jahren gestorben war, hatte er festgestellt, dass er mit seiner Mutter eigentlich kaum Kontakt gehabt hatte. Er war viel näher an Vater dran gewesen als an seiner Mutter. Mit ihm war er beim Fußball gewesen, später auch auf ein Bier im Wirtshaus, und mit ihm hatte er die Leidenschaft für alte Autos geteilt. Vater hatte ihm gezeigt, wie man dafür Ersatzteile beschafft und die alten Teile austauscht. Erst kürzlich hatte Ottakring an seinem orangefarbenen Oldtimer-Porsche das hintere Ausstellfenster ausgetauscht.

Nach Vaters Tod hatte er allerdings erfahren müssen, dass er über viele Jahre eine Freundin gehabt hatte.

Auch aus Mutters Leben war ihm Neues zugetragen worden, was die Eltern bis dahin verschwiegen hatten. Sie war nicht das leibliche Kind ihrer Eltern gewesen. Sie war in einem Behälter mit wattiertem Innenleben vor dem Jugendrathaus der Stadt ausgesetzt und an einem eiskalten Morgen vorgefunden worden. »Meistbietend versteigert« habe man sie, hieß es, weil sie so ein hübsches, niedliches Baby gewesen sei.

Doch daran hegte Ottakring Zweifel, wenn er ihren heutigen Gesamtzustand betrachtete. Für ihn war sie – seit Vaters Tod jedenfalls – zu einer selbstsüchtigen und bösartigen alten Frau herangewachsen.

Das Alleinsein hatte seine Mutter komplett verändert. Mit jedem Tag war sie herrschsüchtiger und aggressiver geworden in ihrem großen Haus. Hatte den Briefträger des Diebstahls bezichtigt, andererseits mit Geld und Trinkgeldern um sich geworfen. Niemand konnte ihr etwas recht machen, in drei Monaten hatten sich fünf Putzfrauen die Klinke in die Hand gegeben.

Nach der dritten wusste Gretl Ottakring nichts mehr von der ersten und nach der fünften nichts mehr von der vierten. Als ihr Zustand immer unerträglicher wurde und er zufällig im Internet einen Fachartikel gelesen hatte, war ihm endlich ein Licht aufgegangen. Seine Mutter litt an beginnendem Alzheimer.

Während der ersten Monate hatte er versucht, sie allein zu versorgen, was seinen Tagesablauf immens sprengte und den Porsche einige tausend Kilometer kostete. Rasch merkte er, dass er besser ein Rudel wilder Hunde hätte hüten können als seine Mutter. Über das Rote Kreuz besorgte er eine Haushaltshilfe für sie. Deren Nachfolgerin kam über die Nachbarschaftshilfe der Stadt, und schließlich ließ er eine Frau aus Rumänien einfliegen, welche ihm von einer befreundeten Familie empfohlen worden war, die mit demselben Problem zu kämpfen gehabt hatte.

Jeder Wechsel war mit Streit, Chaos, Elend und Verzweiflung verbunden gewesen. Schließlich war er froh, dass im Grandis ein Platz frei wurde, zuerst auf der normalen Altenstation. Als dann in der geschlossenen Abteilung ein vierundneunzigjähriger Mann verstarb, wurde seine Mutter gleich am nächsten Tag in dessen Zimmer umgesiedelt. Kurze Zeit später hatte sie sich mit der Moserin angefreundet, was nach wenigen Tagen zu Unruhe, ja Aufruhr geführt hatte.

»Führen Sie mich sofort zu meiner Mutter«, sagte Ottakring in scharfem Ton.

Frau Unruh sah ihn von der Seite an.

»Sie schläft jetzt. Und sie ist in guten Händen. Besuchen können Sie sie später. Vorher will ich Ihnen zeigen, wie es passiert ist. Kommen Sie.«

Mit grimmiger Miene betrat Ottakring im Gefolge der Frau das Gebäude. Sie ließen den Empfang mit der Nonne links liegen – Ottakring winkte ihr vertraut zu –, verließen das Haus an der Rückseite und standen im Innenhof. Er war nicht sehr groß, beinahe quadratisch und von drei Seiten umbaut. Wie leere Augen blickten Fenster von überall herab. Weit über dem Hof schwebte ein an drei Enden befestigtes weißes Segel. Es sollte bei Hitze Schatten und bei Regen Trockenheit spenden.

Frau Unruh deutete zu einem der Fenster im zweiten Stockwerk hinauf. Ihre Finger zitterten.

»Aus diesem Flurfenster«, sagte sie. »Sie hat es geöffnet und ist heruntergefallen. Alle Fenster sind gewöhnlich geschlossen. Dass sie sich mit Absicht heruntergestürzt hat, schließe ich aus.«

Ottakring blickte hinauf. Das Fenster war geschlossen.

»Ist nach dem Sturz etwas verändert worden?«, fragte er kritisch.

Sie sah ihn an. »Nein. Was sollte denn verändert worden sein?«

Er äußerte sich nicht weiter.

»Wie ist ihr Zustand?«, fuhr er schließlich fort.

»Ich denke, gut. Wir haben sie zur Beobachtung in unser Hospital gebracht. Wie gesagt, sie schläft jetzt. Wir werden sie nachher besuchen.« Nachdem sie Ottakrings Miene gelesen hatte, ergänzte sie: »Wenn Sie es wünschen.«

Die schmächtige Frau Unruh nahm Ottakring am Arm und ging ein paar Schritte mit ihm.

»Hier steht noch der Schubkarren. Stellen Sie sich vor, solch ein Zufall. Unser Gärtner schiebt gerade den Karren mit Heu für die Viecher vorbei, als Ihre Mutter herunterfällt, und zwar genau in das Heu hinein. Das hat die Wucht des Sturzes natürlich zu unser aller Glück sehr gedämpft.«

Die Frau sprach pures Hochdeutsch. Das machte sie für Ottakring nicht sympathischer. Sein Blick hing immer noch an dem geschlossenen Fenster, aus dem seine Mutter angeblich aus eigenem Antrieb gefallen war.

»Können wir da mal hinaufgehen?«

Frau Unruh verzog ihr Gesicht.

»Ungern. Die Patienten sind jetzt schon über die Maßen aufgeregt. Es hat sich natürlich herumgesprochen.«

Ottakring zuckte mit den Achseln, machte einen kleinen Umweg über die Pforte, warf dem Raubvogel ein engelsgleiches »Avemariapurissima« hin und wurde nach oben durchgelassen.

Er nahm zwei Stufen auf einmal. Von Weitem schon hörte er das Summen des Öffners und, als er drinnen war, das dröhnende Organ des Herrn Adlmayer und den quietschenden Trompeter. Er ließ die freundlich lächelnde Frau Lunau links liegen und stand am Fenster.

Er öffnete es. Frau Unruh stand noch immer unten und warf ihm böse Blicke zu.

»Ich habe Ihnen doch untersagt …«, begann sie zu kreischen.

»Jetzt bin ich aber hier. Und hier oben regt sich niemand auf«, rief der Kriminalrat hinunter. »Wer hat denn das Fenster nach ihrem Fall geschlossen? Meine Mutter kann es ja wohl nicht gewesen sein.«

Ephraim Stubenrauch hatte sich ihm angeschlossen und winkte Frau Unruh beschwingt zu.

Ottakring schob ihn vorsichtig weg und schloss das Fenster wieder.

»Haben Sie gesehen, wie die Gretl Ottakring aus dem Fenster gefallen ist?«, fragte er den Stubenrauch.

Der Bachtrompeter sah ihn an. »Die Gretl ist auf ihrem Zimmer«, sagte er. »Die ist immer auf ihrem Zimmer.«

Hier kam er nicht weiter, war Ottakring nach dieser Antwort klar. Ein Verdacht begann sich in seinem Kopf einzunisten.

»Ich hatte Ihnen verboten, das Haus zu betreten«, kam es von der Seite.

Unruh, die Schmächtige.

»Ich wohne aber hier«, klagte Pauline, die hinzugekommen war. Sie öffnete ihre braune Handtasche und nahm das Telefon heraus. »Aber mein Telefon geht noch immer nicht. Und eines will ich Ihnen bei der Gelegenheit auch noch sagen. Hier wird viel zu wenig geputzt.«

»Ist gut, Pauline, der Techniker ist informiert«, sagte Frau Unruh. »Er wird bestimmt bald kommen.«

Ottakring tat jeder Einzelne leid, der hier lebte. Leben musste, weil es nicht mehr anders ging. Nur gut, dass die meisten nicht mitbekamen, in welchem Zustand sie waren.

»Sie haben mich gerufen«, sagte er zu Frau Unruh, »weil meine Mutter aus dem Fenster gefallen ist.«

Er rollte mit den Augen, verschränkte die Arme vor der Brust und mandelte sich bewusst auf wie immer, wenn es gegen Preußen ging.

»Genau«, sagte Pauline, die dazugetreten war. »Der Techniker ist informiert.«

»Hören Sie also auf, mich herumkommandieren zu wollen. Ich will klären, aus welchem Grund sie diesen Unfall hatte. I glaub nämlich ned an Märchen.«

Wenn er erbost war, verfiel er häufig in sein geliebtes Oberbayerisch.

»Sie haben vorhin gsagt, dass nix verändert worden ist. Das Fenster, aus dem sie gefallen ist, war geschlossen. Wer hat also dieses Fenster hinter meiner Mutter geschlossen? Das müssten Sie doch wissen, oder? Und am besten auch noch, wann und warum.«

»Die Moserin, glaub ich«, flüsterte Pauline geheimnisvoll. »Die macht immer alle Fenster zu, wenn's zieht.«

Sie holte ihr kaputtes Telefon aus der Handtasche.
»Soll ich sie anrufen?«

Es hatte keinen Sinn. Ottakring spielte kurz mit dem Gedanken, sich zu verabschieden. Doch dann übermannte ihn das schlechte Gewissen. Er suchte seine Mutter auf.

Allein. Die Unruh hatte er vorher abgeschüttelt.

»Mir tut alles weh«, klagte Gretl Ottakring. Mit beiden Händen fuhr sie sich über den Rücken. »Das ganze Kreuz.«

Ottakring wechselte einen betrübten Blick mit der Schwester, die neben dem Bett stand.

»Woher kommen die Schmerzen denn?«, fragte er.

»Na, vom Kreuz halt.«

»Mutter, ich meine, wie sind die Schmerzen entstanden? Ist was passiert?«

»Passiert? Was soll passiert sein? Mir tut bloß alles weh.«

Ottakring beugte sich über sie, sodass sie seinen Atem spüren konnte.

»Und du erinnerst dich an nichts? Bist du irgendwo gestürzt oder heruntergefallen?«

Seine Mutter stützte sich im Liegen auf dem Ellenbogen ab und schaute ihm tief und lange in die Augen.

Dann antwortete sie: »Du weißt genau, wie ich damals vom Radl gefallen bin, Schatzi. Weil der Hund die Katz entdeckt hat und so gezogen hat und vors Radl gelaufen ist. Aber deswegen tut mir doch jetzt das Kreuz nimmer weh.«

Endlich nahm sich Ottakring ein Herz.

»Mutter, du bist heute im zweiten Stock aus dem Fenster gestürzt. Ein Schubkarren mit Heu hat dich aufgefangen, deswegen bist du nicht richtig verletzt. Du hast Glück gehabt. Kannst du dich daran erinnern?«

Gretl Ottakring ließ sich aufs Bett sinken und starrte zur Decke. Ihr Haar hatte ein ähnliches Weiß wie das des Kissens, auf dem sie lag. Nach einer Weile schüttelte sie den Kopf.

»Nein«, sagte sie. »Aus dem Fenster gestürzt? Und ich weiß nix? Gell, Schatzi, ich spinn doch ned, oder?«

Alles umsonst. Sie wusste nicht, wer sie gestoßen hatte.

NEUN

Die Frau im Teppich war verblutet. Die Leiche zeigte ungewöhnlich schwere Schädel- und Hirnverletzungen, was möglicherweise auf eine Affekttat hinwies.

»Anhaltspunkte für ein Sexualdelikt liegen nicht vor«, sagte der junge Beamte, der Rico Stahl und Chili Toledo auf dem Parkplatz der Papierfabrik empfing. »Der Doktor ist vor wenigen Minuten wieder weggefahren. Sein Schnelltest auf Drogen und Alkohol war negativ.«

Rico strich sich übers gegelte Haar und dachte kurz nach. Dann richtete er den Blick auf Chili.

»Sie war also sauber. Und jetzt?«, fragte er prüfend.

Chili hob die Schultern. Sie schob einen Ärmel zurück und sah auf die Uhr. Dann packte sie ihr Handy aus und drückte eine Kurzwahl.

»Öffentlichkeitsfahndung«, sprach sie hinein. »Nachricht an alle Dienststellen. Pressemeldung absetzen. Foto vom Gesicht des Opfers. Beschreibung der Bekleidung und –«

Chili unterbrach sich und sah den jungen Beamten an. »Hatte sie Schmuck am Körper? Ist sie tätowiert? Gepierct?«

Der Kollege starrte sie an und hörte ihr zu, als würde er gerade mit einer fremden Sprache bekannt gemacht.

Auch ohne ihre Fragen hätte Chili seine Aufmerksamkeit auf sich gezogen. Sie trug wieder ihre stark körperbetonten Jeans, die hinten mit silbernen Ornamenten bestickt waren. Eine dünne moosfarbene Wildlederjacke hing über ihren Schultern, um deren schmalen Pelzkragen ein beinahe bodenlanger ockerfarbener Schal geschlungen war. Die Augen verbarg sie hinter einer Ray-Ban-Sonnenbrille mit sich farblich widersprechender Fassung.

Rico betrachtete den Kollegen, der Ende der zwanzig sein mochte. Er schien von der Frau hingerissen.

Genau wie er selbst, musste er sich eingestehen. Nervös rückte er seine Krawatte zurecht.

»Ich hab Sie was gefragt«, setzte Chili ungeduldig nach.

Sie hörte ein kurzes Stammeln, dann die Antwort. »Ja, sie hatte eine Halskette … glaub ich … gepierct … ich weiß nicht. Da muss ich den Arzt konsult–«

»Dann aber flott!«, rief Rico etwas überlaut aus. »Auf so was schaut man doch!«

Aus dem geöffneten Wagenfenster rief er ihm noch zu: »Den Todeszeitpunkt werden Sie dann auch nicht kennen, oder?«

Unmittelbar nach Ausstrahlung des Fotos der unbekannten Frau in den Abendnachrichten des Lokalfernsehens meldete sich bei der Einsatzzentrale ein erster Zeuge am Telefon.

»Ich bin fast sicher, die kenn ich!«, sagte er aufgeregt.

»Bitte sagen Sie uns Ihren Namen.«

»Mühlhofer, Franz, Alpenweg 7. Ich arbeite bei der Firma Colatol. Ich bin der Produktionschef dort.«

Mühlhofer meinte, in der Toten eine türkische Mitarbeiterin erkannt zu haben.

»Aber absolut sicher bin ich mir nicht. Ich müsste das Foto noch mal sehen.«

»Dann kommen Sie doch bitte her.«

»Jetzt noch? Mitten in der Nacht?«

»Es ist kurz vor acht. Unbedingt jetzt noch, Herr Mühlhofer.«

Gleichzeitig verständigte der diensthabende Beamte Rico Stahl.

Der wollte sich, als Mühlhofer gegen halb neun erschien, selbst ein Bild machen. Er zog sich mit dem Zeugen und einem Aufzeichnungsgerät in einen der Vernehmungsräume im Präsidium zurück, nachdem ihm das Foto der Toten gezeigt und seine Personalien aufgenommen worden waren.

Colatol war einer der führenden Hersteller von Klebemitteln und –maschinen, und der Diplomingenieur (FH) Franz Mühlhofer leitete die Produktion.

»Ja ja«, bestätigte er, als er das Foto in der Hand hielt. »Jetzt bin ich mir ganz sicher. Das ist Gülsüm Hastemir. Eine Türkin, die in meinem Bereich gearbeitet hat. Hauptsächlich hat sie halbflüssigen Klebstoff in Eimer abgefüllt.«

»Sicher, dass es sich bei der Toten um Ihre Mitarbeiterin handelt?«

»Ganz sicher. Absolut«, antwortete Mühlhofer mit zittriger Stimme.

Rico sah genauer hin.

Der Mann hatte Tränen in den Augen. Als ob er sie nicht nur gekannt hatte, sondern als ob er trauerte.

Trauert ein Manager um eine Arbeiterin? Seltsam. Doch er stellte seine Frage vorerst zurück.

»Wissen Sie, wie alt Frau Hastemir war?«, fragte er.

Gleichzeitig schickte er eine Mail von seinem Laptop ab. »Findet alles raus über Gülsüm Hastemir, beschäftigt bei Colatol.«

»Einundzwanzig«, kam es ohne Zögern aus Mühlhofers Mund. »Sie ist einundzwanzig … äh, war einundzwanzig Jahre alt.«

Dann stellte Rico Stahl die üblichen Fragen.

Hatte Frau Hastemir Feinde?

Haben Sie einen Verdacht …

Nein.

Schildern Sie …

Zuverlässige Frau, bei Kollegen beliebt, immer pünktlich, sie hat ihre Arbeit stets gut verrichtet.

Wann wurde ihr Fernbleiben zum ersten Mal bemerkt?

Gestern. Wir hielten es für ungewöhnlich, dass sie unentschuldigt fehlte.

Mit wem hatte sie Umgang?

Weiß ich nicht.

Eine Sache beschäftigte Rico. Wenn die Tote bei Colatol gearbeitet hatte, was war dann der Grund, dass ihre Leiche auf dem fünfzehn Kilometer entfernten Parkplatz der Papierfabrik abgelegt worden war? Umgebracht hatte man sie an einem anderen Ort, das stand fest. Bestand ein Zusammenhang zwischen diesem Mord und der Toten auf der Grabmoosalm? Oder war die Nähe zur Alm nur purer Zufall?

Unauffällig sah er sich Mühlhofer genauer an. Ein bieder wirkender Mittvierziger, sportlich-hager, Brille, Jackett mit offenem Hemd, Kaufhausuhr am rechten Handgelenk.

Rico konnte die Spannung, unter der der Mann stand, förmlich riechen. Gab es einen Grund dafür?

Menschen sind selten das, wofür man sie hält. Mühlhofer konnte wieder einmal ein Beispiel für diese kriminalistische Erkenntnis sein.

Eine weitere E-Mail verließ Ricos Laptop. »Franz Mühlhofer, Alpenweg 7, Produktionsleiter bei Colatol. Ich will alles wissen. Vor allem: Hatte er privaten Umgang mit der Toten?«

»Können Sie sich einen Grund vorstellen, warum Ihre Mitarbeiterin ausgerechnet auf dem Parkplatz der Papierfabrik getötet wurde?«

Zum ersten Mal zeichnete sich auf Mühlhofers sonst unbewegtem Gesicht der Anflug einer Grimasse ab.

»Auf dem Parkplatz der Papierfabrik? Das wurde in den Nachrichten nicht gesagt.« Er legte eine Fingerspitze an die Nase. »Nein, ich habe keine Ahnung.«

Rico lächelte in sich hinein. Er hatte die übliche Fangfrage aus »Tatort«-Sendungen gestellt. Mühlhofer hätte das mit dem Fabrikparkplatz unmöglich wissen können, denn das war bisher nur intern bekannt. Mit seiner Antwort war er damit aus dem Schneider. Er hatte mit keiner Faser gezuckt. Warum hätte er sich auch bei der Polizei melden sollen, wenn er ein schlechtes Gewissen haben musste?

Einen Zahn musste er dem Zeugen allerdings noch ziehen.

»Kennen Sie Frau Hastemir ausschließlich dienstlich?«, fragte er ihn.

Nun kam Bewegung in die Maske gegenüber. Nein, ja, nein, ja, konnte Rico aus dem Gesicht lesen. Er kannte sie also auch privat, rang aber mit sich, ob er es zugeben sollte.

Mühlhofer hob das Foto noch einmal vom Tisch auf und betrachtete es eine halbe Minute. Seine Augen füllten sich mit Tränen. Zehn Sekunden später wurde er von einem Weinkrampf geschüttelt.

»Ja, ich kenne sie auch privat«, stammelte er. »Wir haben uns ab und zu auf einen Kaffee getroffen.«

Er rutschte auf seinem Stuhl hin und her, als säße er auf einer Herdplatte. Seine Finger verschlangen sich ineinander.

»Aber es war nichts zwischen uns, glauben Sie mir. Wir haben uns verabredet und etwas getrunken. Keinen Alkohol, das wollte sie nicht. Gülsüms Vater und meine Frau wussten auch Bescheid. Es war nichts Heimliches dabei.«

Rico waren solche Reaktionen nicht unbekannt. Es war, als ob man in ein Wespennest gestochen hätte. Gute Voraussetzungen für die weitere Wahrheitsfindung.

Die beiden hatten ein Verhältnis, und Mühlhofer wollte es vertuschen, damit seine Ehefrau nichts mitbekam. Doch in welcher Beziehung stand er zu dem Mord an seiner Geliebten?, fragte er sich. Nur für den Fall, dass sie seine Geliebte gewesen war.

»So, jetzt wissen Sie Bescheid«, schloss Rico, nachdem er Chili Toledo die Anhörung Franz Mühlhofers geschildert hatte. Die unterste Schublade seines Dienstschreibtischs war herausgezogen, Ricos Füße mit den polierten Schuhen lagen gekreuzt auf der Kante. Chili saß ihm gegenüber. Sie hatte sich einen Stuhl an den Schreibtisch gezogen.

»Ich bin sehr neugierig, ob da ein Zusammenhang zu Ihrem Grabmoosalm-Fall besteht«, meinte Rico lauernd. »Wie weit sind Sie damit?«

Chili, im Sprechen eine Zusammenfassung erfindend, lehnte sich ruckartig vor. Bei der Bewegung löste sich aus ihrem Haar eine Spange und fiel klappernd zu Boden.

Rico Stahl sprang auf, hetzte um den Tisch herum, doch bis er da war, um den Gegenstand aufzuheben, hatte sie ihn schon selbst gegriffen.

»Danke«, sagte sie.

Rico ging gebückt an seinen Platz zurück.

»Also?«, fragte er fordernd.

»Na ja«, sagte Chili vielversprechend. »Ich bin der Ansicht, da gibt's nichts weiter zu ermitteln. Wir haben zwar die Patronenhülsen in der Schürzentasche der Moserin gefunden. Eindeutig jene, die zum Tod ihrer Tochter geführt haben. Auch ihre Abdrücke sind dran, aber was beweist das schon? Die Einzigen, die bei dem Unfall anwesend waren und aussagen können, sind die Resi, die Tochter der Getöteten, und deren minderjähriger Sohn, der Seppe. Beide bestätigen, dass der Tod durch Erschießen zustande kam.« Chili unterbrach und grinste. »Bei dem Seppe hatten wir bei der Anhörung mit Schwierigkeiten zu kämpfen. Seit dem Tod seiner Großmutter hat's ihm die Sprache verschlagen. Er pfeift nur mehr.«

Weiter!, befahl Ricos Miene.

»Und Täter war der Hund«, sagte Chili. »Unabsichtlich.«

»Was sagt der Staatsanwalt?«

Chili druckste unerklärlicherweise ein bisserl herum. »Äh … der … Staatsanwalt … will einstellen.«

Rico sah sie durchdringend an und tippte mit einem Schreiber ein paarmal auf die Tischplatte.

»Warum sagen Sie das nicht gleich? Warum will er einstellen?«

Chili fuhr sich mit gespreizten Fingern durch die tizianrote Mähne. Ihre Ohrringe klimperten, als sie den Kopf bewegte.

»Keine Beweise. Was soll er machen?«

***

Die alte Moserin kam in diesen Tagen nicht mehr zu Besuch auf die Grabmoosalm. Früher hatte die Annemirl sie meistens abgeholt. Nach ihrem Tod wäre jetzt ihre Tochter dran gewesen. Doch die Resi empfand dazu im Moment nicht die geringste Lust.

Bei allem, was sie tat, war sie mit Leib und Seele dabei. Deshalb konnte sie seit Tagen nicht mehr ruhig schlafen. Der Pfeiferl beschäftigte sie, seine Sprachlosigkeit und neuerdings seine Rumtreiberei, und nicht weniger die Hündin, die Sissi, die ihm auf seinen Streifzügen beistand.

Noch viel mehr aber plagten sie Gewissensbisse. Sie hatte mit ansehen müssen, wie ihre eigene Mutter von deren Mutter brutal erschossen wurde. Natürlich war es bestimmt nicht mit Absicht geschehen – daran musste man einfach glauben –, doch die Bilder erschienen in jeder Nacht, wenn sie schweißgebadet aus bösen Träumen aufwachte und sich in quälenden Fragen und langen Gebeten verlor.

Der Polizei und der Kommissarin, die bei ihr gewesen war und sie befragt hatte, hatte sie eine ganz andere Geschichte erzählt. Das bereute sie nicht, denn weiß der Herrgott, was sonst der Moserin alles passiert wäre. Sie war noch immer fest entschlossen, sich aus den Ermittlungen der Polizei herauszuhalten.

Doch im gleichen Atemzug fragte sie sich immer und immer wieder, ob es recht war, was sie tat. Sollte sie nicht hingehen und einen sauberen Schnitt machen? Denen sagen, was sich in Wirklichkeit abgespielt hatte an jenem Tag, als ihre Mutter von der Wolfsjagd heimgekommen war? Dass die Moserin von einem Sturm des Vergessens hinweggefegt worden war, stand außer Zweifel. Aber hatte sie auch vergessen, was sie getan hatte? Sie war schließlich aufgebraucht durch ein raues Leben und darüber hinaus nachweisbar krank. Alzheimer – die Resi hatte noch immer keine rechte Vorstellung davon, was das eigentlich bedeutete. Wo es herkam, wie es sich auswirkte und wie es weitergehen sollte mit der Moserin. Aber auch der behandelnde Arzt hatte schließlich zugegeben, dass die Wissenschaft noch vor einem ziemlichen Rätsel stünde.

Diese Ungewissheit zerschliss Resis Nervenkostüm. Sie war gespalten zwischen Ungeduld und Erbarmen und spürte eine fast untragbare Last aus Schmerz, Mitleid, Stolz und Unrecht. Noch war sie nicht bereit, der Polizei die Wahrheit einzuschenken. Aber wenigstens wollte sie ihre Großmutter auf Ehr und Gewissen fragen, wie weit der Lack in Bezug auf ihre Tat abgeblättert war. Oder nicht.

Das wollte sie herauskriegen, die Resi. Und zwar so bald wie möglich.

Am besten gleich.

Presto.

Sie fuhr den gleichen Weg wie vor ihr Joe Ottakring. Nur schneller als der, weil sie dem gewundenen Bergsträßchen auch mit geschlossenen Augen hätte folgen können. Sie wusste vor jeder Kurve, was dahinter kam, ob sie in einer Kehre weit ausholen oder eine Biegung enger nehmen musste.

Der Pfeiferl saß angeschnallt auf dem Sitz hinter ihr, die Sissi schlief auf ihrer Lieblingsdecke, einer dicken hellen mit Pfotenmuster, hinten auf der Ladefläche. Ab und zu pfiff der Pfeiferl, wobei seine Mutter nicht unterscheiden konnte, ob der Ton für Anerkennung sprach oder für sein Bedürfnis, sich mitzuteilen.

Vor dem Grandis fand sie wieder einmal keinen Parkplatz. Das Wohnstift selbst hatte keinen eigenen. Sie fuhr zum Parkhaus P6 und fand eine Lücke ziemlich weit unten auf dem dritten Deck.

Die Sissi ließ sie nach gütigem Zuspruch im Auto, den Pfeiferl nahm sie mit.

Warum nicht?, dachte sie, als sie den Max-Josefs-Platz überquerte und fast über das Eiscafé unter den Arkaden stolperte. Der Pfeiferl wünschte sich eine Kugel Pfefferminzeis und eine mit Burger-Geschmack. Sie selbst blieb herkömmlich bei einer Kugel Himbeer und einer Stracciatella. Nein danke, ohne Sahne.

Als die Resi mit der Eiswaffel in der einen Hand und dem Pfeiferl an der anderen über den Platz trabte, war der um drei Uhr nachmittags in die dumpfe Lethargie verfallen, welche die Trägheit der Stadtbürger, ihr Büro- und Mittagsschlaf und der Südostwind an manchen Tagen verbreiteten. Nur wenige Gesichter waren unterwegs, und alle waren so ausdrucksvoll wie Orangen im Kühlschrank.

»Ein herzliches Servus, Resi!«, grüßte der Weber Lenz laut und herzlich schon aus dreißig Metern Entfernung.

Sie hätte ihn fast nicht erkannt, obwohl er in der Berufsschule nur ein Jahr vor ihr gewesen war. Doch seither hatte sie ihn nur ein, zwei Mal getroffen. Achtundzwanzig oder neunundzwanzig musste der Lenz inzwischen sein. Er kam ihr vor wie ein Liliputaner. Ein kleines, ziemlich rundes Männlein mit zerknittertem Gesicht, Goldrandbrille und einer dünnen fahlblonden Strähne, die er über den Schädel gekämmt hatte. Wegen seines rechten Beins, das er nachzog, sah es so aus, als machte er bei jedem zweiten Schritt einen Hüftschwenker, so wie der Kasperl beim Schäfflertanz.

»Servus, Lenz«, sagte die Resi und hielt den Pfeiferl fest an der Hand. »Wo treibst dich denn allweil so rum? Was machst denn so?«

Er grinste über das ganze faltige Gesicht. »Ich bin bei der Presse«, verkündete er fröhlich.

»He, da schau her, bei der Presse. Als was denn? Als fliegender Reporter?«

Der Lenz verzog das Gesicht. »Ich arbeit in der Druckerei.«

»Ah so«, sagte die Resi und reichte dem Pfeiferl ihr restliches Eis. Seines war wie vom Erdboden verschwunden. »Und? Dann liest du ja alles, was gedruckt wird, schon am Tag vorher. Was gibt's denn Neues?«

Der Lenz drehte sich einmal um die eigene Achse und hielt mit ausgestrecktem Zeigefinger inne. »Ah«, sagte er leise flüsternd.

Mit übertriebener Geste schlug er den Hemdkragen hoch und scannte die Umgebung mit wachen Augen.

»Du kannst es morgen in der Zeitung lesen. Die Tochter von meinem obersten Chef ist verschwunden. Die Arabella. Elf Jahre alt.«

Wer sich eingebildet hätte, dass das die Resi auch nur im Entferntesten interessierte, hätte sich gewaltig getäuscht gehabt.

Aber den Pfeiferl interessierte es.

»Dididdadidit!«, flötete er. »Dadadaaaaaaaadididit!«

Was wohl so viel heißen sollte wie »Da schau her! Endlich amoi a spannende Nachricht. Die Aradingsda is ungefähr so oit wia i. Und? Was machmer jetzt da draus?«

Den orangefarbenen Oldtimer-Porsche, der vor Tagen im Hof der Grabmoosalm geparkt hatte, hatte sie schon von Weitem kurz vorm Eingang zum Stift entdeckt. Die Resi entließ den Pfeiferl für zehn Sekunden aus ihrer Obhut, faltete die Hände und schickte im Gehen ein kurzes Stoßgebet zum Himmel.

Der Raubvogel im schwarzen Gewand an der Pforte hatte sie schon kommen sehen.

»Avemariapurissima«, murmelte die Ordensschwester routinemäßig und hob die Augen zur Decke. Was ihrer Miene nach zu schließen so viel bedeuten sollte wie: »Ach, du lieber Gott, was bringst du wieder für Unheil, geliebte Mitschwester.«

Die Resi nickte nur.

Der Pfeiferl unterdrückte ein Pfeifen. Das heißt, er sagte nichts. Er schwieg. Das war klug von ihm.

»Sie wollen zu Ihrer Großmutter?«, wurde die Resi gefragt.

»Ja frei–«

»Da komm ich grad her«, ertönte eine kräftige Männerstimme von oben.

Der Kriminaler!, schoss es der Resi durch den Kopf.

Er war es tatsächlich. Joe Ottakring.

Locker kam er die Treppe herunter und stellte sich vor der Resi auf.

»Sie wollen die Oma besuchen?«, fragte er und zog die Augenbrauen hoch.

»Ja freili. Ich mach eine Stippvisite«, sagte die Resi. »Will nur schauen, wie's ihr geht.«

»Ja, das ging mir grad so«, sagte der Kriminalrat. »Jetzt weiß ich's.«

Mehr sagte er nicht.

In raumgreifenden Schritten bog er um die Ecke in einen langen Flur ein.

Die Resi sah ihm lange nach. Wo will der noch hin?, fragte sie sich verwundert.

»Dadadadidididit!«, sagte der Pfeiferl. (»Den hammer doch schon mal gsehn.«)

»Ja«, sagte die Resi.

Sie sah entzückend aus in ihrem blau-gelb geblümten Kleid und dem forstgrünen Schal, der ihr über die Schulter fiel. Richtig bayerisch zusammen mit den dunkelgrünen Haferlschuhen. Schuhe hatte sie genug im Schrank.

»Ganz bestimmt, Pfeiferl. Da hast du bestimmt recht.« Und nach einer kleinen Denkpause: »Den werden mir bestimmt noch öfters sehen.«

»Großmutter, wie geht's dir?«

Das übliche Grußwort beim Besuch einer Kranken. Es ließ sich halt nicht vermeiden.

Oder hätte sie fragen sollen: »Wie geht's deinem Hirn?« oder »Lebst du noch oder schwebst du schon?« oder so ähnlich? Die Moserin würde den Unterschied eh nicht merken.

Stattdessen fragte ihre Enkelin: »Weißt du noch, dass du die Annemirl erschossen hast?«

Der Pfeiferl pfiff bei der Frage, was das Zeug hielt. Er hatte sich umgedreht, schaute zur Wand und verdrehte die Augen.

Und die Moserin? Sie verhielt sich Alzheimer-konform. Sie wurde aggressiv.

»Was ist mit der Annemirl?«, schrie sie. Sie hatte sich vom Bett erhoben und ballte die Fäuste.

»Hat sie wieder ins Bett gebieselt? Mir haben bald nimmer genug Wäsche wegen dem Kind. Wenn meine Tochter noch leben tät … Aber die ist ja abgehauen.«

Etwas beruhigt sah sie den Pfeiferl an.

»Wissen Sie vielleicht, wo meine Tochter sich grad aufhält?«

Die Resi stand dabei und blickte sie starr an. Es war hoffnungslos. Es wurde immer schlimmer mit der Moserin. Das warf all ihre Überlegungen über den Haufen.

Die Resi erinnerte sich, wie sie zum ersten Mal bemerkt hatte, dass im Hirnkastl ihrer Großmutter etwas nicht stimmen konnte. Das war kurz nach jenem Montag gewesen, als die Moserin die Grabmoosalm an Resis Mutter übergeben hatte. Ein unfreundlicher Dezembertag war es gewesen. Eine Mischung aus Schnee, Wasser und dem Staub von der Papierfabrik war vom Himmel gefallen. Die Resi hatte die Moserin auf deren Wunsch mitgenommen in die Stadt nach Rosenheim. Nach dem Parkhaus hatten sie sich getrennt.

»Jetzt ist's halb zwei«, sagte die Resi. »Wie wär's, wenn wir uns um drei Uhr wieder treffen? Dann bist du bestimmt fertig mit deinen Erledigungen.«

Die Moserin nickte zustimmend und wechselte die braune Lederhandtasche von der einen Hand in die andere.

»Nein, halt«, sagte die Resi. »Lass mich noch ein Stünderl drauflegen. Ich hab noch mehr zu erledigen als wie du. Sagen wir also um viere, okay? Hast du verstanden, Großmutter? Um viere treffen wir uns hier wieder. Vor dem Parkhaus.«

Abgemacht. Die Resi ging nach links, die Moserin nach rechts. Vier Minuten vor vier stand die Resi mit prall gefülltem Weidenkorb und zwei Plastiktüten vor dem Parkhaus. Menschen hasteten vorbei, Autos hupten, Hunde bellten – die Moserin kreuzte nicht auf.

Um halb fünf wurde es der Resi zu bunt. Sie packte ihren Einkauf ins Auto und machte sich auf die Suche. Eine gewisse Vorahnung sagte ihr, dass etwas faul war, denn die Moserin war bisher immer die Zuverlässigkeit in Person gewesen. Beunruhigt war sie trotzdem nicht. Ihre Mutter war ja droben und passte auf die Alm, den Seppe und die Sissi auf.

Sie ging zur Polizei. Dort hatte in der Zwischenzeit die Managerin eines Supermarkts in der Prinzregentenstraße angerufen. Eine Frau so um die achtzig hatte offensichtlich nicht mehr aus dem Markt hinausgefunden. Sie hatte sich einer jungen Frau mit einem Einkaufswagen und einem quengelnden Kind an die Fersen geheftet. Diese Frau bemerkte bald, dass ihr jemand folgte.

»Eine alte, verwirrt aussehende Frau, die einen Einkaufswagen vor sich herschob«, hatte die Kundin zu Protokoll gegeben. »Und jedes Mal, wenn ich mich nach ihr umgeschaut hab, hat sie wahllos etwas aus dem Regal geholt und in ihren Wagen gelegt.«

Die Kassiererin hatte später gegenüber dem Polizisten, der sie anhörte, ausgesagt: »Die Frau hatte gefrorenen Fisch, Zahnpasta, Salat und so was auf das Band gelegt. Das war ja alles normal. Als sie dann aber mit einem übergroßen Bettbezug mit Picassomotiv, einem Packerl Rasierklingen, Herrensocken der Größe sechsundvierzig bis fünfzig und einem Playboy-Heft ankam, wurde ich stutzig.«

Die Polizei kam zu spät. Die Frau blieb über Stunden verschwunden. Erst spät am Abend wurde sie von einer Zivilstreife aufgegriffen und der Resi übergeben.

Eine Woche später hatte die Moserin wie immer in der Wirtschaft beim Bedienen geholfen. Statt den Gästen an Tisch sieben das bestellte Weißbier und die Johannisbeerschorle zu bringen, stand sie später vor denselben Gästen, lächelte überlegend und servierte ihnen den Schöpflöffel aus der Küche.

Als schließlich die Annemirl die Gedächtnisstützen der Moserin fand, wurde allen vieles klarer. Die Moserin hatte ihre Lücken selbst bemerkt!

Als die Annemirl sich eine Fanta holen wollte, lag ihr Strickzeug im Kühlschrank.

»Ist doch ganz normal«, sagte die Moserin. »Ist dir das noch nie passiert? Du gehst mit deinem Strickzeug in die Stubn. Weil du stricken willst. Aber dann kommt was dazwischen. Der Seppe oder die Sissi oder ein Telefonanruf. Deswegen musst du in die Küche. Du hast immer noch das Strickzeug in der Hand, willst dir ein Wasser aus dem Eisfach holen und legst versehentlich das Strickzeug in den Kühlschrank.«

Freudig sah sie ihre Tochter an. »Kennst du das auch?«

Sie lachte laut. »Gell, bestimmt kennst du das auch.«

Ihr Lachen wollte nicht mehr aufhören.

»Na ja«, besprach die Annemirl den Fall mit der Resi. »Des könnt ja noch taugen. Aber ihre ganzen Merkzettel!«

An dem Strickzeug war ein Lederbeutel befestigt. In dem Beutel steckten mehrere Zettel, beidseitig krakelig beschrieben.

Zum Beispiel dieser: Auf der einen Seite eine primitive Skizze, wie sie aus dem Dorf wieder zur Grabmoosalm finden würde. Neben dem Kreis, der die Alm bezeichnete, stand in Großbuchstaben »ALM«.

Auf der anderen waren Namen verzeichnet. WIR: Annemirl, Resi, Seppe. HUND: Sissi. ICH: Moserin. Dann kam ein Pfeil in östliche Richtung, der zum »WALD« wies.

»Also da fehlt's schon weit«, waren sich die beiden Frauen einig gewesen. Sie mussten zukünftig besser auf die Moserin aufpassen.

ZEHN

Ottakring hatte nur am Rande registriert, dass ihm beim Runtergehen die junge Wirtin von der Alm entgegengekommen war. Da stand er schon vor der Bürotür der Unruh.

Vorhin noch hatte ihn eine unbezähmbare Wut auf die Heimleiterin gepackt. Nun hatte er sich etwas beruhigt und stürmte nicht gleich in das Zimmer, wie er es vorgehabt hatte. Er klopfte.

Nichts.

Er drehte am Türknopf.

Nichts.

Er rüttelte an der Tür.

Verdammt, wo ist sie? Ist sie wieder nicht da? Sie hatten diesen Termin doch vereinbart.

Er musste mit ihr über die Rechnung reden. Über das, was auf dem Papier stand und nicht geleistet worden war. Nicht, weil seine Mutter sich beschwert hatte, sondern weil die Tatsachen offenkundig waren, wenn man sich im Zimmer umsah und umherroch.

»Ach, da sind Sie ja«, hörte er ihre Stimme hinter sich.

Wenn sie sprach, erinnerte das an das Gurren einer Ringeltaube, die einen im Sommer um halb fünf in der Früh weckte.

»Schon eine ganze Zeit«, knurrte Ottakring.

»Bitte, kommen Sie doch, Herr Ottakring. Lassen Sie uns über Ihre Mutter sprechen.«

»Nehmen Sie bitte Platz«, sagte sie drinnen.

Drinnen, das war ein Kämmerlein von der Größe eines Ziegenstalls und roch ähnlich.

Wortlos holte er den Umschlag aus der Brusttasche.

»Über Mutter brauchen wir nicht zu reden. Aber darüber. Hier.«

Er faltete die letzte Monatsrechnung vor ihren Augen auf einem winzigen, viel zu niedrigen Tischlein aus und sah sie an.

Sie setzte eine Halbbrille mit schwarzem Rand auf und überflog das Papier.

Ottakring wusste aus langer Erfahrung, dass es am besten war, erst einmal gar nichts zu sagen und nur mit ruhiger, interessierter Miene abzuwarten. Das würde sein Gegenüber schon von selbst zum Reden bringen.

Das Haar, das der Unruh an den Seiten ins Gesicht fiel, war kürzer als das der Bundeskanzlerin und dazu noch lieblos geschnitten. Sie trug auch keinen Lippenstift und keinerlei Make-up.

Als er aber zum zweiten und dritten Mal hinschaute, hatte er den Eindruck, dass er diese Frau schon irgendwann und irgendwo gesehen hatte. Ihre gerade Nase, schmal und leicht gebogen, glich der von Kleopatra auf alten Reliefs. Die Augen hinter den Halbgläsern hatten sich einen jugendlichen, frischen Glanz bewahrt. Und unter dem abgemähten Haar verbarg sich eine hohe Stirn ohne jegliche Falten. Doch auch nachdem er alle Merkmale registriert und gespeichert hatte, wusste er die Frau nirgends unterzubringen.

Als die Unruh das Papier gelesen hatte, nahm sie die Brille ab und schreckte ihn mit einer Frage auf: »Sie haben mich nicht erkannt, nicht wahr, Herr Kriminalrat?«

In seinem Kopf tobte es. Sie behauptete demnach, dass er sie kennen musste. Das konnte stimmen. Denn auch ihre Stimme kam ihm jetzt, wo sie es aussprach, bekannt vor. Doch er bemühte sich vergebens, sich zu erinnern.

»Als sie den Bauchschuss hatten, damals, Sie erinnern sich bestimmt?«

Selbstverständlich erinnerte er sich an seine Verletzung. Doch er zeigte es nicht. Er schwieg.

»Selbstverständlich erinnern Sie sich. Wissen Sie auch noch, wo Sie damals lagen? In welcher Klinik?«

Maria-Theresia-Klinik, erinnerte er sich.

Aber verdammt, wo sammer denn? Wieso ließ er sich einfach ausfragen? Er war hier wegen …

»In der Maria-Theresia-Klinik am Bavariaring in München. Ein Haus der Barmherzigen Schwestern. Genau«, rief sie in einem Ton aus, als habe sie es mit einem ihrer Pflegebefohlenen zu tun.

Frau Unruh senkte ihren Blick auf die gefalteten Hände und

sagte übergangslos: »Man nannte mich damals Schwester Veneranda. Ich habe Sie betreut.«

»Wie bitte?«

Ottakring musterte die Frau noch einmal im Schnellverfahren. Veneranda. Veneranda. War sie auch schon von der Demenz befallen?

Oder er?

Bisher waren sie sich gegenübergestanden. Sie hinter dem armseligen Tischchen, er davor. Nun setzte sie sich auf den Kinderstuhl hinter dem Tisch und bedeutete ihm, auf dem Kinderstuhl davor ebenfalls Platz zu nehmen.

Erst als er schon saß, wurde ihm bewusst, dass er ihr widerspruchslos gehorcht hatte.

Sie griff nach ihrem Haar, schob es seitlich zurück und lächelte ihn an. Er sah nur mehr ihr schmales Gesicht. Und im Halbsekundentakt begann es zu dämmern. Dieses Gesicht, dieses sanfte Lächeln hatte er über Wochen mehrmals täglich unter der gestärkten weißen Haube ihrer Schwesterntracht hervorleuchten sehen.

»Ja richtig«, sagte er und musste sich bemühen, nicht erfreut zu klingen. »Schwester Veneranda.«

Unausgesprochen schwang die Frage mit, wie ihr Weg seither gewesen war. Doch das konnte ihm gleichgültig sein. Ausschließlich die überhöhte Monatsrechnung interessierte ihn. Nicht die verkorkste Laufbahn einer Ordensschwester.

»Ich musste hierher in die Stadt zurück«, erklärte sie unvermittelt.

Ihre Finger umklammerten die Tischkante.

»Meine Familie hätte es sonst nicht verstanden.«

Ihre Hände ließen den Tisch los und suchten aneinander Halt. Als sie keinen fanden, sanken sie auf die Oberschenkel. Ruckartig fuhren sie von dort wieder in die Höhe, als wäre die Wärme des Fleisches etwas Unreines, und suchten Trost an den geschliffenen Kanten des Tischleins.

Die Unruh suchte seinen Blick.

»Meine Mutter war sehr verwirrt«, fuhr sie fort. »Vor ein paar Jahren wusste man über die Alzheimer'sche Krankheit noch nicht so deutlich Bescheid. Ich entschloss mich, meine Mutter zu pflegen. Niemand sonst in der Familie wäre dazu in der Lage gewesen. Die lange Abwesenheit von den klösterlichen Ritualen führte in der Folge zwangsläufig zu einem Ausscheiden aus dem Orden. Zu einem Ausschluss, wenn man's genau nimmt. Als Mutter schließlich starb, pflegte ich meinen Vater bis zu dessen Tod.«

Klar, die Schwester von damals. Ihre Stimme führte ihn in die Vergangenheit zurück. Wieso erzählte sie ihm das alles? Er beugte sich vor.

»Bald darauf las ich in der Zeitung die Ausschreibung für diese Stelle als Heimleiterin. Ich hab mich beworben und unter neunundzwanzig Frauen und drei Männern das Rennen gemacht. Und jetzt bin ich eben wieder die Barbara Unruh.«

Traurigkeit schwang in ihrer Stimme mit. Ottakring wollte nicht weiter darauf eingehen.

In der nächsten Viertelstunde stellte sich heraus, dass die Monatsrechnung beinahe korrekt war.

Nur Gretl Ottakring, seine Mutter, war falsch.

Sie ließ niemanden an sich heran. Weder zum Waschen noch zum Blumengießen noch zum Zähneputzen. Sie bestand darauf, eine selbstständige Frau zu sein, und niemand vermochte sie vom Gegenteil zu überzeugen.

Dass die nicht geleisteten Verrichtungen berechnet worden waren, sei ein unbeabsichtigter Fehler im System gewesen. Der Computer habe wieder einmal eigenmächtig gehandelt.

»Es ist zum Verzweifeln mit Ihrer Mutter«, schloss Barbara Unruh mit schmerzlicher Miene. »Es gibt nur eine Einzige, die noch renitenter ist …«

Ohne es zu wollen, vergaß Ottakring in diesem Augenblick seine reservierte Haltung. »Die Moserin«, rief er prompt.

Und schloss eine Frage an, die ihn seit Tagen bewegte: »Ist die Moserin eine Mörderin, Frau Unruh? Was meinen Sie, Schwester Veneranda?«

***

»Dididididididaadaadaa!«

Die Sissi folgte dem Pfeiferl aufs Wort. Die zwei schlenderten wieder einmal Richtung Wald, während die Resi mit der Herstellung von Semmelknödeln in der Küche beschäftigt war.

Der Pfeiferl, als er noch Seppe hieß, hatte mit der Großmutter, bevor sie tot war, auch schon Semmelknödel machen dürfen. Er wusste genau, was das für eine Sauarbeit war. Das Schlimmste spielte sich zwischen den Fingern ab, wenn die Hände im klebrigen Teig wühlten und er spüren musste, wie das Zeug durch die gespreizten Finger quatschte. Als wenn du im Stall mit den Händen voraus in einen frischen Haufen Kuhscheiße fällst.

Die Tigerdogge musste begriffen haben, dass etwas Wichtiges, Außergewöhnliches bevorstand, denn sie ließ ihr Fell weithin in glänzenden Farben erstrahlen. Es sah aus wie dick aufgetragener weißer Lack mit oben draufgepappten, unregelmäßig runden kohlschwarzen Flecken. Wo sie hintrat, wurde die dicke graue Suppe, die in der Luft hing, gleich heller und freundlicher. Wie eine Prinzessin schritt sie mit erhobenem Haupt und zuckender Schnauze neben ihrem engsten Freund her.

Als die zwei in den Wald eintauchten und sie Witterung aufgenommen hatte, tauschten sie die Rollen. Die Sissi zottelte voraus, der Pfeiferl schlich hinterher und hielt vor Spannung den Atem an. Ab und zu griff er nach dem Schwanz oder dem Hinterteil der Hündin, um die Orientierung in den wabernden Dunstschleiern zu behalten. Das Greifen fiel ihm nicht weiter schwer, denn beide hatten ungefähr die gleiche Schulterhöhe. Sorgfältig achteten sie beide darauf, dass kein Ästchen knackte und kein Zweigerl brach.

Bald kamen sie an die Lichtung zwischen den Bäumen, an der sie neulich dem Wolf begegnet waren. Die Sissi hielt an, und der Pfeiferl legte einen Zeigefinger auf die Lippen.

So standen sie sich eine ganze Weile schweigend Auge in Auge gegenüber.

Sie erwarteten den Wolf. Doch sie hörten eine menschliche Stimme.

Die Sissi spitzte die Ohren und rollte mit den Augen.

Der Pfeiferl meinte sich verhört zu haben.

Dann hörten sie es wieder. Es war die Stimme einer jungen Frau oder die eines Kindes. Beide blickten in die Richtung, aus der das Geräusch kam.

Vielleicht zwanzig Meter weit reichte die Sicht.

Der Pfeiferl sah griffige Fichten- und glatte Ahornstämme in die Höhe ragen. Ihre Wipfel verschwanden im Dunst. Der farndurchsetzte Waldboden war mit braunen Nadeln bedeckt, ein paar Zapfen lagen wahllos herum. Dampfiges Moos hatte sich überall ausgebreitet, umgestürzte morsche Bäume klammerten sich an gesunde. Dazwischen glitzerten glatte Steine und Haufen von frischem Sägemehl im kargen Licht.

Die Silhouette des Wolfs sahen sie als Erstes. Wie ein Gespenst durch eine graue Mauer.

Die Tigerdogge spannte den Körper mit gesträubtem Fell. Sie begann leise zu knurren.

Der Pfeiferl legte die Hand auf ihren Rücken und pfiff, so leise er konnte: »Diiditdaaa!«

Sofort verstummte die Dogge.

Der Wolf hatte nichts Gefährliches an sich. Er stand einfach da und schaute zu ihnen her. Keine hochgezogenen Lefzen, kein Knurren, kein Heulen.

Dann sahen sie das Kind. Es kam hinter dem Wolf hervor und hatte – wie der Pfeiferl bei der Sissi – die Hand auf seinem Rücken.

»Halloooo!«, rief das Kind.

Kaum dass man es verstehen konnte, so leis war sein Stimmchen.

Es war ein Mädchen.

Der Pfeiferl wusste nicht, warum, aber er musste sofort an das verschwundene Mädchen denken, das ungefähr so alt war wie er.

Der Wolf näherte sich im Schneckentempo. Er war so silbrig wie der im Zoo, hatte den Kopf gesenkt und schaute aus klaren grünen Augen zu ihnen her. Das Mädchen blieb hinter seinem schlanken Körper halb verborgen.

»Ich bin die Arabella«, rief es herüber.

Ihr Stimmchen klang glockenhell.

»Und wer seid ihr?«

***

Die Semmelknödel gehörten wie der Schweinsbraten und der Krautsalat und das Bier zum Musi-Donnerstag auf der Grabmoosalm.

Am späten Nachmittag trudelten sie nacheinander ein, die Musikanten. Der Wast mit der Zither, der mit schwülstigem Bariton auch sang. Der Bruno mit der Gitarre, der Alois mit der Bassgitarre. Sie waren in einem Auto das Straßerl heraufgekommen.

Als Letzter folgte der Bepperl. Er hatte seinen Tubakasten zu Fuß den Berg heraufgeschleppt.

Alle viere hatten unten am Parkplatz von der Papierfabrik einen kurzen Schlenker gemacht. Der Mord an der Frau im eingerollten Teppich hatte sich herumgesprochen. Das Band der Polizeiabsperrung war noch da gewesen.

Aber die Leiche war schon weg. Das hatte sie enttäuscht. Wie man so hörte und las, sollte es eine Türkin gewesen sein. Eine, die koaner kennt hod. Aber nix Bestimmtes woaß mer ned.

Vor lauter Essensvorbereitungen und Gästebegrüßen hatte die Resi gar nicht bemerkt, dass der Pfeiferl schon wieder ausgerissen war.

Als die zwei, er und die Sissi, wieder heimkamen, fragte die Mama: »Ja, wo habt ihr euch denn schon wieder rumgetrieben?«

Die zwei blieben stumm, denn sie wollten nicht lügen.

Und die Resi hatte sofort wieder anderes zu tun.

»Was ist eigentlich mit der toten Türkin bei dir heroben?«, kam der Alois in die Küche gestürmt. »Erst is dei Oma erschossen worn, und jetzt sollen s' eine Türkin umbracht haben, hab ich ghört. Dir bleibt scho gar nix erspart.«

Zweiter Teil

EINS

»Gülsüm Hastemir, einundzwanzig, ledig, keine Vorstrafen, kein Schufa-Eintrag, kein Eintrag in Flensburg, wohnhaft in Rosenheim-Kastenau, Adlerstraße 17, Adresse der Eltern. Vierhundert-Euro-Job bei dem Klebstoffhersteller Colatol in Thansau. Türkischer Pass.«

Die nüchterne erste Auskunft über die Tote.

Chili Toledo spürte, dass sie auf dem richtigen Weg war.

»Gülsüm hatte eine enge Freundin«, berichtete sie Rico Stahl. »Eine Arbeitskollegin bei Colatol. Auch eine Türkin, sie heißt Hanife Oben. Um zur Arbeit zu kommen, mussten die beiden mit der Bahn nach Raubling fahren. Von dort hat sie meistens jemand im Auto mitgenommen. Oder Hanifes Mann hat sie aus Rosenheim zur Arbeit gebracht. Er ist arbeitslos. Wollen Sie mitkommen, Chef? Wir besuchen die Familie Oben.«

»Aha. Kamelbulle«, sagte Rico Stahl.

»Wie bitte? Kommen Sie jetzt mit oder was?«

»Oben ist ein männliches Kamel. Ein Bulle halt.«

Er strich sich selbstbewusst übers gegelte Haar.

Chili sah ihren Chef erstaunt an. Sie wusste, dass er über Fähigkeiten verfügte, die er als Agent beim BKA erworben hatte und die jetzt als einfacher Mordchef wohl verkümmern würden.

Fliegen zum Beispiel. Tauchen. Über Wasser laufen. Wasser in Bier verwandeln. Sprachen.

»Also. Gehmer.«

»Ja, eindeutig. Das ist Gülsüm«, sagte Hakan Oben und nickte heftig.

Hanife, seine junge Frau, schaute ihm über die Schulter. Sie trug ein bronzefarbenes Kopftuch, das bis über den Oberkörper reichte. Gülsüms beste Freundin. Tränen rannen ihr über die Wangen. Auch sie nickte schweigend.

»Gülsüm war vor wenigen Tagen erst bei uns gewesen«, sagte Hanife. »Mit ihrem Sohn.«

Rico Stahl sah Chili Toledo überrascht an.

»Sohn?«, fragte er sie.

Chili zuckte mit den Achseln und schaute in die andere Richtung. »Ja. Die Frau hatte einen gut zweijährigen Sohn.«

»Dreijährig«, verbesserte Hanife.

»Sag ich doch. Gut zweijährig«, sagte Chili und strich sich übers Haar.

Rico fraß sie mit Blicken auf.

»Wann war sie bei Ihnen?«, fragte er Hanife. »Wann genau?«

»Okay«, sagte der Ehemann in einwandfreiem Deutsch. »Lassen Sie mich überlegen. Heute ist Freitag. Äh, Gülsüm war am vergangenen Samstag bei uns.«

Ein Seitenblick zu Hanife bestätigte seine Schätzung.

»Wir haben uns ganz normal unterhalten«, fuhr Hanife fort.

Sie schob das Kopftuch mit zwei Fingern hinters Ohr zurück.

»Der Kleine hat fast den ganzen Abend auf meinem Schoß gesessen.«

»Wann haben Sie zum ersten Mal gemerkt, dass Gülsüm vermisst wird?«, sagte Rico.

»Sie sind gut«, rief Hakan aus und sprang auf. »Das haben wir sehr früh gemerkt. Das muss kurz nach dem Einbruch gewesen sein.«

Wäre sein Stuhl ein Trampolin gewesen, hätte Rico Stahl einen Rekord im Hochsprung ohne Anlauf aufgestellt. So aber blieb er brav sitzen und beugte sich lediglich einen halben Meter vor.

»Einbruch?«, fragte er mit einem schiefen Blick auf Chili. »Welcher Einbruch?«

Das türkische Paar sah sich an.

Ihre Wohnung war komfortabel und auch nach mitteleuropäischen Maßstäben praktisch eingerichtet. Familienfotos an den Wänden. Ikea-Mobiliar. Lediglich ein grellbunter Gebetsteppich passte nicht ganz dazu.

»Zwei Tage, nachdem sie bei uns waren«, ergriff Hakan das Wort, »ist bei ihr eingebrochen worden.« Er überlegte kurz. »Also am Montag, dem vierten.«

»Ihr Vater war bei ihrem Besuch bei uns auch dabei«, warf Hanife ein. »Ihr Vater. Und ihr Söhnchen.«

Die nächste Überraschung.

Chili rutschte unruhig auf ihrem Stuhl umher.

»Ja mei«, sagte sie entschuldigend zu Rico. »Hab ich übersehen, Ihnen zu sagen. Sie hat zwar mit ihrem Buben in der Wohnung der Eltern gelebt. Aber sie hatte nur mehr einen Vater. Die Mutter ist verstorben.«

In Rico wühlte es. Da hatte ihn Chili schön auflaufen lassen. Dass die Tote ein Kind hatte, dass sie bei ihrem Vater wohnte, und dann noch der Einbruch – das hätte er alles vor dem Gespräch wissen sollen. Was war los mit Chili?

Trotzdem musste er konzentriert bleiben. Hier kristallisierte sich eindeutig ein Muster heraus.

Er lehnte sich zurück, sodass sein Gesicht halb im Schatten blieb.

In den Augen der Türkin gegenüber standen noch immer Tränen.

»Nachdem sie bei Ihnen war, haben Sie Gülüm also nicht mehr gesehen –«

»Gülsüm«, verbesserte Hakan.

Pistolenschießen und über Wasser laufen konnte Rico besser als sich fremde Namen merken. Er nickte dankbar.

»Gülsüm. Wann haben Sie nach dem Besuch bei Ihnen das erste Mal wieder von ihr gehört?«

Hanife wollte antworten, doch Hakan legte eine Hand auf ihren Oberschenkel und hieß sie zu schweigen.

»Wie gesagt, am Samstag war sie bei uns«, führte er aus. »Am Montag ist bei ihr eingebrochen worden. Gülsüms Handtasche mit sämtlichen wichtigen Papieren wurde entwendet.«

Hanife hielt es nicht mehr auf ihrem Stuhl. Sie sprang auf.

»Genau«, rief sie aus und gestikulierte lebhaft. »Pass, Scheckkarte, Kreditkarte, Kinokarte …«

»Hat sie den Einbruch bei der Polizei gemeldet? Oder ihr Vater?«, fragte Chili dazwischen.

Diesmal antwortete der Mann wieder.

»Ich glaube schon«, begann er, wurde aber lebhaft unterbrochen.

»Ja«, rief seine Frau. »Sie hat am Dienstag in der Früh in unserer

Personalabteilung angerufen und gesagt, dass sie wegen des Einbruchs später kommen wird. Das weiß ich, weil sie anschließend mich auf dem Handy verständigt hat. Wegen des gestohlenen Passes musste sie sogar zur Ausländerpolizei.«

Chili sah unauffällig zu Rico hinüber.

Der saß weiterhin ungerührt in seinem weichen Sessel mit Orientmuster und nickte unmerklich. Die Angaben des Paars mussten selbstverständlich überprüft werden.

»Am nächsten Tag hat mich Hanife aus der Firma angerufen«, schilderte ihr Mann, »und hat mir mitgeteilt, dass Gülsüm nicht auf ihrer Arbeitsstelle erschienen ist.«

»Genau«, übernahm Hanife. »Deshalb sind wir abends zu Gülsüms Wohnung in die Kastenau gefahren, um nach dem Rechten zu schauen. Doch es war niemand da. Wir haben ein paarmal geklingelt, aber niemand hat aufgemacht.«

Beide, Hakan und Hanife, bliesen die Backen auf und ließen Luft ab.

Rico hatte den Eindruck, dass sie am Ende ihrer psychischen Kraft waren. Doch er war sicher, dass er auf dieser Fährte noch weiterkam.

»Und?«, fragte er den Mann, denn er hatte das Gefühl, dass dieser der Stabilere von beiden war. »Dann haben Sie's darauf beruhen lassen? Hat sie die ungewöhnliche Abwesenheit nicht beunruhigt?«

»Du warst doch bei der Polizei«, regte sich die junge Türkin auf. »Warum sagst du ihnen das nicht?«

Es stellte sich heraus, dass Hakan Oben tatsächlich das Verschwinden der Freundin seiner Frau der Polizei gemeldet hatte. Dort habe man ihm aber gesagt, dass die Suchmeldung, die er sich gewünscht hatte, erst nach Ablauf von drei Tagen erfolgen könne.

Danach seien sie beide herumgefahren und hätten mit allen möglichen Bekannten telefoniert, um etwas über Gülsüms Aufenthalt zu erfahren. Doch es habe keinen konkreten Hinweis gegeben.

Hakan richtete sich auf.

»Ich bin abends sogar nach München gefahren, in die ›Hürriyet‹- Redaktion, um dort eine Suchanzeige aufzugeben. Aber die haben auch nicht mitgemacht. Sie könnten keine Ausnahme machen, haben sie gesagt.«

»Hürriyet. Freiheit«, flüsterte Rico seiner Kollegin zu und strich die Krawatte glatt.

Chili lächelte beeindruckt.

»Ist Gülsüm denn ermordet worden?«, platzte Hanife heraus.

Rico musste schlucken. »Wie kommen Sie denn gleich auf Mord?«, fragte er unschuldig.

Wieder war die junge Frau mit dem Kopftuch den Tränen nahe. »Frau Oben«, sagte Chili Toledo. Sie war aufgestanden und hatte sich vor Hanife hingestellt.

»Wenn jemand nicht zur Arbeit erscheint, können viele Gründe eine Rolle spielen. Es könnte ein Unfall sein, eine plötzliche Abreise, das Zusammensein mit einem Freund. Aber Sie wollten gleich eine Suchanzeige aufgeben. Wissen Sie vielleicht mehr, als Sie uns sagen wollen?«

Drei senkrechte Falten bildeten sich über Chilis Nasenwurzel. »Wenn Sie uns etwas verschweigen, Frau Oben, dann machen Sie sich strafbar! Und Ihnen dürfte klar sein, was das für Sie bedeuten könnte.«

Hanife faltete die Hände über dem Bauch. Sie sah ihren Mann an, und der nickte.

»Wie kommen Sie nur darauf? Ich habe nichts zu verbergen …«

Mit einer Handbewegung stoppte Hakan ihren Redefluss.

»Gestern am späten Nachmittag habe ich Gülsüms Vater getroffen«, sagte er. »Er vermutete, dass sie bei einem Bekannten sei. Einem Deutschen. Er wusste aber nicht, wo dieser Mann wohnt, sonst hätte er ihn aufgesucht –«

»Gülsüm würde nie, nie, nie ihr kleines Kind zwei Tage allein lassen«, unterbrach Hanife schluchzend. »Das hätte sie nie getan. Bestimmt hat ihr Vater sich um den Kleinen gekümmert, aber … nein, nein, nein. Ihr muss Gewalt angetan worden sein.«

Den letzten Satz schrie die Frau hinaus.

Sie schlug die Hände vors Gesicht.

Das kann man wohl sagen, dachte Rico. Er sah kurz aus dem Fenster.

Es war dunkel geworden, man sah den Strahl von Autoscheinwerfern vorüberhuschen, das Licht einer Verkehrsampel spiegelte sich im Glas.

Er gab Chili einen Wink. Wie immer wollte er sich mit ihr besprechen, bevor nächste Schritte folgten.

Hakan Oben wirkte plötzlich kalt und feindselig.

Der Oberkörper seiner Frau zuckte im Rhythmus ihres leisen Schluchzens.

Rico war aufgestanden. Ein letztes Mal musterte er das türkische Paar. Wenn die Aussagen stimmten, konnte zumindest der Tatzeitpunkt ziemlich deutlich eingegrenzt werden. Und er musste sich den Chef der Ermordeten, diesen Mühl … Mühl … Mühlstein noch einmal vornehmen.

ZWEI

Joe Ottakring hatte Sehnsucht nach seiner Frau.

Aber erst jeden Abend um elf riefen sie sich zusammen. Das war einerseits sehr schön, weil sie ihre Stimmen hörten, vom Tag berichten und sich aneinander ergötzen konnten. Für Ottakring war es darüber hinaus noch mehr: Die spätabendlichen Anrufe waren eine Art Kontrollinstrument.

Wer weit weg in Finnland weilt, den hat man nicht im Griff.

Ottakring war da ein gebranntes Kind, was Lola anbetraf. Doch Schwamm drüber, er wollte daran nicht mehr denken. Er hatte sich vorgenommen, Lola zu vertrauen.

Damals, als sie vorgegeben hatte, einen Schulfreund zu besuchen, hatte er ihr auch vertraut. Er schwebte in einem köstlichen Gefühl vollkommener Sicherheit, als sie abgereist war – bis er von einem Augenblick zum anderen in die Tiefe fiel. Es war die Hölle gewesen.

Viel Zeit, Disziplin, Nachsicht – und Liebe – hatte es bedurft, bis er sicher sein konnte, sich wieder halbwegs auf seine Frau verlassen zu können.

Mit Lola im Herzen und einem rissigen Porsche-Ledersitz von unbestimmter Farbe unter sich begab er sich ein weiteres Mal auf die windungsreiche Tour hinauf zur Grabmoosalm.

Donnerstags spielte die Musi. Er wusste, dass einer der Musikanten – der Zitherspieler, meinte er gehört zu haben – der Initiator war und jeder, der Lust hatte und spielen konnte, dazustoßen konnte.

Es dämmerte, als er den Porsche abstellte. Gerade noch, dass er einen Parkplatz bekam, so voll war es. Kaum hatte er den Motor abgestellt und die Fahrertür weit aufgestoßen, hörte er schon das rhythmische Pfummtataa der Tuba.

Das erste Wesen, das ihn begrüßte, war die weiß-schwarze Tigerdogge. Er musste sich gegen ihre riesige Zunge zur Wehr setzen.

»Ja, griaß di«, sagte er und strich ihr über den Kopf. Es fühlte sich weich wie Samt an. »Wie heißt du denn?«

Als ob ein Hund ihm seinen Namen nennen könnte. Es war, als ob man sich über einen Kinderwagen beugte und »Trilirilili, wer ist denn das schöne Kind, trililirili?« sagte.

»Didiiiiiiiiit«, hörte er, nachdem er beide Füße auf den Almboden gesetzt hatte. Wie von Geisterhand war der Bub neben dem Hund erschienen.

»Didiiiit«, pfiff er.

»Aha, didiiiiiit«, pfiff Ottakring.

Den Jungen hatte er bei seinem letzten Besuch schon gesehen. Zwei Stunden, bevor dessen Großmutter erschossen wurde.

»Und? Wie heißt du?«, fragte er, während drinnen hinter beleuchteten Fenstern heiße Melodien ertönten.

Zither, Gitarre, Bass und Tuba, registrierte Ottakring im Stillen. Das Kufstein-Lied, ein Hubert-von-Goisern-Song, dessen Titel ihm nicht einfiel. Die Gäste drinnen sangen aus vollem Hals mit.

»Pfeiferl«, kritzelte der Pfeiferl auf einen Schmierzettel aus seiner Hosentasche und pfiff stoßweise einen Rhythmus.

Aha. Ottakring erinnerte sich.

Den Namen des Jungen kannte er nicht, er hatte aber gehört, dass der Bub seit dem Schussunglück, bei dem die Großmutter ums Leben gekommen war, nicht mehr reden konnte. Er pfiff nur mehr.

»Pfeiferl«, entfuhr es ihm unabsichtlich.

Der Bub nickte und pfiff mit gespitzten Lippen: »Pfeifdidit.«

Ottakring versuchte, einen Arm um die schmale Schulter zu legen.

Der Riesenhund entblößte die Zähne. Er knurrte.

Ottakring nahm den Arm wieder weg.

»Du warst dabei, als deine Großmutter … äh … gestorben ist?«, fragte er.

Der Pfeiferl sah ihn mit großen Augen an.

Nicht grad einfühlsam von mir, musste Ottakring einsehen. Aber nur mit Fragen bekommt man eine Antwort.

Der Pfeiferl verzog das Gesicht, klatschte dem Hund aufs Hinterteil, und beide rannten davon.

An der Tür stieß Ottakring fast mit der Resi zusammen.

Hinter ihr drängte ein Riese von Mann nach draußen. Ein finsterer Kerl wie ein Bär mit einem mächtigen Kinn.

»Halt di zruck, Alois«, sagte die Resi zu ihm. Und zu Ottakring entschuldigend: »Der Bassist.«

»Dein Sohn«, sagte Ottakring. Almwirtinnen duzte man. »Der ist weggrennt. Mit dem Hund.«

»Was hast du damit zum Tun?«, fragte die Resi.

Almwirtinnen duzen zurück.

Der Alois hatte die Resi beiseitegeschoben und sich vor Joe Ottakring aufgestellt.

»Lass die Resi in Ruh«, knurrte er.

»Alles klar«, sagte Ottakring.

Normalerweise hätte er jetzt seine Dienstmarke gezückt. Doch er besaß keine mehr.

»Ich lass die Resi in Ruh. Aber du hast jetzt wieder deinen Einsatz! Geh rein! Ohne dich kommen die ned zurecht.«

Der Alois streifte die Resi mit einem kurzen Blick.

Die nickte.

Der Alois drehte sich um und ging wieder seinem Job nach.

Ottakring nahm die Resi zur Seite.

»Wie alt ist dein Bub jetzt? Neun? Ja? Warum hat's ihm denn die Sprache verschlagen? Nach allem, was man hört, genau seit dem Tag, an dem die alte Moserin gestorben ist. Erschossen wurde.«

Er sah das Flackern in ihren Augen.

»Ich war ja kurz vorher noch bei euch gewesen. Erinnerst du dich?«

Die Resi schluckte und nickte.

Drinnen war echt was los. Die Musi spielte auf, die Gäste sangen im Chor, durchs offene Fenster drang der heiße Geruch von Schweiß, Bier und Schweinswürstl mit Kraut nach draußen.

»Dann wirst du dich auch erinnern, dass es ein Handgemenge zwischen der Moserin und deiner Mutter gab.«

Täuschte er sich, oder wurde die Resi tatsächlich blass im Gesicht? Ihre Miene jedenfalls war wie versteinert.

»Und nicht lang danach wird deine Mutter erschossen. Vom Hund. Das glaubst du doch selber nicht.«

Zum ersten Mal machte sie jetzt den Mund auf.

»Des hab ich alles schon der Polizei gsagt«, sagte sie. »Zeugnis hab ich abgelegt.«

Ottakring nickte gutmütig.

»Na prima«, sagte er. »Du hast der Polizei gsagt, dass der Hund deine Mutter erschossen hat. Du weißt schon, dass du dich strafbar machst, wenn du vor der Polizei falsches Zeugnis ablegst. Wenn du lügst.«

Er machte eine bedeutungsvolle Pause, während der die junge Frau im geblümten Kleid vor ihm mit den Händen rang.

»Wie hat denn die Moserin reagiert, als ihre Tochter plötzlich tot umfiel?«

Er war sicher, dass er auf der richtigen Spur war. Er durfte nur nicht die Geduld verlieren. Was ihm nicht leicht fiel.

Drinnen machte die Musik eine Pause. Man hörte nur das Gewirr von Stimmen und vereinzelte Liedfetzen. Eine Gruppe von Menschen drängte durch die Tür nach draußen.

»Wo bleibst denn, Resi?«, rief eine Frau mit quietschender Stimme.

»Du wirst gebraucht«, rief ein pockennarbiger Mann mit langem, dünnem Hals und hohem Timbre. »Des Bier is ausganga.«

»Ich muss jetzt wieder rein in den Trubel«, sagte die Resi fast verlegen.

Ottakring hatte den Eindruck, sie hätte gern noch weitergesprochen. Die Spannung war innerhalb der letzten Minuten deutlich gestiegen.

»Also servus derweil«, sagte die Resi, winkte ihm linkisch zu und stieg die zwei Stufen hinauf.

»Hat jemand den Pfeiferl gsehn?«, rief sie laut in die Wirtschaft hinein.

»Ja, servus«, gab Ottakring gedankenverloren zurück. Er wusste, dass es nicht nur Einbildung war, was sich ihm aufgedrängt hatte. Und zusätzlich zur Resi war da noch ein weiterer Zeuge, den er befragen würde: der Bub, der sympathische.

Der Pfeiferl.

***

Plötzlich konnte der Pfeiferl wieder richtig reden!

Als das Mädchen herübergerufen hatte »Ich bin die Arabella«, hatte er schon die Lippen gespitzt.

»Didididadaaadidit«, hatte er pfeifen wollen. Doch ohne dass er etwas dazu tat, rief er mit seiner Stimme und mit seiner richtigen Sprache zurück: »Und ich bin der Seppe.«

Cool!, dachte er. Ich kann wieder richtig reden.

Auch die Sissi schaute ihn ganz komisch an.

Aber das Stärkste war der Wolf. Der fing plötzlich an zu quietschen und zu hecheln und drehte sich im Kreis herum. So lang im Kreis herum, bis er Seite an Seite mit der Sissi stand und an ihr herumschnüffeln konnte.

»Hey, Seppe, was tust du hier? Ich mein, was tut ihr hier?«, fragte die Arabella. »Ich bin unten aus der Stadt abgehauen. Du kannst auch Bella zu mir sagen.«

»Ich wohn hier«, sagte der Seppe bescheiden und deutete in die Richtung, aus der sie gekommen waren. »Und wie lang bist du schon hier oben? Wie bist du an den Wolf gekommen? Warum hat er dich nicht gefressen?«

Bella musste lachen. Ihr Lachen klang hell und glucksend wie das Geplätscher des Bachs hinter der Grabmoosalm, der in engen Schleifen durch den Wald den Berg hinunterfloss.

»So viele Fragen auf einmal«, sagte sie.

Zur Aufzählung nahm sie die Finger zur Hilfe.

»Eins. Seit genau vier Tagen. Zwei. Der Wolf hat mich gesehen und sofort mitgenommen. Und drei. Weil wir uns mögen. Sehr sogar.«

Wenn sie lachte oder lächelte, klaffte eine breite Lücke zwischen den oberen Schneidezähnen.

Dem Seppe gefiel das. Bei seiner Großmutter hatte auch so eine Lücke geklafft.

Immer wenn er an Großmutter dachte, wurde er traurig. Wie sie einfach umgefallen war, von einem Augenblick auf den anderen, das hätte den stärksten Mann umgehauen, da war er sich sicher.

Und nun musste er auch noch die Lügen mittragen, welche die Mama der Polizei aufgetischt hatte. Ganz schön blöd, dachte er, bevor er wieder zu heulen anfing. Einfach so. Er hielt die Hände vors Gesicht, damit die Bella nichts merkte.

»Hey, was ist? Weinst du?«, fragte sie ihn im selben Moment.

Er schüttelte den Kopf und wischte sich mit den Handrücken das Nasse von den Augen, bis er wieder sehen konnte.

Sie standen auf der Waldlichtung, auf der sie sich das erste Mal getroffen hatten, der Wolf und die Sissi. Da hatten sie noch gekämpft. Blut war geflossen.

Der Seppe fasste sich ein Herz und kniete vor dem Wolf nieder. Vorsichtig schlang er die Arme um den Hals des Raubtiers.

»Guter Hund«, sagte er halblaut. »Guter Hund. Keine Schafe mehr reißen.«

Der Wolf riss sich los. Schnappte zu.

Erwischte den Seppe im Gesicht. An der Wange, um genau zu sein, und am Ohr.

Die Sissi wurde wild. Sprang dem Wolf auf den Rücken und versuchte, ihm ins Genick zu beißen.

Dann war im Nu alles wieder vorbei. Als ob sämtliche Beteiligten sich besonnnen hätten.

Am Ende ließen alle die Köpfe hängen. Ein Wolf ist und bleibt ein wildes Tier. Obwohl die Bella es nicht wahrhaben wollte. Doch sie brauchte nur ihren neuen Freund, den Seppe, anzuschauen. Der blutete und würde das nachher seiner Mutter erklären müssen.

Und er hatte auch sonst kein gutes Gefühl.

Außer dass er, ohne zu wissen, was das ist und wie das geht, ein bisschen verliebt war.

***

»Keine Sorge, Liebster, ich wollte nur deine Stimme hören.«

Sorglosigkeit ist der Anlass für viele Sorgen. War er zu sorglos gewesen?

»Im Rahmen unserer Weiterbildung haben wir am Unterricht in einer Schule teilgenommen. Dort ist gerade ein Virus umgegangen. Ich fürchte, ich hab mir den eingefangen.«

Lola hatte aus Finnland angerufen. Sie war schrecklich erkältet, ihr ging's nicht gut.

Wieso war der Junge eigentlich nicht in der Schule?, fragte sich Joe Ottakring. Er machte sich schon Vorwürfe, nicht schon früher auf diese Frage gekommen zu sein. Doch natürlich! Schulferien.

Seit seiner Pensionierung hatte er kein Gefühl mehr für Wochenenden und Ferien, nicht einmal mehr für Urlaubszeit. Erst wenn Kolonnen von Fahrzeugen mit holländischem Kennzeichen durch die Stadt drängelten, merkte er, dass es wieder so weit war.

Ganz in Gedanken spazierte er vorgebeugt Richtung Wald, die Hände hinter dem Rücken verschränkt. Ein Beobachter hätte ihn, so wie er aussah und sich gab, vielleicht für einen pensionierten Lehrer oder Zahnarzt oder Lokführer mit Rückenschmerzen halten können. In keinem Fall für einen Handwerker, Briefträger oder Politiker.

Oder gar einen Kriminaler.

Er fragte sich, wie es kam, dass hier oben beständig schlechte Sicht herrschte. Es kam ihm vor wie kurz vor einem Vulkanausbruch. Auch der Geruch, den er in der Nase hatte, passte dazu. Als ob die Erde Schwefel atmete.

Ein lautes, tiefes Bellen schallte aus der Ferne durch den Bergwald. Unwillkürlich musste Ottakring an die Dogge denken. Soweit er mitbekommen hatte, war der Bub nicht weit, wenn die Dogge auftauchte.

Zwanzig Minuten nachdem er die Grabmoosalm verlassen und den Wald betreten hatte, stand er vor einer weiten, flachen Lichtung.

»Rehwiesen« stand auf einem kleinen gelben Schild. Die Fläche war mit gigantischen moosbewachsenen Findlingen durchsetzt. Als hätten hier früher Riesen gekegelt. Er folgte dem schmalen Pfad, der ihn durch bräunliches Gras vorbei an modernden Baumstümpfen, Silberdisteln und vertrockneten Kuhfladen führte. Es roch nach Schwammerln.

Aus purem Übermut erkletterte er einen Hochstand. Er hockte sich auf ein quer gelegtes Brett und ließ für wenige Minuten den Blick schweifen.

Eine Weile war es still gewesen. Nun aber hatte das Bellen erneut begonnen. Es war noch lauter als zuvor und rutschte in ein wütendes Kläffen und Kreischen ab.

Dann sah er ihn kommen. Er musste zweimal hinschauen, um es zu glauben.

Der Pfeiferl kam zwischen den Bäumen hindurch aus dem Wald gerannt. Seine Beine wirbelten, sie steckten in kurzen Hosen, er wirkte aufgeregt.

Ottakring hangelte sich so rasch er konnte von seiner Kanzel herunter. Beinahe wäre abgerutscht.

»Hallo, Pfeiferl«, rief er laut.

Im Laufen schaute der Bub zu ihm her. Er änderte den Kurs und kam direkt auf ihn zugerannt. In letzter Sekunde überlegte er es sich anders und versuchte, einen Haken zu schlagen. Dabei geriet er mit einem Bein in einen herumliegenden Zweig, der ihn unsanft stoppte.

Es ging alles sehr schnell.

Der Pfeiferl hatte den Mann schon von Weitem gesehen. Zuerst hielt er ihn für einen Fremden. Doch dann erkannte er in ihm den alten Polizisten, der schon öfters auf der Alm gewesen war. Was wollte der hier draußen?

Der Pfeiferl hatte Angst. Die Sissi und der Wolf hatten gekämpft. Der Wolf hatte nach ihm geschnappt, und er würde der Mama erklären müssen, woher die Bisswunde stammte. Die Sissi war ihm zum ersten Mal im Leben nicht gefolgt, und er hatte so ein komisches Gefühl im Magen wegen der Arabella. Außerdem: Wie hatte das funktioniert, dass er plötzlich wieder reden konnte? Er war gespannt, ob die Scheißpfeiferei damit endgültig vorbei war.

Das alles zusammen bereitete ihm Angst. Fünf, sechs Sekunden lang hatte er schon überlegt, ob er nicht auch im Wald bleiben sollte, so wie die Bella.

Sie hatte ihm gesagt, dass sie schon seit Tagen bei dem Wolf in der Höhle wohnte. Zuerst hatte er ihr nicht geglaubt.

»Du spinnst. Du lügst.«

Doch nachher hatte er es ihr doch abgenommen.

Sie hatte ihm verraten, warum sie in der Höhle bei dem Wolf wohnte. Warum sie von zu Hause weggelaufen war.

Und das war der springende Punkt. Von zu Hause würde er, der

Seppe, niemals weglaufen. Dafür hatte er die Mama viel zu lieb. Er mochte sie, die Wirtschaft, die Sissi, einfach die ganze Umgebung. Den ganzen Laden, einfach alles.

Außerdem könnte er dann nicht mehr in die Schule gehen. Er mochte die Schule, weil er dann andere Kinder traf und nicht mehr das einzige war wie oben auf der Alm. Die Bella hatte er auch gefragt, wie sie es denn mit der Schule machte, wenn die Ferien vorbei waren.

»Schule? Scheiße!«, hatte sie gesagt. Ihr war die Schule wurscht.

Die Bella. Er musste die Bella unbedingt wiedersehen. Aber jetzt sollte er schauen, dass die Sissi nachkam. Sonst würde er zweimal geschimpft, wegen dem Biss und wegen der Sissi. Ach, die Sissi würde schon hinterherkommen.

So richtig ernst hatten die zwei ihre Beißerei bestimmt nicht gemeint. Es war zwischen denen eher so wie zwischen ihm und der Bella, das stand für ihn fest.

Aber jetzt musste er aufpassen. Der Polizist!

Er wollte ihn elegant umrunden, aber – vermaledeit, hätte die Mama jetzt geschrien.

Und schon lag er auf der Nase.

Als Erstes roch er den feuchten Dreck, in dem die Nase steckte. Nein, falsch. Sein ganzes Gesicht einschließlich der Stirn und der Augen lag in dem Matsch. Dann roch er das Blut. Es konnte unmöglich das Blut von der kleinen Schramme sein, die ihm der Wolf verpasst hatte. Es war mehr. Er holte die Hand unter dem Körper hervor und hielt sie an die Nase. Im Nu war sie voller Blut.

Er roch noch mehr. O vermaledeit! Das, was er da roch – nein, er roch es nicht, er spürte es. Erst jetzt merkte er es. Es fühlte sich sehr feucht an in seiner Hose zwischen seinen Beinen. Warm und feucht und nass, und es wurde immer nasser.

Er war dabei, sich in die Hose zu bieseln!

»Geht's dir gut?«, fragte eine tiefe Stimme über ihm. Eine Stimme, die er nicht kannte, obwohl er den Mann schon gesehen hatte. Trotzdem eine Stimme, die er mochte. Die ihn beruhigte, irgendwie.

Was nun geschah, konnte sich der Seppe später niemals erklären, und er würde es nie vergessen.

Er hob den Kopf, nur ein paar Zentimeter hoch. Seine Augen weiteten sich und breiteten sich zur Seite und nach oben aus. Bis er nur mehr durch ein einziges Auge blicken konnte, groß wie ein Fußballtor.

Dahinter sah er eine kilometerweite ebene Landschaft, mittendrin ein Wahnsinnshaufen von Steinen. Die sahen aus wie die Köpfe von Hunden und Kühen, einige auch wie Schwammerl und Semmelknödel. Darunter war zertretenes raues Gras, noch mehr Pilze, aber kleine, da und dort braune Erdhaufen, und auf jedem saß etwas, das aussah wie ein Murmeltier.

Da war jemand über ihm. Einer, der aussah wie sein Lehrer, nur viel älter. Der Jemand fletschte die Zähne und grinste ihn an. Er öffnete die Lippen, um etwas zu sagen. Doch der Seppe wollte es gar nicht hören. Er ließ den Kopf wieder auf den Boden sinken.

Er schluchzte. Das Bieseln da unten hatte aufgehört, aber es fühlte sich an, als hätte er einen nassen Schwamm zwischen den Beinen.

Er war allein auf der Welt. Wo war die Mama? Die Großmutter, die Moserin, die Sissi? Deshalb presste er die Augen zu, um der Einsamkeit zu entgehen.

Allein auf der ganzen Welt.

Wo war die Bella?

Ihm war schwindlig.

Komisch. In der Schule, im Sport, musste er einmal einen Tausendmeterlauf machen, da war das Gefühl hinterher genau so gewesen. Schwindlig.

Der Seppe schloss die Augen, um der Einsamkeit und dem Schwindel zu entgehen, und als er sie wieder öffnete, war alles weiß um ihn.

***

Als Kriminalrat Ottakring mit dem Jungen auf dem Arm der Grabmoosalm zustrebte, fiel ihm wieder der Schwefelgeruch auf. Dieser Geruch wäre wohl von dem Odeur aus der Hose des Jungen übertönt worden, hätte Ottakring sie ihm nicht ausgezogen und zurückgelassen.

Er durchquerte Rehwiesen, umkurvte die Riesenfindlinge. Er war vorsichtig, um nicht in einen Fladen zu treten, und bald danach hörte er von Weitem schon Menschengemurmel. Es war fast dunkel geworden, und die Leute trugen Fackeln, die gespenstisch durch die Bäume flackerten.

»Die Resi hat uns gschickt.«

Es waren Gäste aus dem Wirtshaus.

Die Resi war einerseits erleichtert, dass ihr Bub wieder da war. Andererseits schlug sie die Hände überm Kopf zusammen, weil er noch immer ohnmächtig und in der Unterhose war.

»Was haben Sie mit meinem Pfeiferl gmacht?«, fragte sie Ottakring mit vorwurfsvoller Miene.

Ottakring legte den reglosen Körper auf die Hausbank.

»Gemacht? Ich hab ihn gerettet«, gab er mit ernster Miene zurück. »Ich frage besser dich als Mutter, wie es kommt, dass der Bub mutterseelenallein im Wald umherirrt.«

Ein leises Schnaufen war vom Pfeiferl zu hören. Dann nieste er laut. Er versprühte eine Wolke winziger Tropfen über sich und sprang von der Bank auf.

Er sah seine Mam und flog in ihre Arme.

Die Resi putzte ihm die Nase ab und nahm sein Gesicht zwischen beide Hände.

»Wie schön, dass du wieder da bist«, sagte sie leise zu ihm. »Was hast denn gmacht da draußen im Wald?«

Der Seppe richtete sich auf. Er legte die Arme um seine Mutter und zog sich an ihre Brust.

»Dididitdaaadaditdit!«, pfiff er leise.

»Warum bist du allein? Hast die Sissi ned mitgebracht?«

Die Resi schob sich durch die Menschentraube und schaute Richtung Wald. Sie hatte den Mund zu einer weiteren Frage geöffnet, die ihr nicht ganz über die Lippen kam.

»Meinst du diesen Hund?«, rief ihr einer mit markantem Gesicht und Trachtenhut nach.

Die Resi drehte sich um, und – richtig – da stand die Sissi und schleckte dem Markanten die Hand. Dazwischen hechelte sie vor Erschöpfung und wirkte, als hätte sie gegen Drachen gekämpft.

Ottakring ging hin, packte die Dogge mit einer Hand am Halsband und schleppte sie zur Resi. Mit der anderen Hand hakte er sich bei der jungen Frau ein und zog sie zur Seite, wo es menschenleer und dunkel war.

»Wer hat deine Mutter erschossen, möcht ich wissen«, zischte er. Er registrierte, wie sich ihre Augen angsterfüllt weiteten. »Warst du es selbst? Und warum?«

Die Resi riss sich los. Ihr Gesicht war selbst im Halbdunkel so grau, dass es zum Fürchten aussah.

»Spinnst du?«, fragte sie kurz. Sicher wollte sie noch mehr sagen. Aber ihre Tränen und die Schluchzer kamen als schrille, bittere, hemmungslose Flut. Als hätte sie ihr Quantum an Selbstbeherrschung restlos aufgebraucht.

Der Hund zwischen ihnen begann leise zu winseln.

Eine halbe Minute lang ließ Ottakring beide gewähren.

»Stimmt doch«, sagte er schließlich ziemlich laut. »Erzähl mir nicht diesen Schmarren von dem Hund, der einen Mord begeht.«

Ihr Gesicht nahm einen ausgeprägt bockbeinigen Zug an.

Der Hund begann zu knurren und die Zähne zu fletschen. Ottakring sah seinen glänzenden Speichel im fahlen Licht der Umgebung.

Die Resi kniete sich hin und nahm Sissis Kopf in den Arm.

»Ich sag kein Wort mehr, keine Silbe«, verkündete sie lauthals. »Ich hab alles schon zu Protokoll gegeben.«

»Oder war's vielleicht dein Sohn, der Seppe? Vielleicht aus Versehen, und du willst ihn schützen? Kann er deswegen nicht mehr richtig reden?«

Ottakring hatte sich in Rage geredet. Das mit dem Hundemörder hielt er für absolut abwegig.

Dass der Staatsanwalt die Ermittlungen sogar eingestellt hatte, war ein mittlerer Skandal.

Drei mögliche Täter kamen in Frage: Die Resi, der Seppe, die Moserin. Um eine Tat zu ergründen, braucht man zuallererst das Motiv.

Der Bub, so wie er den kennengelernt hatte, kam dafür nicht in Frage. Warum hätte der seine Großmutter erschießen sollen? Es sei denn, aus Versehen. Doch dazu hätte er Zugang zu der Waffe haben müssen.

Die Resi drosch auf ihn ein. Sie stand vor ihm und hämmerte mit den Fäusten gegen seine Brust.

Die Sissi war kurz davor, ihn zu zerfleischen.

Und er, der Kriminalrat a. D. Joe Ottakring, wollte nach einem Motiv forschen? Zuerst musste er sein Leben retten! Ein geradezu körperliches Unbehagen kroch ihm in die Glieder.

Hinter ihm, jenseits des grasigen Vorplatzes, hob sich in der Dunkelheit die Silhouette der Grabmoosalm ab.

Durch die rautenförmigen Fenster im Gastraum und in der Küchentür schimmerte Licht.

DREI

In der gleichen Nacht wäre Rico Stahl, Chef der Rosenheimer Mordkommission, um ein Haar bei einem ganz banalen Verkehrsunfall ums Leben gekommen. Er fuhr auf dem Zubringer von Rosenheim zur A8, um in München etwas Privates zu erledigen. Etwas, das ihn während der nächsten Stunden bis zum frühen Morgen in Anspruch hätte nehmen sollen. Zum dritten Mal an diesem Tag hatte er, bevor er wegfuhr, die Unterwäsche gewechselt, sich unter den Achselhöhlen und im Schritt eingesprüht und die neue Hermès-Krawatte mit den gelben Pinguinen angelegt. Er war gerüstet für das, was auf ihn zukommen sollte.

Meinte er.

Bis sich in der Dunkelheit etwas vor seinem Wagen aufgebäumt hatte, das wie ein Flugzeugträger aussah. Er hörte die dumpfe Schiffssirene und riss das Steuer herum. Seine Hände umkrampften das Lenkrad, bis die Knöchel weiß wurden.

Hinterher war er an den Straßenrand gefahren. Sein Herz hämmerte wie verrückt, er hatte ein absolut flaues Gefühl im Magen, wie nach einer übel durchfeierten Nacht, und ihm war schwindlig. Zuerst war ihm der Atem weggeblieben, und nun schnaufte er wie nach einem Berglauf.

Innerhalb von Minuten hatte er sich beruhigt. Das war ein Geheimnis seines Berufs. Als früherer BKA-Agent hatte er Situationen durchstehen müssen, bei denen normalen Bürgern das Herz stehen bleiben würde.

»Der bayerische James Bond.« Kein Titel, auf den er besonders stolz gewesen wäre. Aber immerhin. Und jetzt saß er fast im Straßengraben und realisierte, dass er eingeschlafen sein musste. Sekundenschlaf. Aber es hatte ausgereicht, sein Auto ausscheren und auf die Gegenfahrbahn geraten zu lassen. Der Flugzeugträger hatte sich als schwerer Lkw entpuppt, der sich laut hupend seinen Weg bahnte. Einen Augenblick länger, und Rico wäre ein toter Mann gewesen. Zermatscht von dem schweren Lastzug. Leere breitete sich in ihm aus.

Diese Müdigkeit.

Er begriff es nicht. Seit er diesen Posten in Rosenheim übernommen hatte, war er müde. Er konnte einschlafen, wo er ging und stand. Früher hätte er über diesen Zustand gelacht. Da war er einfach nur erschöpft gewesen. Ausgepowert. Doch all das traf nicht zu. Es musste mit seiner jetzigen Tätigkeit zusammenhängen. Sie war so total anders als die vorherige. Pünktlich zum Dienst. Mitarbeiter führen. Berichte schreiben. Teil der Personalpolitik sein.

Er war stolz gewesen, als er zum Mordchef berufen worden war. Er hatte sich gefreut. Und nun? All seine trainierten Talente verkümmerten.

Oder war er einfach nur alt geworden?

Er warf einen Blick auf die Uhr. Die Zeitspanne vom Einschlafen bis zum Aufwachen und zum Reagieren am Straßenrand hatte lediglich Minuten betragen. Sollte er es sich anders überlegen und nicht nach München fahren? Sollte er die Verabredung absagen?

Einen Augenblick blieb Rico zögernd hinterm Steuer sitzen. Dann nahm er sein Handy zur Hand. Er wollte Jannat anrufen und sie informieren, dass er etwas zu feiern hatte. Heute sollte die persische Küche kalt bleiben.

Manchmal ging ihm Jannat auf die Nerven. Sie besaß einen eisernen Willen und einen stahlharten Kern. Eine Garantie dafür, dass sie fast immer bekam, was sie wollte.

Aber sie hatte – sonst hätte er sie von vornherein nicht angefasst – auch etwas Verwundbares. Ihre zarte Gestalt, die großen zimtfarbenen Augen, ihre augenfällige Weiblichkeit. Sie arbeitete weltweit für eine große Hochglanz-Modezeitschrift und war für den Glamour zuständig. Gott und die Welt waren ihre *»best friends«*.

Die Beziehung bestand gerade einmal zweieinhalb Monate und war schon zweimal zerbrochen. Doch nach zwei, drei Tagen hatte er dann eine SMS in seiner Mailbox entdeckt.

»Du fehlst mir« oder *»I miss you«*.

Englisch war ebenso ihre gemeinsame Sprache wie Deutsch. In ihrem Freundschafts- und Bekanntenkreis sprach Jannat persisch. Sie hatten sich bei einem persischen Fest kennengelernt, bei dem alle über offenes Feuer gesprungen waren. In derselben Nacht schliefen sie miteinander, und seither waren sie zusammen. Mehr oder weniger.

Heute Nacht drängte es ihn, zu ihr zu fahren.

Er hatte Sehnsucht.

Gedankenverloren starrte Rico auf den Scheibenwischer, der sich mühsam hin- und herbewegte. Ein dünner Nieselregen hatte eingesetzt. Er vermischte sich mit dem Schmierfilm auf der Windschutzscheibe und hinterließ dicke Schlieren.

Rico schreckte auf. Das Handy vibrierte in seiner Hand, als ob es vorhätte zu explodieren. Ein ankommender Anruf.

»Herr Stahl?«

Er sah auf das Display.

Das Präsidium.

Kein gutes Zeichen.

»Ja, Stahl hier. Wen sonst haben Sie unter dieser Nummer erwartet?«

»Es gibt eine Tote. Im Wohnstift Grandis. Bitte kommen Sie.«

Rico ließ das Fenster herunterfahren. Kühle Regenluft strömte in den Wagen. Dann ließ er den Motor an.

Eine tote Frau im Grandis. Er spürte eine wachsende innere Erregung. Seit Langem hatte er sich angewöhnt, am Telefon nicht nach Details zu fragen. Er wollte unvoreingenommen an den Tatort kommen. Ebenso wussten sie im Präsidium, dass die Rechtsmedizin und die Spurensicherung erst Minuten nach ihm verständigt werden durften, um ihm die Möglichkeit eines Vorsprungs zu sichern. Er wollte das Geschehen am Tatort unbelastet in sich aufsaugen. Es war gegen die Regel, doch inzwischen hatten sie es kapiert. Ihm graute auch so jedes Mal vor dem Anblick, der ihn erwartete.

Er passierte das Straßenschild »Alpenweg« und musste an den Mann denken, der so offensichtlich mit der ermordeten Gülsüm Hastemir liiert gewesen war. Franz Mühlhofer, der verheiratete Manager von Colatol, wohnte hier um die Ecke.

An der Panoramakreuzung bog er rechts ab und nahm die Umgehungsstraße, die nach eineinhalb Kilometern in die Innenstadt führte. Erstaunlich leer, die Stadt. Natürlich, es war später Abend.

Lichter glänzten im nassen Schwarz der Straßen, Kreuzungsampeln färbten es bunt.

Rechts ging es zur Adlerstraße, wo die tote Gülsüm mit ihren Eltern gewohnt hatte.

Zwei Kilometer weiter Richtung Innenstadt zeigte vor der Kunsthalle eine riesige Tafel die Ausstellung eines heimischen Künstlers an.

Kurz darauf schaute Rico auf die Uhr. Elf Minuten seit dem Anruf. Noch geschätzte sechs Minuten, dann war er da. Er trat aufs Gas.

***

Schwester Clara hatte die Tote gefunden. Blutüberströmt hatte sie in ihrem Büro auf dem Boden gelegen. Zuerst war Clara erschüttert gewesen und wusste nicht, was sie mit dem Fund anfangen sollte. Dann wurde sie aktiv.

Sie ging sehr behutsam mit der Leiche um. Bahrte den Leichnam auf, als ob morgen die Beisetzung stattfinden sollte. Sie kürzte die Haare oben und an den Seiten ein Stück weit und verlieh dem Kopf eine – wie sie dachte – günstigere Frisur. Sie reinigte und schnitt die Fingernägel. Dann tauschte sie die unreine Hose gegen einen geziemenden Rock, und zum Schluss – weil die Füße in den abgetragenen Socken rochen – veranstaltete sie noch ein Fußbad und wechselte die Strümpfe.

Den tiefen und ziemlich breiten Schnitt am Hals verklebte sie mit zentimeterbreitem Hansaplast. Das hässliche Blut um die Wunde herum und am Oberkörper hatte sie vorher entfernt.

Schwester Clara hatte nicht auf die Uhr geschaut. Später sollte sich herausstellen, dass sie erst gute zwei Stunden nach dem Leichenfund im Klinikum angerufen hatte. Als ob da noch etwas zu retten gewesen wäre.

Das Klinikum schickte aufgrund ihrer Schilderung den Notarzt.

Erst der verständigte schließlich die Polizei.

***

Draußen war es halb hell. Die altertümlichen Lampen spendeten mildes Licht. Rico Stahl umging die unvermeidlichen Stinkeimer, die vor dem geöffneten Metalltor geparkt waren, und stieg die drei Stufen zum Innenhof hinauf. Er hielt kurz inne, um sich umzuschauen. Im oberen Stockwerk, dort, wo er schon zu tun gehabt hatte, brannte Licht. Alles war friedlich.

Es war seltsam.

Wenn es hier eine Tote gab, erfuhr das die Polizei nur, wenn der Arzt keinen natürlichen Tod bescheinigen konnte. Wenn der Sterbevorgang nicht mit rechten Dingen zugegangen war. Im Zweifelsfall also Fremdeinwirkung. Wieso war dann niemand hier? Das wollte er als Erstes klären. Verdammte Bürokratie.

Er wollte nicht das ganze Haus wecken. Deshalb ließ er die Zugglocke am Eingangstor links liegen, zupfte sich die Krawatte zurecht und pochte mit den Knöcheln kraftvoll gegen die Tür.

»Herein«, rief eine dünne Stimme.

Er stieß die schwere Tür mit der Schulter auf und trat in die Dunkelheit.

»Hallo?«

»Sie sind sicher von der Polizei. Ich bin dahinten. Treten Sie näher.«

Seine Augen tasteten sich langsam vor.

Eine Ordensschwester mit der Visage eines Raubvogels saß am Empfang. Ihr scharfer Blick war von derselben traurigen Farbe wie das Ordensgewand, das sie trug.

»Ich bin Schwester Clara«, sagte sie.

»Was ist passiert, Schwester Clara?«, fragte Rico Stahl.

Wortlos führte sie ihn zum Büro der Heimleiterin, das gleich neben der Eingangshalle lag.

Aus den oberen Etagen waren Schreie und zorniges Gemurmel zu hören.

Der süßliche Duft faulenden Obsts oder Gemüses lag in der Luft.

Schwester Claras kühn gebogene Nase zuckte. Mit der linken Hand strich sie die weiße Kapuze glatt. Ihre rechte fuhr aus dem schwarzen Ordensgewand und wies einladend zur Tür.

Behutsam legte Rico die Hand auf den Türgriff.

In diesem Augenblick tobte sein Handy in der Tasche.

In der Stille der Halle und des hohen Flurs klang das Geräusch wie die Trompeten von Jericho.

Er sah kurz auf das Display.

Es war Chili.

»Ja?«, sagte er. »Ist es dringend?«

»Sonst würde ich Sie nicht mitten in der Nacht anrufen.«

Es folgte eine bedeutungsvolle Pause.

»Wir haben etwas gefunden. Im Müllcontainer. Wollen Sie's sehen?«

Natürlich wollte er es sehen. Aber er konnte sich nicht zweiteilen. Erst musste er die Leichenschau durchführen. Das sagte er Chili.

»Ich werde mich melden, sobald ich hier fertig bin.«

Er bekräftigte den Satz mit einem Nicken.

Anschließend drückte er die Klinke.

»Avemariapurissima«, flehte die Schwester.

Sie schlüpfte unter seinem Arm hindurch und drückte den Lichtschalter. Eine etwas zittrige Sparlampe tauchte den Raum in schummriges Licht.

Rico verharrte reglos auf der Schwelle.

Er war fassungslos über das Bild, das sich bot.

Der Raum war ihm von seinem einmaligen Besuch bei der Unruh bekannt. Er war etwa sechs Meter lang und dreieinhalb Meter breit und spärlich eingerichtet.

Auch die Unruh selbst erkannte er sofort. Sie sah sehr tot aus.

Barbara Unruh lag auf ihrer schmalen Liege an der rechten Wand und hatte die Hände auf dem Bauch gefaltet. Ihr ohnehin nicht sehr gepflegtes Haar wirkte wie abgemäht. Beim letzten Mal hatte sie keinen Rock angehabt. Im Tod trug sie einen. Ein Paar schwarze Pumps stand säuberlich neben der Liege. Auf dem winzigen Arbeitstisch stand ein dünner Strauß Blumen in einer gläsernen Vase.

Was Rico jedoch am meisten irritierte, war der breite Streifen Hansaplast quer über dem Hals. Er machte zwei Schritte vorwärts. Erst jetzt war es ihm möglich, Reste von verwischtem Blut auszumachen.

Schweißtropfen bildeten sich auf seiner Stirn, hinter der es sekundenlang öd und leer war. Als er sich halbwegs gesammelt hatte, wandte er sich langsam um. Er hatte das Gefühl, schneeweiß im Gesicht zu sein.

Die Schwester war nicht von der Stelle gewichen. Sie hob einen Mundwinkel und verzog das Gesicht, was wohl ein zufriedenes Lächeln andeuten sollte. Als ob sie ein Lob erwartete.

»Ha, welches Arschloch …«, begann Rico.

Doch dann wurde ihm bewusst, dass seine Wortwahl in dieser Umgebung unangemessen war. Stattdessen verzichtete er auf vorwurfsvolle Blicke, zog die Tür hinter sich halb zu und zückte sein Handy.

Die Schwester war allein mit ihrer zurechtgeputzten Leiche.

»Nicht nötig«, hörte er eine Stimme aus dem Halbdunkel der Halle. »Wir sind schon hier.«

Drei Personen im weißen Overall der Spurensicherung und der Rechtsmediziner waren eingetroffen.

»Okay. Ihr werdet euch wundern. Bitte informiert mich über das Ergebnis«, wies er sie an und deutete auf sein Mobiltelefon.

Durch den Türspalt sprach er zu der zufriedenen Schwester.

»Und Sie halten sich zur Verfügung«, befahl er ihr.

»Bitte«, fügte er hinzu.

Im Präsidium erwartete ihn Chili Toledo bereits.

Es war spät geworden.

Chili sah verlockend aus.

»In den Müllcontainern vor den Häusern Adlerstraße 19 und 22 und im Innenhof von 13 und 15 haben wir Beweismaterial gefunden«, sagte sie mit zitternden Lippen.

»Die Hastemirs wohnen in Nummer 17«, sagte Rico mit zusammengekniffenen Augen. Er konnte sie kaum mehr offen halten.

»Ja freilich. Diejenigen, die das Zeug versteckt haben, wollten besonders schlau sein. Hören Sie zu.«

Sie saßen in Chilis Dienstzimmer. Nur ihre Schreibtischlampe und der Rechner waren an. Gefiltert vom Doppelgitter des gekippten Fensters drang zusätzlich mageres Mondlicht ins Zimmer. Verkehrsgeräusche drangen verhalten von der vorbeiführenden Kaiserstraße herauf.

»Bettzeug mit Blutflecken haben wir in den Containern gefunden, in mehrere Müllsäcke verpackt. Zwei Kopfkissen, davon eines blutdurchtränkt. Eine dünne Bettdecke mit Blumenmuster, ein gelbes Frotteehandtuch und einen hellen Bademantel, ebenfalls voll Blut. Wie gesagt, alle Fundstücke waren auf vier Müllcontainer verteilt.« Chili sah ihren Chef erwartungsvoll an.

»Also erste Anhaltspunkte, dass die Frau in ihrem eigenen Bett getötet wurde«, schloss Rico aus der Schilderung. »Was glauben Sie?« Chili lehnte sich zurück und kratzte sich am Kopf. Die Ohrringe klingelten wie Weihnachtsschmuck.

»Noch haben wir nichts Sicheres. Aber ich habe so ein Gefühl, dass Gülsüm in ihrer Wohnung von ihren Angehörigen getötet worden ist.«

Sie zog eine trotzige Schnute. »Das werden wir auch bald beweisen können.«

Rico Stahl blickte auf seine Uhr. Ihm fielen die Augen zu. Kaum, dass er Chili noch zuhören konnte. Er war den ganzen Tag lang auf den Beinen gewesen und spürte eine bleierne Müdigkeit in den Knochen.

»Ach, übrigens«, sagte Chili gedehnt. »Hab ich schon berichtet, dass Gülsüm noch eine Schwester hat?«

Ricos Rücken wurde gerade wie ein Stock.

»Sie gefallen mir. Warum erfahre ich das erst jetzt?«

Chili zuckte mit den Schultern. »Haben wir vor einer knappen Stunde festgestellt.«

»Dann macht einen Termin für mich. Ich möchte sie selbst anhören.«

»Sobald wir wissen, wo sie sich aufhält, okay.«

Seine Lider wurden immer schwerer. Lange würde er es nicht mehr schaffen, sich wach zu halten. Er räusperte sich und schilderte Chili kurz, was sich im Grandis zugetragen hatte. Dann sagte er: »In ein paar Stunden werden wir mehr wissen. Ich werd mich im Ruheraum solange aufs Ohr hauen, okay?«

Da war er, der Held, den sie den bayerischen James Bond nannten.

Hatte man James jemals schlafen gesehen?

VIER

Wenn ein Tag schon so anfängt! Ottakring wachte mit fürchterlichen Kreuzschmerzen auf. Kaum, dass er aus dem Bett fand. Er legte sich auf den blanken Fußboden und vollzog die fünfzehnminütige Tortur seiner Rückenübungen. Mit klammen Fingern massierte er das Genick und duschte kochend heiß. Schließlich war der Schmerz erträglich. Nur hin und wieder verzog er das Gesicht, wenn sein ständiger Begleiter, der Schmerz, stoßartig wieder zuschlug.

Ottakring wusste auch sonst nicht, wo ihm der Kopf stand.

Lola hatte ihn aus Finnland angerufen. Sie hatte sich beim Joggen den Knöchel verstaucht. Er könnte auch gebrochen sein, klagte sie. Aber röntgen wollte sie ihn nicht lassen, dazu fehlte ihr die Zeit, sagte sie. Sonst würde sie von der Tagung zu viel versäumen.

Lola war sonst wahrhaftig nicht wehleidig. Doch aus ihren Worten meinte er eine ernsthafte Verletzung herauszuhören. Wenn da bloß nicht mehr dahintersteckte! Heute war der vorletzte Tag des Meetings. Plante sie etwa schon eine Verlängerung ein und benutzte ihren Knöchel als Vorwand? Hatte sie jemanden kennengelernt, mit dem sie danach die Zeit verbringen wollte? Hurtig wollte er diesen Gedanken abschütteln. Doch sosehr er es versuchte, ein kleiner Rest fuhrwerkte hartnäckig in seinem Kopf herum.

Brennend heiß fiel ihm ein, dass Lola mit keiner Silbe den Virus erwähnt hatte, den sie sich angeblich eingefangen hatte. Nur von dem kaputten Knöchel hatte sie berichtet.

Am liebsten hätte er den nächsten Flieger nach Helsinki genommen. Die Stadt kannte er ohnehin nicht, er war noch nie in Finnland gewesen. Was wäre, wenn er dieses Vorhaben verwirklichen und Lola überraschend von ihrer Tagung abholen würde? Ein verlockender Gedanke. Doch weitergesponnen barg er eine Zeitbombe. Was, wenn er sie wieder mit einem Liebhaber anträfe wie damals auf Malta? Nicht auszudenken! Er kam zu der Erkenntnis, dass er dieses Risiko nicht eingehen würde, selbst wenn er alle Zeit der Welt hätte.

Dazu kam die Verpflichtung, sich um seine Mutter zu kümmern. Obwohl sich seine Liebe zu ihr in Grenzen hielt, hatte er sich geschworen, in ihrer Nähe zu bleiben, solange ihr Zustand sich nicht besserte. Nach menschlichem Ermessen bliebe der aber erhalten. Alzheimer bessert sich nie. Er ändert sich vielleicht, hatte er von den Spezialisten erfahren müssen, die Stimmungen schwanken, und maximal hält sich die Krankheit in der Waage. Doch bessern – nein, unmöglich, sagten sie ihm alle. An vollkommene oder auch nur teilweise Heilung war nach derzeitigem Stand der Wissenschaft überhaupt nicht zu denken.

Und natürlich, der Mord auf der Alm – für ihn stand fest, dass es Mord war – verfolgte ihn Tag und Nacht. Besser gesagt, die Auflösung des Mordfalls.

Und wer wäre besser dafür geeignet als der pensionierte Kriminalrat Ottakring? Jedenfalls in seinen eigenen Augen.

Die Trauerfeier war einer amtierenden Almbäuerin würdig gewesen. Alle Alten und viele Junge hatten sich vor der Dorfkirche versammelt und waren getrennt nach Manner- und Weiberleit hineingegangen. Der Frauenchor sang, Zither und Hackbrett spielten, grad schön war's.

Auf die Todesart ging der Pfarrer in seiner Ansprache nicht ein. Was hätte es geholfen? Einem Hund war ebenso wenig eine Schuld zuzuweisen wie einem Oachkatzl. Der Todesverursacher, der Hund also, war eh nicht unter den Trauergästen.

Dafür aber Joe Ottakring. Er stand – breit und groß – in der hintersten Reihe, obwohl noch Sitzplätze frei gewesen wären. Er trug ein borstiges altgrünes Trachtensakko mit Hornknöpfen und eine Lederjeans.

Lola, seine Frau, hätte ihm bestimmt zu etwas anderem geraten. Doch Lola Herrenhaus weilte als Programmchefin des Bayerischen Fernsehens bei einem Fernsehprogrammüberdenkungskongress in Finnland. Dieser Umstand verursachte bei Ottakring große Bauchschmerzen.

Schon einmal hatte Lola ihn belogen und betrogen.

Aus dem Hintergrund sah er sich die Leute an. Kaum einer dieser Visagen hätte er getraut. Keinem hätte er hundert Euro zur Aufbewahrung überlassen. Keinem hätte er eine Wahrheit anvertraut, wenn es drauf angekommen wäre.

Ganz vorn saß die Resi. Sie war mit ihren sechsundzwanzig Jahren jetzt die Almbäuerin. Sie hielt den Kopf gesenkt, er konnte nicht erkennen, ob sie nasse Augen hatte. Neben ihr saß der Bub. Dessen Namen wusste er nicht mehr.

Die alte Moserin, das hatte er vorher schon erfahren, war im Wohnstift Grandis geblieben. Nicht, weil sie nicht den Wunsch erkennen ließ, aus freien Stücken an der Beerdigung teilzunehmen, sondern weil sie vom Tod ihrer Tochter nichts zu wissen schien. Somit war die Frage, ob sie aus dem Stift zur Beerdigung zum Friedhof zu schaffen sei oder nicht, geklärt gewesen. Die Frage auch, ob man ihr den Schmerz über den Tod ihrer Tochter ersparen solle. Die Moserin blieb mit ihren Freunden im Grandis.

Er trat aus der Kirche und marschierte hinter den anderen her zum Grab, wo die Urne beigesetzt werden sollte. Der übliche Qualm und Gestank der Papierfabrik lag in der Luft. Lieber wäre ihm der Zigarettenqualm in einem Wirtshaus gewesen, fand er. Doch in dieser Gegend, droben wie drunten im Tal, gehörte dieser Gestank einfach dazu wie der Tod zum Leben.

Als er später an diesem Tag den Porsche aus der Garage holen wollte, um zum Grandis zu fahren und nach der Mutter zu schauen, stellte sich heraus, dass die Absicht dahinter zwar eine gute war, die Entscheidung jedoch falsch.

Joe Ottakring und Lola Herrenhaus wohnten nun schon seit Jahren in ihrem Haus in einer wenig befahrenen Nebenstraße. Das Gemäuer war in einem sanften Gelbton gestrichen, hatte einen steilen Giebel, grüne Fensterläden und keine richtige Einfahrt. Es gab nur einen kurzen, kiesbestreuten Weg zwischen der Straße und der Garage.

Im Sommer war der Garten eine einzige Pracht blühender Blumen der verschiedensten Art. Meist, wenn Joe oder Lola daheim waren, stand die Haustür offen, um frische Luft hereinzulassen, und aus einem Fenster im ersten Stock flatterte nicht selten ein blauer Baumwollvorhang im Wind, als stünde dort jemand, der freudig zur Begrüßung winkte. Heute waren Haustür und Fenster geschlossen.

Ottakring saß in seinem Wagen und drehte den Zündschlüssel. Nichts tat sich. Auch die nächsten Versuche schlugen fehl.

Einer, der gewöhnlich alle Reparaturen und Inspektionen selbst durchführt, sollte nicht verlegen sein, solch eine lächerliche Panne auszumerzen. Er prüfte den Zündkontakt und reinigte die Kerzen. Zum Schluss war er ratlos. Er rief den ADAC.

»Eahna Batterie is im Eimer!«

Ottakring zuckte zusammen. Er, der beste Automechaniker auf bayerischem Boden, hatte es unterlassen, die Batterie zu prüfen. Das war, als hätte er an einer Leiche das Messer übersehen, das im Rücken steckte.

Es war ein himmlisches Geräusch, endlich den Kies knirschen zu hören, über den sich die vier Räder vorsichtig bewegten.

Er hatte nicht vor, die verlorene Zeit durch überhöhte Geschwindigkeit wieder aufzuholen. Dazu bestand keine Notwendigkeit. Zumindest war das seine Absicht gewesen, bevor er losfuhr. Doch irgendwie geriet er in Rosenheim in einer engen Kurve hinter dem Brückenberg ins Schleudern, streifte einen mit Holzstämmen beladenen Laster, fluchte und fuhr wieder auf seine Straßenseite zurück.

Genervt und mit Abschürfungen an der linken orangefarbenen Frontseite kam er am Wohnstift Grandis an. Im schwachen Wind flatternde weiß-rote Bänder am Eingang alarmierten ihn. Er ließ den Wagen im Halteverbot stehen und sprang über die Straße.

Totenstille.

Lediglich die Bänder bewegten sich im Wind.

Was hier wohl passiert war? Sofort musste er an die Vorgänge auf der Grabmoosalm denken. Vorsichtig, als sei er der Hauptverdächtige, stieg er über die Absperrung, als sein Handy klingelte. Er blickte aufs Display. Seine frühere Dienstnummer!

»Stahl. Sind Sie selbst dran, Herr Ottakring?«

»Ja. Und ich bin allein und unbewaffnet«, entfuhr es Ottakring.

Der Ton seines Nachfolge-Kollegen hatte ihm noch nie geschmeckt.

»Könnten Sie so rasch wie möglich zu mir ins Präsidium kommen?«

»Gleich. Ich bin gerade im Grandis. Hier ist irgendwas los«, sagte Ottakring. »Worum geht es? Können wir das nicht am Telefon besprechen?«

Er war langsam auf das Gebäude zugegangen. Nun stand er an der Tür, die nur angelehnt war. Er drückte sie langsam mit dem Knie auf.

»Nein, Herr Kollege.«

Stahls Stimme sollte wohl beruhigend klingen. So als ob man einen alten Mann vor Aufregungen schützen will.

»Ich brauche Sie hier. Bitte. Den Weg kennen Sie ja.«

***

»Da schau her«, sagte im Grandis die Ottakring zur Moserin. Sie hatte die Zeitung aufgeschlagen und hielt sie ihrer Freundin vor die Nase.

»Mädchen vermisst.«

Die Moserin schaute kurz auf, nahm den nächsten Bissen auf die Gabel und aß weiter. Hunger verspürte sie nicht, aber die Pflegerin stand hinter ihr.

»Haben Sie das gehört, Frau Moser?«, sagte die. »Mädchen vermisst. Interessiert Sie das nicht?«

Die Patientin setzte die Brille ab.

»Ich?«, sagte sie mit fester Stimme. »Werd ich vermisst?« Sie schluckte den unzerkauten Bissen hinunter. »Warum? Ich bin doch hier?«

Die Moserin.

Sie, die ihr Leben lang darauf geachtet hatte, stets sauber und adrett gekleidet zu sein, trug jetzt ein schmieriges Kleid, befleckt vom Apfelmus des gestrigen Abendnachtischs, vermüllte Schuhe und eine Paketschnur um den Hals, von der sie wahrscheinlich glaubte, es sei eine Perlenkette. Das graue Haar fiel ihr strähnig ins Gesicht, und die Hände zitterten. Die Moserin war zwar alt, neunundsiebzig, aber aussehen tat sie wie die Älteste aus dem Guinnessbuch der Rekorde.

Die Hand ihrer Freundin, die sich ihr entgegenstreckte, übersah sie.

»Du spinnst«, sagte Gretl Ottakring. »Ein elfjähriges Mädchen wird vermisst. Nicht du.«

Die Pflegerin setzte sich neben die Moserin und wartete, dass die Patientin etwas sagen würde. Aber die Patientin sagte nichts. Sie schüttelte nur den Kopf und spießte den nächsten Bissen Curryhuhn auf die Gabel.

Gretl Ottakring langte über den Tisch und schnipste mit Daumen und Zeigefinger. »Hast du gehört, Moserin? Ein Mädchen. Elf Jahre. Könnt glatt deine Tochter sein.«

***

»Sie sind der Letzte, der Barbara Unruh gesprochen hat«, sagte Rico Stahl bestimmt.

Zuvor hatte er Ottakring kurz in die Vorgänge um Barbara Unruhs Ermordung eingewiesen. Vor allem, wie Schwester Clara durch ihr ungeschicktes Verhalten zahlreiche Spuren verwischt hatte.

Joe Ottakring befand sich in dem Raum, der für ihn während seiner aktiven Zeit zur zweiten Heimat geworden war. In seinem früheren Dienstzimmer. Er saß vor dem Schreibtisch, hinter dem er praktisch tagtäglich gesessen hatte. Die Lampe, die oft Abend für Abend gebrannt hatte. Das schwarze Telefon, das Schreibgerät, der nie genutzte Aschenbecher.

Obwohl er für die Heimleiterin nicht die große Sympathie gehegt hatte, machte ihn ihr gewaltsamer Tod betroffen. Augenblicklich fragte er sich nach dem Wer und dem Warum. Welche Feinde sollte sie gehabt haben? Fragend sah er Stahl an.

Er blickte in Augen, die ihn gefühllos musterten.

»Schildern Sie doch bitte, wie sich das abgespielt hat«, sagte Rico Stahl. Sein Kinn ragte entschlossen nach vorn. »War Frau Unruh nervös? Hatte sie Angst? Haben Sie sonst etwas Besonderes bemerkt?«

Mit erhobenen Augenbrauen stützte Ottakring sein Kinn auf die Handfläche.

»Was soll diese Fragerei? Werde ich verdächtigt? Weil ich der Letzte war? Das übliche Muster?«

Ottakring schenkte Stahl ein breites väterliches Lächeln, das aber sofort wieder verschwand. »Das wär doch was, oder? Der letzte Mordchef als Täter. Oder zumindest als Hauptverdächtiger. Weil er der Letzte war.«

Stahl nickte kaum merklich. »Steht Ihnen gut, der Sarkasmus«, sagte er. »Worum also ging's in Ihrem Gespräch?«

Ottakring räusperte sich und kratzte sich am Ohr. Er fühlte sich unwohl. Zögernd schilderte er, dass er die Heimleiterin wegen der überhöht scheinenden Rechnung für seine Mutter aufgesucht hatte.

Einen Moment lang schwankte er, ob er die Tatsache, dass die Frau ihm früher als Schwester Veneranda in der Münchener Maria-Theresia-Klinik begegnet war, für sich behalten sollte. Doch es ging um die Aufklärung eines Mordfalls.

»Sie hat ihre eigene Mutter gepflegt, hat sie mir berichtet«, fuhr er fort. »Dadurch kam sie zum ersten Mal mit Alzheimer in Berührung. Das hatte die Konsequenz, dass sie wegen der langen Abwesenheit aus ihrem Orden ausscheiden musste. Als die Stelle im Grandis ausgeschrieben wurde, hat sie sich beworben und hatte Erfolg. So weit ihre Schilderung.«

»Und die unkorrekte Rechnung? Was ist mit der?«

Ottakring hob die Schultern. »Die Rechnung ist grundsätzlich korrekt, hat sich herausgestellt. Der Fehler lag beim Computer und bei meiner Mutter. Sie lässt keinen an sich heran.«

Stahl saß hinter seinem Schreibtisch und schwieg.

»Sie glauben doch wohl nicht im Ernst«, fuhr Ottakring deshalb fort, »dass ich …«

Sein Gegenüber winkte ab. »Nein, natürlich nicht im Ernst. Doch Sie wissen selbst, wir müssen dem nachgehen. Auch wenn es sich um meinen sehr verehrten Vorgänger handelt.«

Ottakring hatte nicht mehr zugehört. Eine Frage wirbelte seit vorhin durch seinen Kopf. Die Frage nämlich, die er der Ermordeten gestellt hatte: »Ist die Moserin eine Mörderin, Frau Unruh? Was meinen Sie, Schwester Veneranda?« Es war die letzte Frage gewesen, die er an die Lebende gerichtet hatte.

Er beschloss, mit seiner Mutter zu reden. Vielleicht war doch noch ein Funken Normalität in ihr.

***

Gretl Ottakring wollte Pferdeschlitten fahren. Ihr Vater war immer mit ihr Pferdeschlitten gefahren, gleich in der Früh waren sie dann aufgebrochen. Um halb zwei Uhr in der Nacht stand sie also auf, um zum Pferdeschlittenfahren zu gehen. Schon am Nachmittag hatte sie aus dem Zimmer ihrer Nachbarin eine Pelzmütze, ein Paar hellgraue Wollhandschuhe und zwei Paar warme Strumpfhosen geholt. Geholt, nicht entliehen oder gar geklaut. Gretl hielt das Zimmer ihrer Nachbarin für ihr Ankleidezimmer, ein Lebensstil, wie sie ihn von früher gewohnt war. Mühsam, auf der Bettkante sitzend, streifte sie sich Wollsocken über, und über ihr knielanges Blümchennachthemd zog sie den alten hellen Anorak aus ihrem Schrank. Darunter eine Strumpfhose, verkehrt herum.

»Kalt wird's heut Nacht, Gretl«, flüsterte sie und bildete sich ein, ihr Vater spräche zu ihr.

Ihr graute vor der Kälte. Kälte hatte sie nie gemocht. Bevor sie das Haus verließ, ging sie kurz ans Fenster und blickte hinaus. Komisch, draußen war es hell! Sie sah Bäume, zwei Mülleimer, den grau verhangenen Himmel mit ein paar blauen Löchern drin. Komisch. Hell um halb zwei in der Nacht.

Sie überlegte eine Zeit lang und versuchte, diesen Trick zu durchschauen. Es dauerte eine Weile, bis sie begriffen hatte: Man wollte sie ausschmieren. Gretl Ottakring griff sich an den Kopf. *Sie* ausschmieren. Dazu brauchte es andere als die. Es brachte sie sogar zum Lachen. Sie schüttelte den Kopf und wieherte laut. *Sie* ausschmieren, *nein*. Sie waren nur neidisch aufs Pferdeschlittenfahren. Und sie behielt recht. Als sie sich umdrehte, war es wieder dunkel, so wie es sich gehörte um diese Uhrzeit.

Vater würde bald kommen. Er kam immer rechtzeitig, bevor es hell war. Der Schlitten hatte vorn zwei Laternen und hinten eine. Es gab nichts Schöneres, als mit dem beleuchteten Schlitten durch die Dunkelheit zu fahren. Durch den Wald, über die zugeschneiten Wiesen und Felder und Weiden, entlang der Straße – und wieder nach Hause. Heiße Milch mit Honig! Ja, sie würde es wieder genießen.

So marschierte sie – Pelzmütze auf dem Kopf, Wollhandschuhe an den Händen, zwei Socken an den Füßen (auf Schuhe hatte sie verzichtet) – klammheimlich zur Tür. Klammheimlich, weil die anderen es nicht merken sollten. Sonst würden sie womöglich mitkommen wollen. Gretl wollte aber allein mit Vater im Schlitten Platz nehmen.

Die Tür fand sie verschlossen vor. Die Tür hatte innen einen kugelförmigen Knopf. Diesen Knopf fand Gretl Ottakring interessant. Er war größer als ihre Faust und glänzte wie Gold. Doch was sollte dieser schöne Knopf an der Tür? Sie wusste nicht, was sie damit anfangen sollte.

»Normal gibt's da so eine … eine … Dings, die man so runterdrückt, und dann geht die Tür auf«, flüsterte sie. Die anderen sollten es nicht hören. Sie sah sich um. Komisch, dachte sie, was haben wir plötzlich für Vorhänge an den Fenstern? Sie sind grau. Heute früh waren sie noch grün gewesen. Vater hatte sie doch selbst aufgehängt. Doch rasch wandte sie sich wieder der seltsamen Goldkugel an der Tür zu. Sie stand davor und überlegte. War es wieder so ein Trick? Damit sie nicht aus der Tür kam, hatten sie das Schlüsselloch mit dieser Kugel aus … aus … aus diesem braunen Dings versperrt. Sie war außer sich über so viel Bosheit. Am liebsten hätte sie losgeschimpft, aber dann wären die anderen gekommen und hätten auch mitfahren wollen.

»Was'n hier los?«, dröhnte eine Stimme hinter ihr.

Dann war Stille.

Wie kommt der Adlmayer in unser Wohnhaus?, fragte sich Gretl, ohne sich umzudrehen. Was tut der hier?

»Was willst du denn in diesem Aufzug?«, dröhnte Adlmayer mit lauter Stimme aus mächtiger Brust. Der affenartig behaarte Oberkörper war unbekleidet. Adlmayer spielte wieder Catcher. »Wieso hast du keine Schuhe an?« Seine Augen tasteten sie ab. »Kommst du grad nach Haus? Bisserl spät für eine wie du. Oder!«

Das »Oder!« brüllte er so laut, dass nebenan die Tür aufging. Es war die letzte Tür vor dem abgeriegelten Ausgang. Es war die Tür zum Zimmer der Moserin.

»Psssst!«, machte Gretl Ottakring und legte den Zeigefinger auf die Lippen.

»Kommt jetzt endlich mein Kaffee?«, sagte die Moserin.

Gretl Ottakring hatte sich umgedreht und sah dem Geschehen teilnahmslos zu. Sie bekam auch nicht mit, dass die Tür mit dem goldenen Knopf geöffnet wurde.

»Wieso hängt dieser Wegweiser da?«, fragte sie mit zartem Stimmlein und deutete auf das Nichtraucherschild. »Der war doch früher nicht da?«

Niemand schenkte ihr Aufmerksamkeit.

»Was blökst du wegen Kaffee?«, rief Adlmayer. Er hatte ungeniert das Zimmer der Moserin betreten. »Da steht er doch, dein Kaffee. Links von dem Bett. Da steht er doch. Was willst du denn? Da steht er doch. Links von dem Bett.«

»Mutter«, sagte eine freundliche Stimme.

Ottakring war von Schwester Clara heraufgeleitet worden.

»Mutter, wie geht's dir?«

Er hielt ihr mit langem Arm die Hand hin.

Die Frage und die Hand hätte er sich sparen können. Er, der einem Menschen auf hundert Meter Entfernung ansah, dass er log oder stahl oder sonst wie ein Krimineller war, brauchte eine geschlagene Minute, um zu erkennen, in welchem Zustand sich seine Mutter befand. Obwohl die Schwester es ihm beim Heraufgehen geschildert hatte. Er wollte es einfach nicht glauben.

»Mein Kaffee«, klagte die Moserin in ihrem dunklen Kaftankleid. »Ich hab einen Kaffee bestellt.«

Clara nahm sie an der Schulter und schob sie herum.

»Da steht er doch noch von heute früh, Ihr Kaffee«, sagte sie und deutete ins Zimmer. »Dort. Auf dem Nachtkastl links von Ihrem Bett.«

»Grüß dich, Papa«, sagte Gretl freudig zu Joe Ottakring und klatschte in die Hände. »Können wir endlich losfahren? Hast du das Taxi dabei?«

***

Ein hilfesuchender Blick huschte hinüber zur Mam, die sich in der Vase drüben am Fensterbrett befand. Gleich nach der Beerdigung hatte die Resi die Asche in einer Nacht- und Nebelaktion heimgeholt. Sie sollte weiter in ihrer Nähe bleiben.

Da man schlecht eine Urne offen in der Gaststube aufbewahren kann, hatte sie die Asche in eine bemalte Bauernvase umgefüllt. Hier ruhte seither die Annemirl Moser und passte auf, dass der Grabmoosalm nichts zustieß.

Nicht einmal der Seppe hatte von dieser Standortänderung erfahren sollen. Er vermutete seine tote Großmutter noch auf dem Friedhof, wo sie hingehörte. Doch heute sollte er sie endgültig mit zu Grabe tragen.

»Komm, Pfeiferl«, rief die Resi ins Haus. »Wir gehen jetzt.«

Geduckt in ihre Senke lag die Grasmoosalm da.

Der Pfeiferl kam auf dem Treppengeländer heruntergerutscht.

»Dididitdaadaadaadit«, pfiff er laut. Er überschlug sich fast vor Freude. Dass er wieder nur pfeifen konnte und nicht mehr sprechen, seitdem er aus dem Wald zurückgekommen war, hatte er längst verschmerzt.

Als die Sissi die vertrauten Laute hörte, kam sie in großen Sätzen angerast. Aus Richtung Wald kam sie angerast.

Der Gestank der Papierfabrik verschlug ihnen allen heute fast den Atem. Feuchter grabgrauer Nebel lag über der Alm mit ihren Weiden, Buschreihen und Bäumen bis hin zum Wald und drückte aufs Gemüt.

Es herrschte eine trübe Stimmung rings um die Grabmoosalm. Selbst die Viecher schwiegen. Eine Friedhofsatmosphäre, die so richtig zu dem passte, was die Resi vorhatte und wo sie ihre Familie dabeihaben wollte.

Die Resi, der Pfeiferl und die Sissi gingen in den Wald. Vor sich her trug die Resi die bemalte Bauernvase, in der sich die Asche ihrer Mutter befand. Das Muster der Vase passte perfekt zu ihrem Kleid. Doch nach solcher Art von Harmonie stand Resi nicht der Sinn.

Mit jedem Schritt wurde sie trauriger. Nicht nur, dass sie ihre Mutter zu Grabe trug. Es waren vor allem die Umstände, wie sie gestorben war. Doch Asche drüber! Was geschehen ist, ist geschehen und nicht mehr zu ändern. Das Schlimmste, fand sie, war die Tatsache, dass der Seppe den ganzen Scheiß mitgekriegt hatte und hatte mit ansehen müssen. Doch außer dass er nicht mehr normal reden konnte, ließ er sich mit keiner Faser anmerken, dass er unter dem Erlebnis litt.

Kinder waren eben so.

Sie hatten bereits Rehwiesen überquert, und die Resi machte sich bereit, ihr Vorhaben zu verwirklichen. Da ertönte von weit her ein grausiges Heulen. Der Wolf!, schoss es ihr durch den Kopf.

Sie sollte recht behalten.

Die Sissi rannte zuerst, dann der Pfeiferl. Keine Sekunde später waren von den beiden nur mehr Staubwolken zu sehen, und die Resi stand mit der Asche ihrer Mutter auf dem Arm allein da und wusste nicht, was sie tun sollte.

Ein Wolf war in Rufnähe, und sie hatte die Flinte nicht mit.

Ihr Sohn war gefährdet, und die Dogge war weg.

Es dauerte keine fünf Minuten, da tauchten ihre beiden Lieben nebeneinander zwischen den Bäumen auf.

Hinter ihnen, fast zum Greifen nah, schlich der Wolf.

»Pfeiferl! Seppe!«, schrie die Resi entsetzt. Fast hätte sie die Vase fallen lassen. »Der Wolf! Hinter euch!«

Als hätte sie die Worte verstanden, blieb die Sissi kurz stehen, sah die Resi an und wedelte sekundenlang mit dem Schwanz. Dann leckte sie sich die Lefzen, trabte zurück zum Wolf und rieb sich an ihm. Sie war eineinhalbmal so groß wie er. Hell leuchtete das gepunktete Fell herüber.

»Komm sofort her, Pfeiferl«, rief die Resi in scharfem Ton. »Aber geh gaaaaaanz langsam. Der Wolf!«

»Alles okay, Mam!«, rief der Pfeiferl fröhlich und schwenkte die Arme.

Ja, war denn heut schon Weihnachten? Die Resi fasste es nicht. Der Bub konnte ja wieder reden!

»Sag's noch mal, Seppe!«, rief sie voller Glück hinüber.

Das Tier hatte sie für einen Moment vergessen.

Auch der Seppe hatte sich umgedreht und stand neben dem Wolf. Die Resi traute ihren Augen nicht. Sollte dies das Tier sein, das erbarmungslos die Schafe gerissen hatte?

»Ja, Mam, ich kann reden«, rief der Seppe. »Aber nur hier im Wald.«

Der Wolf hatte ihr bisher seine Breitseite zugewandt. Als er jetzt einige Schritte nach vorn machte, meinte die Resi hinter ihm eine Gestalt zu sehen. Ein menschliches Wesen. War das nicht sogar ein Kind? Ein Mädchen?

Doch im selben Augenblick war die Erscheinung wieder verschwunden. Die Resi konnte nur den Kopf schütteln über so viele Wunder. Sprachlos stand sie da und starrte eine Weile hinüber. Hinzugehen traute sie sich nicht. Dafür hatte sie zu viel Respekt vor dem grauen Raubtier.

»Seppe, jetzt komm her«, rief sie dann. Sie strich eine dichte Locke zurück, die ihr ins Gesicht gefallen war. »Und bring die Sissi mit!«

Das ungute Gefühl, das sie die ganze Zeit über schon gehabt hatte, machte sich auf einmal rasend schnell breit und löste in ihr den Alarm aus. Ihr Bub in Reichweite eines reißenden Wolfs. Und die Sissi war zu weich, um ihn zu retten. Etwa eine Steinwurfweite weit. Sie musste es selbst tun.

Sie stellte die Vase auf den Boden und rannte los.

»Neiiiiiin! Bleib stehen, Mama!«

Sie rannte, so schnell sie konnte. Sie musste ihrem Sohn das Leben retten.

Dem Wolf sträubten sich die Haare. Er entblößte die gefährlichen Zähne und machte seltsame Geräusche. Seine Augen glühten.

»Neiiin, Mama! Stehenbleiben! Der Wolf!«

Im Laufen beobachtete die Resi, wie sich eine kleine Hand im Nackenhaar des Wolfs festkrallte. Sie meinte, ein feines Stimmchen zu hören.

Blödsinn, sagte sie sich. Alles Einbildung. Gibt's nicht.

Doch das Raubtier fuhr die Zähne ein, senkte den Kopf und wandte sich ab.

Sissi blieb an seiner Seite.

Die Resi stellte fest, dass der Wolf hinkte. Wahrscheinlich von dem Kampf mit der Sissi an Mutters Todestag, musste sie automatisch denken.

Auch die Dogge hatte noch eine entzündete Wunde an der Seite.

Sie verlangsamte ihr Tempo, bis sie zehn Meter von der Gruppe entfernt war, dann hielt sie schwer schnaufend an.

»Hi, Mam«, sagte der Seppe fröhlich. »Guad gmacht!«

Er rannte auf seine Mutter zu und schloss sie in die Arme.

Der Resi liefen die Tränen über die Wangen. Mit dem Ärmel ihres Blümchenkleids wischte sie die Tränen weg.

Als sie sich umsah, war der Wolf mitsamt der Erscheinung verschwunden.

In der Aufregung hatten sie die Vase im Wald vergessen. In der Dämmerung gingen sie wieder hinaus, um sie zu holen.

»Wir beerdigen die Großmutter auf Rehwiesen«, sagte die Resi zum Pfeiferl.

Der nickte und sagte: »Didaaadiditdaadaadaa.«

Kaum waren sie dem Wolfswald entkommen gewesen, waren ihm die Worte wieder weggeblieben.

Die Tigerdogge folgte ihnen, als sie das Törchen zu Rehwiesen öffneten und hineintraten.

»Da, nimm«, sagte die Resi und hielt dem Pfeiferl die Vase hin. »Und verstreu sie auf der ganzen Fläche.«

Ihren ursprünglichen Plan, die Asche im Wald zu verteilen, hatte sie aufgegeben. Die Tote wäre zu nah am Wolf dran gewesen.

»Daadaaaditditdit«, pfiff der Pfeiferl. Mit weit ausholenden Schwenkbewegungen verstreute er die Asche auf dem Feld.

»Daadaaaditditdit!«

»Auf Wiedersehen, Großmutter«, sollte das wohl heißen.

Servus, pfüadi! Auf Wiedersehen.

Sie nahmen das leere Gefäß wieder auf und gingen heim. Ein leichter Nieselregen fiel bis in die Nacht hinein über der Grabmoosalm. Dann verzogen sich die Wolken.

Der nächste Tag würde besser werden.

FÜNF

Die Rosenheimer Kripo hatte ermitteln können, dass der Ehemann der ermordeten Gülsüm Selbstmord begangen hatte und dass eine Schwester existierte. Gestern hatte sie herausgefunden, dass diese Schwester bei ihrem Onkel wohnte, der auch Gülsüms Onkel war.

Und heute hatte Rico Stahl einen Anhörungstermin mit dieser Schwester.

Sie hieß Esther Hastemir und war neunzehn Jahre alt.

Rico saß einer außergewöhnlich hübschen jungen Türkin gegenüber. Blauschwarzes langes Haar, nachtschwarze Augen, makelloser bronzefarbener Teint, dezente Ohrringe – sie hätte in jeder Castingshow im Fernsehen auftreten können. Das Piercing in der Nasenwand einer türkischen Frau zu sehen, überraschte Rico.

Für den Fall, dass es Verständigungsschwierigkeiten geben sollte, hatte er einen türkischen Dolmetscher mitgenommen, der sich im Hintergrund hielt. Rico wollte vermeiden, gemachte Aussagen später relativieren zu müssen.

Rico trug wie immer Anzug und Krawatte und war nervös.

Nervös war er erst, seit er Esther gegenübersaß.

»Warum nesteln Sie dauernd an Ihrer Krawatte, Herr Kommissar?«, machte sie ihn darauf aufmerksam.

Er selbst hätte es nicht gemerkt.

Diese Esther besaß eine verblüffende Ähnlichkeit mit Claire, einer früheren Freundin. Südfranzösin, bei einem Starfriseur beschäftigt, zehn Jahre älter als die junge Frau, die vor ihm saß. Sie war die einzige Frau gewesen, bei der er jemals an eine Heirat gedacht hatte. Augen, die wie schwarzer Turmalin funkelten. Fast ein halbes Jahr hatten sie zusammengelebt, bevor Claire es sich anders überlegte und auszog. Ein paarmal hatten sie sich noch getroffen, dann verflogen Liebe und Beziehung. Er hatte sie danach niemals wiedergesehen, nicht mehr telefoniert und nicht geschrieben.

Rico gelang es mühsam, einen tiefen Seufzer zu unterdrücken.

»Ist was?«, fragte Esther ihn.

Ohne dass es eine auffordernde Geste war, legte sie ihm eine Hand auf den Unterarm. »Erinnere ich Sie an jemanden?«

Sie sprach ein akzentfreies Deutsch.

Er streifte die Hand ab. »Wie kommen Sie darauf?«, fragte er.

Er konnte nicht verhindern, dass sich seine Wangen bis hinter die Ohren röteten.

»Im Übrigen«, fuhr er nach einer Weile fort. »Lenken Sie nicht ab. Sie können die Aussage verweigern, wenn Sie damit sich selbst oder Ihre Angehörigen belasten.«

Er räusperte sich und vermied es, ihr in die Augen zu schauen. »Wollen Sie trotzdem aussagen?«

»Ja, ich will!«, antwortete sie mit fester Stimme.

Wie vor dem Traualtar.

Überhaupt war Rico erstaunt über die Ruhe und Gelassenheit, die diese junge Frau so kurz nach dem Mord an ihrer Schwester ausstrahlte.

»Ich bin mit zehn Jahren nach Bayern gekommen«, erklärte sie auf Ricos Frage. »Meine Leistungsfächer in der Abiturklasse waren Deutsch und Geschichte. In Deutsch schwankte ich immer zwischen einer Eins und einer Zwei.«

Mit einem Wink schickte Rico den Dolmetscher weg. Er war überflüssig. Auch bei der Kripo wurde gespart, wo immer es ging.

»Sie wohnen also bei Ihrem Onkel«, begann Rico die Befragung. »Erzählen Sie ein bisschen mehr drüber.« Er biss sich auf die Lippen und setzte »Bitte« hinzu.

»Ja, ich wohne bei Onkel und Tante. Mein Onkel ist krank, und die Tante muss arbeiten gehen. Ich passe dann während des Tages auf die Kinder auf.«

»Wie viele Kinder?«

»Sechs Kinder. Von eineinhalb bis zwölf. Alle minderjährig, würden Sie sagen.«

»Und an den Wochenenden? Arbeitet die Tante da auch?«

»Nein. Da gehe ich wieder zurück in die Adlerstraße.«

»Zu Ihrem Vater also. Und wohnen dann auch mit Ihrer Schwester zusammen«, stellte Rico fest.

»Dort haben Sie bisher mit ihr zusammengewohnt«, verbesserte er sich. »Dann müssen Sie Ihre Schwester doch auch recht gut kennen? Und eine Menge von ihr wissen? Erzählen Sie mir ein bisschen von ihr.«

Esther lehnte sich zurück und lächelte. Sie lächelte wie jemand, der sich auf etwas freut. Auf einen Kinofilm, auf ein neues Auto, ein Treffen mit dem Freund oder der Freundin.

Esther schien sich auf ihre Aussage zu freuen.

Draußen ging ein schweres Gewitter nieder. Es verfinsterte das ganze Stadtviertel um das Präsidium so stark, dass man meinen konnte, es würde Nacht.

Rico war aufgestanden und hatte sich ans Fenster gestellt. Er wollte der Zeugin Zeit geben.

Eine Polizeibeamtin in Uniform stapfte drunten eilig über die Straße und beeilte sich, ins Haus und damit ins Trockene zu kommen.

Auch im Vernehmungszimmer war es so dunkel geworden, dass er das Licht anschalten musste. Er spürte, dass sich Schweißtropfen auf seiner Stirn gebildet hatten. Er griff mit der flachen Hand hin und wischte sie weg.

»Ähäm«, räusperte sich die junge Frau hinter ihm.

Rico holte ein Papiertaschentuch und wischte die Hand trocken.

Ein lang anhaltender Donner rollte gegen das Gebäude, von seinem Echo vielfach umwittert.

Rico überlegte, wo Claire sich wohl aufhielt. War sie glücklich? Er wünschte es ihr.

Als der Krach versickert und es wieder still war, war Esther neben ihn gehuscht und hatte sich an ihn geschmiegt. Sie schien in die Kuhle seiner Achsel schlüpfen zu wollen.

Wie von der Hornisse gestochen, riss Rico sich los. Er klemmte sich hinter den Vernehmungstisch.

Esther lächelte und setzte sich wortlos wieder davor.

»Meine Schwester? Gülsüm«, begann sie von selbst.

Sie setzte die Beine so übereinander, dass die wohlgeformten Oberschenkel sichtbar wurden.

Rico wusste nicht, wohin er seinen Blick richten sollte. Er wählte das Fenster, durch das noch immer Dunkles drang.

»Ich habe mich immer gut mit Gülsüm verstanden. Und bis

zum Tod ihres Mannes hat sie sich auch mehr oder weniger an die Regeln unserer Familie gehalten. Doch nach seinem Freitod hat sie als Erstes ihren Geburtsnamen wieder angenommen. Und in ihrem Verhalten wurde sie ziemlich frei.«

»Freitod. Aha«, sagte Rico nachdenklich, den Blick auf einen Sportpokal seitlich von Esther gerichtet. »Und was ist ein freies Verhalten?«

Kurz vor Weihnachten im vergangenen Jahr hatte er eine E-Mail von Claire erhalten. »Es geht mir gut. Ich bin glücklich«, oder so ähnlich. Ja, er wünschte es ihr. Obwohl sie ihn verlassen hatte. Anfangs hatte er sie zum Teufel gewünscht.

»Angehörige der türkischen Gesellschaft sollen sich bitte schön an unsere Regeln halten, so werden wir erzogen. Diese Grundsätze stammen zwar aus Ostanatolien, aber die Familie richtet sich danach. Und da geht es einfach nicht, dass man eine Beziehung mit einem Deutschen beginnt. Zumal der viel älter ist und noch dazu verheiratet. Und Kinder hat.«

Der Chef der Rosenheimer Mordkommission wurde extrem hellhörig.

»Wie hieß der Herr?«, fragte er unnötigerweise. Denn er war sich sicher, um wen es sich handeln musste.

Die Bestätigung kam postwendend.

»Er war ihr Chef in der Arbeit. Nach seiner Scheidung wolle er sie heiraten, hatte er ihr versprochen. Der Mann kam an einem Sonntag sogar in unsere Wohnung und sprach mit unserem Vater über Gülsüms Zukunft.«

»Kennen Sie den Namen dieses Mannes?«

»Ja freili. Franz Mühlhofer heißt der. Oder der Mühlhofer Franz, wie sie hier in Oberbayern sagen. Er ist ein hohes Tier bei Colatol, wo Gülsüm gearbeitet hat.«

»Und? Was hat Ihr Vater zu der Sache gesagt?«

Esther rutschte verlegen auf ihrem Stuhl hin und her.

»Der war natürlich nicht begeistert. Selbst wenn er einverstanden gewesen wäre – was ich nicht annehme –, wäre es gegen die Regeln gewesen. Er als Familienoberhaupt hatte sich daran zu halten. Bedingungslos.«

Rico erhielt ein immer klareres Bild.

»Wie hat sich Ihr Onkel in der Angelegenheit verhalten? Sie haben mit ihm ja mehr Zeit verbracht als mit Ihrem Vater.«

»Mein Onkel weiß bis zum heutigen Tag nichts darüber.«

»Das glaube ich Ihnen nicht.«

Zum ersten Mal seit Minuten sprang sein Auge auf ihr Gesicht und glitt in ihren offenen Blick.

Er zuckte zurück.

So hatte auch Claire ihn angesehen!

»Es stimmt aber. Warum zucken sie zurück? Ich beiße nicht, obwohl ich in Ihren Augen eine Halbwilde sein muss. Vater hat uns mehrfach gebeten, meinem Onkel gegenüber Stillschweigen zu bewahren. Mein Onkel mag die Deutschen nicht.«

»Aha.« Es gab also jemanden auf Gottes großem Erdball, der die Deutschen nicht mochte. »Wie war denn das Verhältnis Ihrer Schwester dem Onkel gegenüber?«

Wie ein Kind hielt sich Esther die Hand vor den Mund und kicherte.

»Entschuldigen Sie, dass ich lache. Gülsüm hat den Onkel nie richtig ernst genommen. Ich sagte ja, sie verhielt sich für türkische Verhältnisse ziemlich frei. Es hat auch mir nicht gefallen, wie respektlos und frech sie sich ihren älteren Familienangehörigen gegenüber verhielt.«

Wieder wurde Rico hellhörig. Er stand auf, steckte die Hände in die Hosentaschen und begann die junge Frau zu umkreisen.

»Wie ist Ihre Aussage zu verstehen? Nennen Sie ein Beispiel.«

Esther musste nicht lange überlegen.

»Wenn der Onkel ihr etwas aufgetragen hat, kam sie seiner Bitte so gut wie nie nach. Ein- oder zweimal wollte er sich von ihr Geld leihen. Das hat sie mit Hohn und Spott abgelehnt. Immer wieder hat sie betont, dass sie die ganze Familie blöd und altmodisch findet. Sie könne mit dieser Familie nicht mehr zusammenleben. Gegen jeden aus der Familie war sie frech. Auch mich hat sie als blöde Gans bezeichnet. Oder als kleines, dummes Huhn.«

Esther hatte sich in Rage geredet. Rico begann zu begreifen, was sich hinter diesen Familienverhältnissen verbarg.

Von einer Sekunde auf die andere schlug Esther die Hände vors Gesicht und begann hemmungslos zu weinen.

»Ich kann nicht mehr, ich mag nicht mehr! Lassen Sie mich gehen! Meine Schwester ist tot, und ich bin schuld!«

Sie sank auf ihrem Stuhl zusammen.

Die Polizistin, die an der Tür gewacht hatte, eilte herbei und legte den Arm um sie.

Auf ein Zeichen Ricos führte sie die junge Frau hinaus.

Esthers Schultern zuckten.

Genau so hatte Rico auch Claire in ihrer Trennungsphase erlebt. Er mochte nicht daran denken, wurde aber von dieser jungen Türkin brutal an sie erinnert.

Nachdenklich folgte ihr sein Blick, bis sich die Tür hinter ihr schloss. Was hatte er aus dem Gespräch erfahren? Er hatte einen tiefen Einblick in die Familienverhältnisse der Hastemirs erhalten. Immer vorausgesetzt, dass Esther nicht log oder ihm ein Theater vorspielte. Auch das hatte er alles schon erlebt.

In Ricos Kopf bestand kaum mehr ein Zweifel, in welcher Umgebung Gülsüm Hastemirs Mörder zu suchen war.

Er musste Chili Toledo informieren.

Sie war derselben Meinung.

Chili brachte neue Nachrichten vom Wohnstift Grandis mit.

»Was diese Schwester mit der Leiche angestellt hat«, sagte sie, »ist natürlich idiotisch. Sie hat sie wie zu einer Bestattung aufgebahrt. Wie kann man nur so blöd sein.«

»Weltfremd«, ergänzte Rico.

»Aber schon in einem Ausmaß, dass es an Absicht grenzt.«

»Sie meinen, um Spuren zu verwischen?«

Chili klimperte mit den Ohrringen. »Na klar. Wer sagt denn, dass sie es nicht selber war?«

Sie befanden sich in Chilis Dienstzimmer. Der Verkehrslärm der Kaiserstraße rauschte zum geöffneten Fenster herein. Chili hatte sich ans Fenstersims gelehnt, Rico Stahl saß knapp drei Meter entfernt mit einer Pobacke auf der Schreibtischplatte.

»Das ist das Problem«, fuhr Chili fort. »Ich habe einige Bewohner des Grandis befragt. Nur solche im normalen Wohnheim natürlich. Einstimmig ist zu hören, dass die Unruh und Schwester Clara öfters Streit hatten. Lautstarken Streit sogar.«

Rico runzelte die Stirn. »Haben die beiden sich schon gekannt, bevor die Unruh, äh, Schwester Veneranda, Heimleiterin im Grandis wurde?«

»Schwester Clara sagt Nein. Wir sind dabei, es zu überprüfen. Was wir allerdings bereits kontrolliert haben, ist die Aussage der Frau Unruh Ottakring gegenüber. Alles, was mit ihrer früheren Tätigkeit als Schwester Veneranda zusammenhängt. Sie hat die Wahrheit gesagt.«

Rico Stahl hatte die Arme vor der Brust verschränkt. Aus seinen Augen schoss er Pfeile auf Chili ab.

»Ich hör immer ›überprüfen‹, ›kontrollieren‹ und dass Sie noch nicht so weit sind. Ja Himmelherrgott, was ist denn eigentlich mit der Spurensicherung los? Die sollten mich verständigen. Bis heute hab ich nichts gehört. Wie weit ist die Obduktion? Schlafen die alle oder was? Der Frau wurde die Gurgel durchgeschnitten, da fließt literweise Blut. Das muss doch irgendwo hingeflossen sein. Unmöglich, dass die Spusi da noch kein Ergebnis hat.«

Er entfaltete die Arme wieder und stützte sich mit den Handflächen auf der Tischplatte ab. Dann sah er Chili direkt in die Augen. Sie wandte den Blick nicht ab.

»Haben Sie denn wenigstens die Schwester Clara schon vernommen, Frau Toledo?«

Ihren Mund umflog ein schmales Lächeln. »Noch nicht im Präsidium, nein. Aber ich saß ihr im Beisein der Toten gegenüber. Ihr Leben ist bisher in den geregelten Bahnen einer Ordensschwester verlaufen. Was sie mit der Leiche getan hat, war nach meiner Einschätzung pure Naivität.«

»Sie widersprechen sich. Vorhin haben Sie noch gesagt, dass Sie sie als Mörderin nicht ausschließen.«

Chili hob die Hände. »Ja mei«, meinte sie. »Was lässt sich in einem Mordfall schon ausschließen.«

Rico wurde lockerer. »Wo wurde die Tote eigentlich gefunden?«, fragte er etwas ruhiger.

Chili breitete die Arme aus. »In ihrem Dienstzimmer. Im Büro der Heimleiterin. Schwester Clara musste nicht allzu viel Kraft aufwenden, die zierliche Figur zu heben, zu drehen und zu bearbeiten.«

»Und? Jede Menge Blut an ihrer Kleidung?«

»Kluge Frau, die Schwester. Sie hat eine Gummischürze übergezogen. Die Spusi hat sie sichergestellt. DNA ist in Arbeit, dauert halt ein bisschen, trotz Eilantrag.«

Sie hatte einen beruhigenden Einfluss auf ihn. Werde ich älter, fragte er sich, dass ich unter Zeitdruck die Nerven verliere?

Als Rico sich wieder beruhigt hatte, informierte er Chili über den Fortgang im Fall Hastemir. Den Miniurlaub im Anschluss an das kommende Wochenende, den sie eingeplant hatte, bat er sie zu verschieben.

»Wir haben zwei Fälle gleichzeitig. Die müssen vom Tisch. Die Presse wird bald wieder den Zeigefinger heben, und dann kommt auch der Präsident nicht aus und wird Druck machen.«

Chili lief rot an und musterte ihn kritisch.

»Haben Sie das Alibi von Herrn Ottakring schon überprüft?«, fragte er.

Doch bevor sie etwas sagen konnte, meldete sich sein Handy mit drei Tönen. Eine SMS.

»Bericht an Sie gefaxt.«

Rico musste grinsen. Wenn man an den Teufel denkt …

»Na bitte«, sagte Chili leise. Ihre Gesichtsfarbe hatte sich wieder normalisiert. »Dann kann ich ja doch den Urlaub nehmen.«

Rico wollte schon aufbrausen, beherrschte sich aber. »In der SMS werden bestimmt nicht die Täter entlarvt. Nein, nein, Sie müssen schon in den sauren Apfel beißen.«

Verstohlen sah er seine Kollegin von der Seite an. Rico konnte ein höllisches Vergnügen daraus ziehen, Menschen in verfänglichen Situationen zu beobachten. Mit der schmalen Nase, auffallend gefärbtem Haar, den Mandelaugen, ihren Zigeunerohrringen und dem Schmollmund sah sie als Frau zum Anbeißen aus. Wenn er ein Nachtschwärmer wäre und kein Polizist … doch er hatte ja Jannat, seine schöne Perserin.

»Ich hab Sie nicht gefragt, wo ich reinbeißen soll«, legte Chili nach.

Er drehte sich weg und blickte aus dem Fenster. »Ich weiß«, sagte er ohne zu zögern. »Aber das ist die Antwort, die Sie bekommen haben.«

SECHS

Alles, was Joe Ottakring über die Krankheit finden konnte, nahm er mit. Er las Bücher und Broschüren, durchforstete das Internet, lieh sich von einem befreundeten Endokrinologen das Deutsche Ärzteblatt aus und besorgte sich Fachzeitschriften.

Seit einer Stunde saß er auf seiner Couch im Wohnzimmer und las in einer Broschüre. »Die Alzheimer-Krankheit und andere Demenzen« hatte er sich bei der Alzheimer-Forschung Initiative e.V. bestellt. Vieles von dem, was er bei seiner Mutter festgestellt und erlebt hatte, war nun erklärbarer geworden. Der Abbau ihrer Gehirnleistung, der Verlust des Kurzzeitgedächtnisses, sogar des Erkennens, ihre grundlose Aggressivität. All das würde sich nie mehr regenerieren.

Alzheimer war aktuell unheilbar.

Das letzte Erlebnis mit ihr im Grandis war ein Schock für ihn gewesen. Sie hatte ihn für ihren eigenen Vater gehalten. Unvorstellbar, wenn er es nicht selbst erlebt hätte. Er hatte sogar darüber nachgedacht, was er wohl tun würde, wenn sich herausstellte, dass seine Mutter die Heimleiterin umgebracht hatte. Er traute es ihr nie im Leben zu. Doch was hieß das schon? Jeder konnte morden. Auch seine Mutter, wenn die Umstände danach waren.

Er hatte mit Lola darüber gesprochen. Selbst am Telefon bekam er mit, wie sie ungläubig den Kopf schüttelte.

Lolas Knöchel war nach dem Sportunfall nur angeknackst, nicht gebrochen. Trotzdem, behauptete sie, habe der finnische Arzt ihr Reiseverbot erteilt. Dieser Umstand machte ihm noch mehr zu schaffen als die Sorge um seine Mutter.

Wer einmal Untreue erlebt hat, kommt nie mehr davon los. Die Bilder von Malta, als sie ihn belogen hatte. Einen Stadtbummel durch Valletta hatte sie machen wollen. Stattdessen entdeckte er sie mit einem ihrer Vorgesetzten vom Sender im Restaurant. Dieses Erlebnis und die Geständnisse danach hätten Joe und Lola fast ihre Ehe gekostet. In Malta war er ihr noch räumlich nahe gewesen. Aber jetzt in Finnland?

Tiefer Zweifel bohrte sich wie ein Dorn in sein Herz. Er zwang sich zu klarem Denken und zum Blick fürs Wesentliche. Und das war momentan die Mutter, auch wenn er ihr nie nahegestanden hatte.

»Die Patienten gehen an das, was sie sehen, heran«, las er in der Broschüre, »als handle es sich um abstrakte Puzzles oder Tests. Sie betrachten sie nicht, sie haben keinen Bezug zu ihnen.«

Er hatte ein flaues Gefühl im Magen, als ob ihm langsam schlecht würde. Seine Schultern waren vom Sitzen verkrampft, der Rücken schmerzte. Er stand auf und stellte sich unter die Dusche. Obwohl heißes Wasser auf ihn herniederprasselte, hatte er einen klebrigen Pfropfen in der Brust. Er atmete schwer.

Erst als sein Körper vom dampfenden Wasser gerötet war, stieg er aus der Kabine, frottierte sich ab, schlüpfte in den flauschigen schwarzen Bademantel und schenkte sich in der Küche ein Weißbier ein. Früher, als sie hergezogen waren, war er immer zum »Schmiedwirt« gegangen. Aber mittlerweile lagerte er Weißbier in Flaschen auch daheim wie einen kleinen Schatz.

Er schlüpfte in Jeans und zog ein Leinensakko mit einem britischen Glencheck-Muster und zwei Rückenschlitzen an. Früher, in seiner aktiven Zeit, hatte Kriminalrat Joe Ottakring es stets an Eleganz vermissen lassen. Er war herumgelaufen wie die, die er jagte. Doch jetzt im Ruhestand gefiel er sich darin, sich gut zu kleiden. Wenigstens ab und zu. Dass Lola darauf gedrungen hatte, mochte eine Rolle gespielt haben. Dieses Glencheck-Sakko aus der britischen Nobel-Boutique in der Münchener Maximilianstraße hatte es ihm besonders angetan.

Bei gleißendem Sonnenschein lenkte er den Porsche aus der Garage. In Reischenhart fuhr er auf die A 93 und bog nach wenigen Kilometern am Inntaldreieck auf die A 8 Richtung Salzburg ein. Er nahm die Ausfahrt Rosenheim und folgte dem Zubringer in die Innenstadt. Auf dem Weg zum Wohnstift kaufte er sich eine auffällig rote Nelke, die kräftig duftete, und steckte sie sich ins Knopfloch. Nach dem Mordgeschehen im Grandis war er darauf vorbereitet, sich gegen mächtige Polizeisperren durchsetzen zu müssen, zumindest gegen ein dürftiges Flatterband.

Selbstverständlich war er betroffen vom gewaltsamen Tod der

Heimleiterin. Der Schwester Veneranda. Jeden Menschen macht ein Mord betroffen, auch einen Mensch, der ein Leben lang mit Gewaltverbrechen zu tun hatte. Doch Ottakring wollte sich zwingen, darüber hinwegzusehen, egal, was passierte. Heute hatte er nur seine Mutter und ihr Schicksal ihm Sinn.

Nichts spielte sich vor dem Grandis ab. Keinerlei Sperren hinderten ihn am Betreten des Gebäudes. Wie immer standen die Stinkkübel draußen, wie immer saß der Raubvogel am Empfang. Diesmal hörte er kein Avemariapurissima, was ihn wunderte. Freundlich nickte er ihr zu und sprang wie ein Junger bemüht die Treppe hinauf, umweht von seinem Glencheck-Sakko. Der Summer summte auf der zweiten Etage, und er drückte die Tür auf.

Die halbe Mannschaft war um diese Uhrzeit, kurz nach dem Mittagessen, im Casino versammelt.

Frau Lunau kaute an einer trockenen Semmel herum, Dr. Alfons Mindler deklamierte ein Gedicht, Herr Stubenrauch polierte sein Instrument. Die Moserin ragte düster und hager vor einem offen stehenden Fenster auf, von dem aus sie auf den Innenhof sah. Gretl Ottakring saß vereinsamt in einer Ecke zwischen Standuhr und einer Anrichte, auf der sich benutztes Geschirr stapelte. Ihr dünnes Kleidchen war ihr übers Knie gerutscht, sie hatte die nackten Arme um den Oberkörper geschlungen.

Niemand schien ihn zu kennen oder je gesehen zu haben, als Ottakring direkt auf seine Mutter zusteuerte. Wortlos nahm er sie an der Hand und zog sie mit sich. Sie leistete keinen Widerstand. Wortlos nahm er in ihrem Zimmer ein Wolljäckchen aus dem Schrank und hängte es ihr über die Schultern. Dann schob er sie rückwärts in eines der beiden kleinen Sesselchen. Er zog das andere heran, setzte sich ihr gegenüber und beugte sich vor.

»Mama, wer bin ich?«, fragte er. Seine Stirn lag in Falten.

Diese Frage hatte sich Joe Ottakring schon auf der Herfahrt überlegt. Seine Mutter war immer eine intelligente Frau gewesen. Sie konnte mit Zahlen jonglieren wie keine andere, hatte handwerkliches Geschick, drückte sich kultiviert aus, war im Mittelpunkt vieler Diskussionen gestanden.

Im Mittelpunkt. Das war das Problem, das er stets mit ihr gehabt hatte. Sie wollte immer und überall im Mittelpunkt stehen und sah sich als den Nabel der Welt. Er konnte sich an kein gutes Wort von ihr erinnern, kein Lob, keinen Ansporn, kein Mitleid.

Als Lola und er sich für einige Zeit getrennt hatten, in der Absicht auseinanderzugehen, war ihr Kommentar gewesen: »Ich hab die Frau sowieso nie gemocht. Ist besser für dich.«

Er hatte damals gewusst, dass noch ein Nachsatz fehlte. Und der war dann auch unverzüglich gekommen.

»Und für mich.«

Diese Szene hatte sich ihm besonders eingeprägt.

Und nun saß er ihr gegenüber, beinahe Stirn an Stirn, denn auch sie hatte sich mit den Ellenbogen auf die knochigen Knie gestützt und sah ihn an. Seine despotische Mutter – klein, zierlich, piepsig.

Er war sehr gespannt auf ihre Antwort. Nach allem, was in der Broschüre stand, musste eine an Alzheimer erkrankte Person sich nicht durchgehend auf dem Tiefpunkt befinden.

»Wer bin ich?«

Würde sie ihn heute erkennen oder nicht?

Konnte sie eine Mörderin sein oder nicht?

»Sie sind mein Sohn«, sagte sie leise. »Was führt Sie zu mir?«

O mein Gott! Sie erkennt mich, wahrt aber den Abstand, den sie ihr ganzes Leben von mir hielt. Jetzt, wo sie alt ist, zeigt es sich deutlich.

»Mama, erkennst du mich wirklich? Weißt du denn, wie ich heiße?«

»Ich mache nur gelegentlich Fehler«, sagte sie. »Du bist Josef.« Sie rückte ein wenig näher an ihn heran und blinzelte listig mit einem Auge, wie in eine Kamera.

»Natürlich, du bist der Josef.«

Ottakring nahm ihre Hände in seine. Seine Mutter war reif für den Test.

Er zog die Nelke aus dem Knopfloch und hielt sie ihr hin. »Hier. Für dich, Mama.«

Gretl Ottakring griff danach. Neugierig zog sie die Augenbrauen hoch, gleichzeitig rümpfte sie die Nase. Sie nahm die Nelke in die Hand wie etwas Unangenehmes, Unbekanntes. Nicht wie eine Mutter, der man eine Blume überreicht.

Zuerst spreizte sie die Finger und nahm mit der gestreckten Hand Maß an der Blume.

»Etwa zwanzig Zentimeter lang«, stellte sie fest. »Ein rotes, rundes Gebilde, das in sich selbst gefaltet ist.« Sie drehte die Blume in den Fingerspitzen. »Mit einem geraden grünen Anhängsel.«

Geistig rege jedenfalls, dachte Ottakring.

»Und was meinst du, was es ist, Mama?«, fragte er fast belustigt.

Sie überlegte. Wiegte den Kopf.

»Schwer zu sagen«, antwortete sie. Sie schien verwirrt. »Hier fehlt eine einfache Symmetrie. Wie bei einem Würfel. Oder einem Ball. Oder …«

Sie sprang plötzlich auf, holte aus und ließ die geschlossene kleine Faust auf den Tisch neben ihnen herabsausen.

»Oder wie bei diesem Tisch hier, Himmelherrgottsakrament.«

Ottakring war mit aufgesprungen. Er befürchtete das Schlimmste.

Doch seine Mutter setzte sich gelassen wieder hin, als ob nichts gewesen wäre.

»Sehen Sie«, sagte sie dann. »Es könnte eine eigene höhere Symmetrie besitzen.«

»Und?«, hakte er nach. »Welche zum Beispiel? Mama? Mutter?«

»Ach. Es könnte … ich glaube, es könnte so etwas wie eine Blume sein. Ja, eine Blume. Oder eine Blüte.«

Dann vollzog sich etwas Eigenartiges.

Ihr Gesicht zerrann. Ja, es zerfloss förmlich vor seinen Augen und wurde durchsichtig. Einzig ihre Augen blieben übrig. Sie waren unnatürlich groß und dunkel.

»Eine rote Blüte!«, schrie sie hinaus. »Sagen Sie mir, Josef, gibt es rote Blüten? So wie es rote Kühe gibt?«

»Beruhige dich, Mama.« Er legte die Hände auf ihre Schultern und ließ sie eine Weile dort ruhen.

Ihr Gesicht nahm wieder Gestalt an.

»Du hast gesagt, es könnte eine Blüte sein. Könnte?«

Sie nickte. Nichts an ihr deutete auf die vorherige Unruhe hin.

»Könnte sein«, sagte sie. »Eine Blüte.«

»Riech doch einmal daran«, sagte er. Er nahm ihre Hand mit der Nelke darin und führte sie an ihre Nase.

Schlagartig hellte sich ihr Gesicht auf. »Herrlich!«, rief sie aus. »Eine Nelke. Welch ein erheiternder Duft. Wie frisch aus dem Garten.«

Sie begann zu summen. Tränen sammelten sich hinter ihren Lidern. Noch nie hatte Josef Ottakring seine Mutter eine Träne vergießen sehen.

Während Gretl Ottakring mit nassen Augen die herrlich duftende Nelke an ihre Brust presste, beschloss ihr Sohn, ein weiteres Experiment zu wagen.

Seine Mutter hatte immer gern Hüte getragen. Er ging an ihren Schrank und holte zwischen den fünf anderen einen heraus, den sie bestimmt lange nicht benutzt hatte. Einen Trachtenhut. Ein grüner Velourshut mit künstlicher Spielhahnfeder. Daran müsste sie sich erinnern können.

Er nahm wieder Platz und legte den Hut vor sich auf die Knie.

»Was ist das?«, fragte er.

Durch die geschlossene Tür hörte er den Catcher Adlmayer, der unter ziemlichem Gebrüll jemanden maßregelte.

»Ich werd den Würger ansetzen, wenn du nicht parierst!«

Ottakring hatte in kurzer Zeit die Marotten aller Heimbewohner kennengelernt. Er blieb gelassen.

»Darf ich das mal sehen?«, bat seine Mutter mit zartem Stimmchen.

Sie untersuchte den grünen Hut ebenso eingehend wie zuvor die rote Nelke. Mit der flachen Hand strich sie über die raue Oberfläche, blieb an der herausstehenden Feder hängen, untersuchte den Rand und schließlich die Innenseite. Dann kam sie zu einem Ergebnis.

»Eine durchgehende Oberfläche«, sagte sie, »die unten eine Höhle bildet. Und oben ist wieder ein Anhängsel. Diesmal mit Haaren.«

Als wenn eine Blinde spräche, dachte er. Versonnen rieb er an der glatten Kante des Sessels, auf dem er saß.

»Also ein Hut«, knurrte er dann ungeduldig.

Gretl Ottakring schnellte empor. »Hut! Ja, Hut«, rief sie voller Entzücken.

Doch dies war für ihn schon längst wieder ein alter Hut. Er hatte Kühneres vor.

Seine verstorbene Tante Sophie hatte ihm vor Jahren einmal ein Taschenmesser geschenkt. Nichts Alltägliches, denn das Messer war von Griffschalen aus Elfenbein ummantelt und lag wunderbar leicht, beinahe herzlich in der Hand. Dieses Messer holte er aus der Jackentasche, öffnete es und legte es mit der Breitseite der Klinge auf die flache Handfläche.

»Was ist das?«

»Also, Sie nerven mich langsam mit Ihrem dummen Gefrage«, bemerkte seine Mutter.

Sie zupfte ihren Rock zurecht, sodass er die Knie bedeckte, und strich ihn glatt.

»Was soll das? Sie zeigen mir die einfachsten Dinge und fragen mich darüber aus.«

Sie reckte den Hals und spuckte vor ihm aus.

Ottakring zuckte zurück. Das Messer fiel zu Boden. Er hob es auf.

»Ich bin Josef, Mama, dein Sohn«, sagte er. »Ich bin hier, um dir zu helfen.«

Wieder legte er das offene Messer auf die ausgestreckte Hand, diesmal etwas vorsichtiger.

»Ach was, helfen, papperlapapp. Wobei willst du mir …?«

Ihr Blick fiel auf das Messer in Ottakrings Hand. Sie erstarrte.

Selten hatte Joe Ottakring seine Mutter so erlebt. Als wenn sich ihr Inneres nach außen stülpte. Als sie sprach, klang es, als ob ein anderer aus ihr spräche.

»Ein Messer, du Depp! Damit kann man böse Dinge anrichten. Kehlen schneiden. Wölfe töten. Ganz schlimme Dinge!«

Im selben Augenblick schoss ihre rechte Hand nach vorn, auf das Messer zu, die Finger zu einer spitzen Kralle geformt.

Gerade noch rechtzeitig zog Ottakring die Hand zurück.

Seine Mutter sprang auf. Diese Kraft und Elastizität hätte er ihr nicht im Entferntesten zugetraut.

»Töten!«, schrie sie.

Wie im Torjubel beim Fußballspiel hatte sie die Hände hochgerissen.

»Kehle schneiden!«, schrie sie, immer noch mit dieser fremden, männlich klingenden Stimme. »Mit dem Messer Kehle schneiden!«

Die Tür flog auf und knallte gegen die Wand.

Herr Adlmayer stand mit nacktem, über und über behaartem Oberkörper im Türrahmen. Sein Glatzkopf endete zwei Zentimeter unterhalb des oberen Querbalkens, die geballten Fäuste hingen neben der Kniekehle.

»Wer will hier Kehle schneiden?«, brüllte er und bewegte sich auf Ottakring zu.

Hinter ihm füllte sich die offene Tür mit Schaulustigen. Frau Michalke, Pauline, Herr Stubenrauch. Dr. Mindler und die Moserin fehlten.

Ottakring wich zurück.

»Was tun Sie der Gretl an?«, herrschte Adlmayer ihn an. »Lassen Sie die Gretl in Ruh!«

Wenn das so weiterging … Er warf einen flüchtigen Blick auf seine Mutter. Sie hatte sich wieder hingesetzt und starrte verwirrt auf Herrn Adlmayer. Ihre letzten Worte beschäftigten ihn mehr als der Koloss, der sich vor ihm aufgebaut hatte. War es Zufall, dass sie von der Todesart gesprochen hatte, durch die die Heimleiterin umgekommen war? Man hatte ihr die Kehle durchgeschnitten, und seine Mutter wusste offenbar Bescheid.

Doch zunächst musste er den Catcher abschütteln.

»Halten Sie sich da raus«, sagte Ottakring leise zu ihm.

Ohne Vorwarnung stürzte sich Adlmayer auf ihn. Es steckte eine Menge Energie hinter der Attacke.

Ottakring versuchte auszuweichen, trat aber seiner Mutter auf den Fuß.

Sie schrie auf vor Schmerz.

Adlmayer versuchte, den Arm um seinen Nacken zu schlingen und ihn in den Schwitzkasten zu nehmen.

Ottakring duckte sich, fuhr mit dem Arm nach oben und drückte zwei Finger in die Augen des Riesen, während er ihm die Spitze seines Knies in die Kniekehle stieß.

Mit einem kurzen Aufschrei krachte der Mann zu Boden.

»Was machen Sie da?«, flötete Gretl Ottakring. »Hört auf mit dem Lärm.«

Sie hielt sich beide Ohren zu.

»Aufhören!«, brüllte eine andere Stimme.

Der Türrahmen hatte sich schlagartig geleert, das Publikum war verschwunden.

Wie Erzengel Gabriel mit dem Schwert stand Schwester Clara in der Tür.

»Aufhören, Herr Adlmayer!«

Mühsam rappelte sich Adlmayer hoch. Er schnaufte und war bis über die Glatze hochrot.

War es Angst, was in seinen Augen glimmte?

Adlmayer betrachtete Schwester Clara mit ungläubigem Staunen.

»Ja, ich wollte doch nur …«, stammelte der bullige Mann. Verlegen senkte er den Blick und strich sich die Brusthaare glatt.

»Ja ja, ich weiß schon, Herr Adlmayer. Sie wollten nur helfen. Aber Sie haben schon genug angerichtet. Also, gehmer, gehmer!«

An den Ohren zog sie ihn nach draußen, warf Gretl Ottakring und ihrem Sohn einen freundlichen Blick zu und schloss die Tür.

Alles hätte Ottakring erwartet, nur nicht, dass die zaundürre, unscheinbare Schwester Clara mit einem Mordskerl wie dem Adlmayer so einfach fertigwurde. Es war eine neue Erkenntnis.

Noch etwas anderes hatte ihn aufhorchen lassen.

»Sie haben genug angerichtet.«

Was meinte sie damit? Hatte sie etwas gegen ihn in der Hand? War vielleicht er es, der seine Mutter aus dem Fenster …? Spielend hätte er das tun können. Oder hatte er etwa bei dem Mord an der Unruh die Finger im Spiel? Die nächsten Tage versprachen spannend zu werden.

Die Moserin nebenan rieb sich die Hände. Sie saß in dem hölzernen Schaukelstuhl, der aus dem Inventar der Grabmoosalm stammte und den sie ihr von daheim mitgegeben hatten. Sie schaukelte und hatte die Tür halb offen stehen. Sie hatte alles mitbekommen.

Sie war es gewesen, die den Adlmayer vorgeschickt hatte. Nicht dass dieser Polizist, der Sohn von der Gretl, noch Unfug trieb mit ihrem Zimmer. Sie hatte schließlich mehr als nur das eine Geheimnis.

Das andere Geheimnis teilte sie mit der Resi. Doch auch die Resi machte ihr Sorgen. Die Resi war die einzige Zeugin – wenn man vom Seppe absah –, und die Moserin hatte beim letzten Besuch ihrer Enkelin den Eindruck gewonnen, dass die Resi ein schlechtes Gewissen hatte. Jedenfalls hatte sie das behauptet. Sie hatte sogar mit dem Gedanken gespielt, zur Polizei zu gehen. Aber was wollte die Resi dort bei der Polizei? Sie kam ums Verrecken nicht drauf.

Zur Polizei gehen. Zur Polizei gehen. Die ganze vergangene Nacht hatte sie sich den Kopf zerbrochen und überlegt, was die Resi gemeint haben könnte. War es eine Drohung gewesen? Warum sollte ihr die Resi drohen? Und womit? Mit der Polizei? Aber warum?

Manchmal litt die Moserin unter ihren Aussetzern. Es war ihr vollkommen klar, dass sie regelmäßig Gedächtnislücken hatte. Deswegen hatte man sie auch im Dings … im Dings … in diesem Haus hier abgeliefert. Vor allem litt sie darunter, dass sie ihnen so hilflos ausgeliefert war. Wenn sie vor dem Lichtschalter stand und nicht wusste, warum sie da stand und was sie mit dem Dings … dem weißen Dings da anfangen wollte. Und vor allem, weil ihr oft die Bezeichnungen und Namen nicht einfielen.

Oder wenn sie den Klodeckel hochklappte und nach der Seife suchte, um sich die Hände zu waschen.

Sie stand dann da und rührte sich nicht, und ihr Hirn kam ihr vor wie eine leere, zerfaserte Wolke. Weil ihr das bewusst war, litt sie darunter. Es schmerzte. Es tat richtig weh. Wäre es ihr nicht bewusst gewesen, hätt's nicht wehgetan.

Oft hätte sie am liebsten ihr Gehirn gepackt und ihm nachhelfen wollen. Irgendwie. So wie sie Massagen kriegte gegen die Rückenschmerzen und Tabletten gegen den Zucker. Auf der anderen Seite war sie keine, die Tatsachen gern ins Auge blickte.

Ein Leben, wie sie es führte, war nur auszuhalten, wenn man gelernt hatte, zu lügen, sich zu verstellen und zu verdrängen. Von klein auf.

Sie kam und kam nicht drauf. Was die Resi von ihr gewollt hatte. Die ganze Nacht lang war sie nicht drauf gekommen. Natürlich hatte sie nicht nur nachgedacht.

Sie hatte auch wegen dem Adlmayer nicht schlafen können.

Etwas nachdenklich lächelte sie. »Den hab ich im Griff«, sagte sie laut zu sich selbst und schaukelte weiter.

Durch den Türspalt konnte sie beobachten, wie der Adlmayer vor der Schwester hertrabte, gehorsam wie ein Schulbub. Halb nackt, gebückt und mit weichen Knien.

Der Adlmayer.

Sie wusste nicht einmal seinen Vornamen, obwohl er vergangene Nacht wieder bei ihr im Bett gelegen hatte. Ein weiterer Grund, warum sie kein Auge zugemacht hatte.

»So hab ich ihn im Griff«, wiederholte sie und hatte exakt vor Augen, was sie damit meinte.

Sie konnte mit ihm planen, mit dem Adlmayer.

SIEBEN

Es hatte angefangen zu regnen, für die Jahreszeit nicht ungewöhnlich. Und für den Schauplatz dieses Regens ebenfalls nicht. Denn schon das ganze Jahr über zog sich regelmäßig ein sechzig bis achtzig Kilometer breites Niederschlagsband entlang der Alpenkette von Zürich bis nach Salzburg. Und Rosenheim lag mittendrin.

So reizvoll, einmalig und einladend das Rosenheimer Land bei schönem Wetter sein kann – bei anhaltendem Regen ist es genau so mies und abweisend wie die hintere Mongolei.

»Beschissen«, zischte Rico Stahl, als er von seinem Dienstschreibtisch aus einen langen Blick aus dem Fenster warf. Alles triefte, die Bäume, die Autos, die Passanten unten auf der Kaiserstraße.

Wieder einmal hatte er die unterste Schublade herausgezogen und beide Füße – die in brombeerfarbenen Stiefeletten steckten – draufgelegt.

Das Fax hielt er in beiden Händen. Es war eine Ergebnismeldung.

Sie hatten Suchhunde eingesetzt. Das führte nicht immer zum Erfolg. Diesmal aber schon. Sie hatten die Tatwaffe gefunden. Ein Tomatenmesser!

Rico googelte »Tomatenmesser«.

Er las: »Durch die nach oben leicht spitz zulaufende Form der zwischen zwölf und fünfzehn Zentimeter langen Stahlklinge dringt das Messer mit einem leichten Winkel in das Schneidegut ein und verhindert so ein Zerdrücken desselben.«

Dringt in das Schneidegut ein. Makaber. Das Schneidegut war in diesem Fall ein weiblicher Hals gewesen.

Gestorben jedoch war Barbara Unruh nicht daran. Sie war erwürgt worden. Von kräftigen Händen mit dünnen Fingern. Mit dem Messer war der Hals erst hinterher bearbeitet worden. Wahrscheinlich war die Frau noch warm, aber bereits tot gewesen.

Selbstverständlich hatte die Schwester mit der dämlichen Aufbahrung alle wesentlichen Spuren verwischt. Sie hatte die Leiche regelrecht präsentiert.

Rico war noch nie gut darin gewesen, herumzusitzen, Berichte zu lesen und Dinge langsam anzugehen. Will man den Künstler verstehen, muss man sich sein Werk ansehen. Und das hatte Rico zur Genüge getan. Ein Foto des Werks hing hinter ihm an seinem Blauen Brett, an dem er die Fotobeweise der aktuellen Fälle sammelte.

Was wollte der Mörder aussagen?

Willst du den Fall lösen, dann suche nach dem Motiv. Welches Motiv sollte jemand haben, der die ehrbare Leiterin eines Altenheims auf spektakuläre Weise umbringt? Es sah nicht so aus, als wäre im Affekt gehandelt worden. Ricos Gefühl sagte ihm, dass ein Ereignis aus der Vergangenheit eine Rolle gespielt haben könnte, das in die Gegenwart hineinragte. Oder mehrere Ereignisse.

Barbara Unruh hatte ein Leben vor diesem Leben geführt. Sie war Schwester Veneranda gewesen und aus irgendeinem Grund daran gescheitert. Fest stand, dass sie Joe Ottakring betreut hatte, als der mit einem Bauchschuss in der Klinik lag. In der Maria-Theresia-Klinik in München. War es möglich, dass man über Joe Ottakring an den Schlüssel kam?

Warum, fiel ihm auf, hatte er schon so lange nichts mehr von dem Mann gehört?

»Nein«, sagte Ottakring am Handy. »Da kann ich Ihnen auch nicht weiterhelfen. Mich hat die Unruh erst darauf aufmerksam machen müssen, dass ich sie kenne. Sie wissen doch, wie das so ist, wenn man im Krankenhaus liegt. Man nimmt höchstens noch wahr, dass einem geholfen wird. Dass man sein Essen bekommt, die Schmerztabletten gebracht werden und das Bett durchgeschüttelt wird. Wer hinter der weißen Uniform derer steckt, die das für einen tun, bleibt meist verborgen.«

Nein, diese Erfahrung war Rico bisher erspart geblieben. Er unterdrückte eine Bemerkung.

»Ist Ihnen nichts an ihr aufgefallen?«, fragte er eindringlich. »Sie hatten doch wegen Ihrer Mutter ständig dort zu tun.«

Ottakring behielt seinen sonoren Gesprächston bei.

»Wenn ich mehr wissen würde, hätte ich schon längst ein Geständnis abgelegt«, sagte er. »Warum sollte ich es für mich behalten?«

Während Rico Stahl sich weiter mit seinen Gedanken beschäftigte, indem er ziellos mit Händen in den Hosentaschen durch die Stadt streifte, erhielt Joe Ottakring den lang erhofften Anruf mit der Vorwahl 00358 aus Finnland.

»Was ist aus dem Mord im Grandis geworden?«, fragte Lola ihn ohne Einleitung. »Und wie geht's deiner Mutter inzwischen?«

Er wertete es als gutes Zeichen.

»Was macht dein Knöchel?«, stellte er die Gegenfrage. Ihre Antwort war ihm wichtiger als zehn Morde.

Es folgte eine kurze Pause wie in einem Funkloch.

»Hallo?«, setzte er nach. »Hörst du mich?«

»Dem Knöchel geht's gut«, hörte er.

Wieder eine Pause. Ihm wurde heiß. Nein, nicht schon wieder! Was wird diesmal der Grund sein, nicht zurückzukommen? Was steckte dahinter?

»Der Knöchel ist halbwegs okay«, sagte sie. »Aber ich hab mir den Virus eingefangen. Das wird eine Weile dauern.«

Langsam hatte er das Gefühl, seine Lola sei nur mehr eine Frau auf ein paar vergilbten Fotos.

»Den Virus? Geht's dir gut, Liebes?«

»Kommt drauf an. Sie nennen ihn den Krankenhausvirus. Kann überall vorkommen. Bei mir äußert es sich seit gestern durch Hautveränderungen. Ganz gemeine Hautveränderungen.«

»Was meinst du? Welche Veränderungen?«

Ottakring hatte davon gehört. Ein Virus, der massiert in so gut wie allen Kliniken vorkommen konnte. Auch in Deutschland. Aber Hautveränderungen?

Lola schilderte ihm, dass sie an den Schenkeln und im Innenohr offene Stellen hatte. Von einem Tag auf den anderen seien sie aufgetreten. Es würde halt noch ein paar Tage dauern, denn mit dem Virus dürfe sie nicht reisen, schon gleich nicht in ein anderes Land.

»Vielleicht hat sie zu viel gewusst?«, sagte Lola scherzhaft, als sie noch einmal auf das Thema Mord im Wohnstift zu sprechen kamen.

Doch es war ein Ton, der in Ottakring eine Saite zum Klingen brachte.

»Sie wusste zu viel!«

Daran hatte er noch nicht gedacht. Neben Hass, Habgier, Eifersucht, Rache war das einer der häufig vorkommenden Gründe, jemanden zu töten. Über wen oder was Barbara Unruh oder Schwester Veneranda etwas gewusst haben könnte, das für diesen Jemand gefährlich werden konnte, das galt es zu ermitteln.

In dieser Konstellation wäre seine Mutter aus dem Schneider. Nicht, dass er sie ernsthaft verdächtigt hätte, die Unruh ermordet zu haben. Sie war weder der Typ für so etwas, noch hätte sie die Kraft und Stärke besessen.

So wie sie sich geäußert hatte, könnte sie jedoch etwas wissen. Eine Mitwisserin sein. Den Mörder oder die Mörderin also kennen. Wer käme da in Frage? Adlmayer? Die Moserin? Einer der anderen Männer und Frauen im Heim, die er noch nicht weiter unter die Lupe genommen hatte?

»Hallo! Bist du noch da?«

Lolas Stimme riss ihn aus seinen Überlegungen.

»Das wollte ich dir mitteilen, Joe«, sagte sie. »Es wird noch eine Weile dauern. Aber dir wird das grad recht sein. Du hast eh so viel mit deinen Ermittlungen zu tun. Ich wünsch dir raschen Erfolg, und drück du mir die Daumen, dass es nichts Ernstes ist.«

Ottakring schnaufte tief. Dann blies er die Luft mit einem kräftigen Stoß wieder aus.

»Sehr schön«, gab er zurück und legte auf.

Weitere Fragen hatten sich schlagartig erübrigt.

Lolas und Joe Ottakrings Haus war fast hundert Jahre alt, und sie waren stolz darauf. Das hellgelbe Gebäude mit den grünen Fensterläden und den blauen Vorhängen war einst vom ersten Direktor der Wendelsteinbahn erbaut worden, die im vergangenen Mai ihr hundertjähriges Jubiläum gefeiert hatte.

Damals war es ein abenteuerliches Bauvorhaben gewesen, zwölfhundert Meter Höhenunterschied über eine Strecke von zehn Kilometern mit einer elektrisch betriebenen Zahnradbahn zu überwinden. Hauptsächlich kroatische und italienische Arbeiter waren eingesetzt worden, die unter heute unvorstellbaren Bedingungen die Trasse in den Fels schlugen und sprengten.

Lola freute sich jedes einzelne Mal, wenn sie in dieses Haus mit der besonderen Historie heimkam. Ottakring war da nüchterner. Er hielt den Stolz auf das Alter und die Herkunft des Hauses für übertrieben. Ein Haus war für ihn ein Gebrauchsgegenstand wie ein Fahrrad, ein Wasserkocher oder der Heizkessel im Keller, nur wertvoller. Einzig und allein sein orangefarbener Oldtimer-Porsche thronte erhaben über allem.

In diesem edlen Gerät fuhr der Kriminalrat mit Halbgas den letzten Hügel zu seinem Haus hinauf, der Kies knirschte in der Einfahrt, das Motorgeräusch erstarb. Langsam, den Schlüssel in der Faust, schritt er zum Eingang. Der Bewegungsmelder schaltete. Licht ging an.

»Hi!«

Alle Instinkte Ottakrings waren auf einmal hellwach.

»Hallo, Joe!«

Verwundert sah er zur Seite. Die Streitaxt ließ er im Gürtel stecken. Die Stimme kam aus dem Dunkel. Eindeutig Chilis Stimme. Er blieb stehen und spuckte aus.

»Kann ich dich kurz sprechen?«, fragte sie.

Ottakring wies zur Tür. Ein winziges Lächeln stand in seinen Mundwinkeln.

Wie eine Katze kam sie aus dem Dunkel.

»Zwei Fälle«, sagte sie, als sie drinnen waren.

Ottakring bot ihr ein Bier an. Sie lehnte ab, er selbst holte sich eines. Auf ihre Bemerkung hin nickte er. Er begann zu ahnen, was ihre Sorge war. Darauf nahm er einen Schluck.

»Der mit der Türkin und der Unruh-Fall«, nahm er ihr das Wort aus dem Mund.

Sie nickte.

Er sah das Weiß ihrer Augen im Halbdunkel des Wohnzimmers und war gespannt, was Chili von ihm wollte. Wer weiß, was den Frauen so im Kopf herumgeht. Er machte sich einen höllischen Spaß daraus, jede Mimik aus seiner Miene zu nehmen. Sie war so ausdrucksvoll wie ein Zahnradkranz.

Chili Toledo war verunsichert. Unter einer zerfurchten Stirn blickten ihre Mandelaugen hilfesuchend den früheren Chef an.

»Verdammt, das sind doch Fälle, die wir früher spielend gelöst haben«, sagte sie. »Aber im Moment geht bei uns gar nichts.«

Mei, wie schaute er sie an! Nichts, aber auch gar nichts war seiner Miene zu entnehmen. Früher, als sie zusammengearbeitet hatten und Joe noch nicht verheiratet war, waren sie fast wie ein Liebespaar gewesen. Jedenfalls hatte sie sich so gefühlt. Oder hatte sie es sich nur eingebildet?

Aus unbeteiligten Augen blickte er sie an. Seine Hand griff zum Bierglas.

»Wie viel hast du von dem Fall mit der ermordeten Türkin mitbekommen?«, fragte sie.

Nachdem er einen Schluck genommen hatte, setzte er das Glas ab. Erstmals glimmte etwas Interesse in seinen Augen auf.

»Nur was in der Zeitung stand«, antwortete er verhalten. »Zum Tagesgespräch unter den Menschen reicht der Fall wohl nicht aus.« Er räusperte sich. »Und im Präsidium hat man auch nicht grad eine Direktleitung zu mir aufgebaut. Also woher soll ich mehr wissen?«

Seit Tagen war Chili sämtlichen Fakten im Gülsüm-Fall verbissen nachgegangen, teils mit Rico Stahl, teils nur für sich allein. Sie und Rico waren überzeugt, dass der Mörder oder die Mörderin innerhalb der Familie zu suchen war. Den Vater hatten sie vernommen, den Onkel, Gülsüms Schwester Esther noch ein zweites und drittes Mal. Sie hatte alles überdacht – Aussagen, Fakten, Gesten, Blicke –, doch jedes Mal verklebte das negative Ergebnis ihre Motivation wie eine Staubschicht.

Steckt man einmal im Dreck, sinkt man immer tiefer, hatte sie sich voller Selbstmitleid eingeredet.

Deshalb war sie hergekommen, um Joe Ottakring, den alten Fuchs, in ein Gespräch zu verwickeln. Irgendetwas kam dabei immer heraus.

Sie schilderte ihm den Leichenfund auf dem Parkplatz der Papierfabrik und den Stand der Ermittlungen. Speziell ging sie auf die Personenbeziehungen ein. Damit konnte man Ottakring am leichtesten hellhörig machen.

Gülsüms beste Freundin Hanife, dann Gülsüms kleine Schwester Esther, der Onkel, bei dem Esther wohnte, Gülsüms Ehemann, der den Freitod gewählt hatte, schließlich der Deutsche Franz Mühlhofer, verheiratet und Geliebter Gülsüms.

»Und Glümsüm war also frech zu ihren Angehörigen?«, fasste Ottakring zusammen. »Der Schwester, die in Deutschland aufgewachsen ist, mag das ja wurscht gewesen sein. Aber für einen türkischen Vater und einen Onkel mit fundamentalistischen Grundprinzipien ist so was die Hölle. Diese Türken sind da ja ähnlich wie wir Oberbayern. Und wie Kalmücken, Eskimos und Indianer, vielleicht noch wie die Sizilianer. Die einzigen Bewahrer ursprünglicher Kultur auf der Erde, von Ehre und Ansehen der Familie. Kann ich nachempfinden. Wenn sich meine Nichte mir gegenüber so verhalten würde wie diese Sümglüm, wär ich auch sauer. Allerdings nicht mit dieser Auswirkung und Konsequenz.« Er schnippte mit den Fingern. »Wahrscheinlich nicht.«

Am liebsten hätte Chili einen Freudenschrei ausgestoßen. Joe war gedanklich eingestiegen! Nun musste sie das Beste daraus machen.

»Auswirkung?«, fragte sie betont naiv. Denn sie ahnte natürlich, was er meinte. »Was meinst du damit?«

»Ähäm«, machte Ottakring und lehnte sich zurück. Es fehlte nur mehr eine Tabakspfeife in seinem Mund. »Familienbande sind sehr eng in Anatolien. Wenn sie verletzt werden, können diese Menschen bis zum Äußersten gehen.«

»Du meinst also auch, dass es ein sogenannter Ehrenmord sein könnte?«

»Ähäm«, sagte Ottakring mit rauer Stimme und warf einen abwesenden Blick zur Decke. »Komm doch mal her und lass dir was ins Ohr flüstern.«

Chili staunte. Ihr Herz klopfte plötzlich schneller, als sie sich zu ihm auf die Sessellehne setzte. Es raste, und sie meinte, ihr Brustkasten müsste zerspringen, als sein Flüstern zu Ende war.

Verstohlen sah sie sich um. Sie kannte Ottakrings frühere Junggesellenwohnungen, doch in diesem Haus war sie noch nie gewesen. Die Innenausstattung zeigte, dass eine Frau am Werk war. Blaue Wollvorhänge, farblich passende Samtkissen, quadratische

Deckchen, ein Blumenstrauß neben dem Fernseher, der allerdings nach Wasser dürstete. Innerlich amüsierte sie sich.

Nicht gerade typisch für diesen Charakter, sich mit weiblichem Weihwasser besprenkeln zu lassen, dachte sie.

»Wie geht's deiner Mutter?«, fragte sie ihn unvermittelt.

»Tu nicht so scheinheilig«, gab er zurück. »Sie hat die Unruh nicht ermordet.«

Chili war aufgestanden, holte Wasser aus der Küche und verhalf den Blumen zur Auferstehung.

»Ja, aber wer dann?«, fragte sie. Sie wollte noch etwas sagen, doch er schüttelte den Kopf.

Sie fuhr sich mit gespreizten Fingern durchs dichte Haar und vermied es, die Ohrringe klingeln zu lassen. Rasend gern hätte sie seine Gedanken lesen können.

Ottakring seinerseits war in Gedanken schon wieder weit weg. Er ging noch einmal die Besetzungsliste des Wohnstifts Grandis durch. Mit der Moserin fing er an. Hätte er mehr von ihrem Leben gewusst oder auch nur geahnt, hätte er Chili Toledo vernünftiger beraten können.

***

»Mach auf. Mach endlich auf!«

Es war eine herrische Stimme, die durch die dünne Türwand drang. Eine Stimme in einem Ton, der keinen Widerstand duldete. Die Moserin war hin- und hergerissen. Sollte sie öffnen, sollte sie nicht?

Der Adlmayer kannte kein Pardon.

Bis sie die Erfahrung gemacht hatte, wie zärtlich er sein konnte.

Nun lagen sie jede Woche zwei-, dreimal in ihrem Bett, eng umschlungen, nackt. Der Adlmayer hatte einen wundervollen Körper. Sie konnte ihn spüren, wenn er sich von hinten an sie schmiegte oder sich von oben über ihr entfaltete. Er grunzte wie ein Schwein, der Adlmayer. Das mochte sie. Sie lag, wenn er die Decke hob und ins Bett schlüpfte, still und unbeteiligt da und wartete auf das, was kam.

Freilich, früher war sie ein scharfes Tier gewesen, aber das war lange her.

Danach hatte sie Jahrzehnte nichts gehabt. Nur die Eintönigkeit und das Scheißwetter auf der Grabmoosalm. Früher – ja, das war lange her. Kein Schwein wusste von diesem Früher. Und diejenigen, die es wussten, durften es nicht weitergeben, dafür musste sie sorgen.

Sie musste auch dafür sorgen, dass ihre Umgebung nichts von ihrer Beziehung zu Adlmayer erfuhr. Das musste still und heimlich geschehen. Sie hatte versucht, es auch ihm beizubringen. Selbst wenn er von Natur aus ein polternder und stürmischer Mensch war.

Über all die Jahre hatte die Moserin gelernt, die blitzartige Geschwindigkeit, mit der Privates und Intimes, mit der Trivialitäten durch die oberbayerische Provinz fegten, nicht zu unterschätzen.

Da konnten in einem afrikanischen Staat zwei Millionen Kinder an Hunger sterben oder anderswo Hunderte bei einem Terroranschlag massakriert werden, es würde kein Hahn danach krähen. Aber hier dieses Dings … äh, das Dings … das Haus, in dem sie lebten, war wie so eine oberbayerische Provinz.

Dass man sie, die alte Moserin, mit einem stämmigen Mann im Bett oder auf der Toilette oder auf dem Flur gesehen hatte – das wäre solch eine Nachricht, über die getuschelt oder offen geredet würde. Eine, die zu verbreiten und auszuschmücken sich lohnte. Eine, über die man sich das Maul zerreißen konnte. Eine Nachricht, bei der diejenigen, die sie hörten, eine vage lustvolle Regung, wahrscheinlich die einzige des Jahres, verspürten.

Die Annemirl hatte ihr heftige Vorwürfe deswegen gemacht. Wahrscheinlich, weil sie Angst um ihr Erbe hatte. Als ob sie, die Moserin, einem alten Catcher jemals die Grabmoosalm vermachen würde. Und die Unruh, diese blöde Kuh, hatte sie bei einem Kontrollgang beide im Bett erwischt.

Kein Wunder, dass sie es mitgekriegt hatte. Der Adlmayer hatte geschnauft wie ein Stier – die Unruh hatte die Tür aufgerissen, der Adlmayer das Bett zurückgeschlagen und – zack!

Der Feinfühligste war er ja eh nicht.

Dieses Kapitel war nun erledigt.

Die Dings … die Dings … die Unruh konnte nicht mehr reden.

Vielleicht war das Thema aber doch noch nicht ganz erledigt. Die Moserin konnte sich ein kleines Lächeln nicht verkneifen. Es war ja möglich, dass die Unruh diese Schwester … die Schwester mit dem langen Kleid informiert hatte. Da war sie sich nicht sicher. Und ebenso wenig konnte sie beurteilen, ob die Resi etwas wusste. Es hätte ja sein können, dass die Annemirl, bevor sie starb … Und die Resi vielleicht den … den … ihren Buben. Aber so weit wollte sie nicht gehen.

Wenn's nicht sein musste.

Sie wunderte sich, wie sie sich an manche Dinge erinnern konnte und an manche nicht.

»Ich möchte tanzen«, sagte sie zum Adlmayer.

»Tanzen?«

Sie nickte. »Tanzen.«

Die Moserin war alt. Aber sie hatte kein Doppelkinn, das beim Nicken wackelte. Das freute sie jedes Mal.

Deshalb nickte sie jetzt.

Ans Tanzen konnte sie sich zum Beispiel erinnern. Walzer. Foxtrott. Faststep. Jitterbug – nein, den hatte sie nie gekonnt.

Aber den langsamen Straßentango, den konnte sie hören, weit, weit weg. Auf einem alten Akkordeon. Den hatte sie am liebsten gemocht damals. Sie summte ihn. Zuerst leise, in der nächsten halben Minute lauter.

Er schien die Melodie zu kennen. Er fletschte die Zähne, was bei ihm ein Zeichen guter Laune war, und hörte zu, bis ihm kein Weg mehr blieb als der hin zur Moserin.

»Nicht, dass ich ein großer Tänzer wäre«, sagte er und sah sich um. »Aber wenn du Lust hast – ich zieh auch meine Schuhe aus. Ich denke, hier für dein Schlafzimmer wird's wohl reichen.«

Die Moserin errötete ein wenig.

»Ausgezeichnet. Ich tanze auch nicht gerade viel. Vor allem keinen Tango mehr. Früher, das kannst mir glauben, hab ich viel getanzt, und nicht nur an Silvester.«

Der Adlmayer fuhr sich über die Glatze, zog eine Grimasse, und sie bewegten sich aufeinander zu.

Die Moserin summte noch immer. Es war nicht unbedingt die Melodie, die sie meinte, denn die hatte sie längst vergessen. Aber ihr Summen klang beschwingt, brachte ihre dünnen Lippen zum Vibrieren und riss den Adlmayer mit.

»Sie hören das Wunschkonzert am Mittwochabend im Bayerischen Rundfunk«, sagte ein sanfter Bariton. »Wir haben nur einige Mitteilungen, dann sind wir wieder für sie da.«

Als der Adlmayer merkte, dass der Bariton aus dem Mund der Moserin kam, zerriss es ihn fast vor Lachen.

Sie legte einen Finger auf seine Lippen, und er gehorchte.

Sie taten, als tanzten sie, ihre Arme schlangen sich um seinen Hals. Begierde regte sich in ihren Körpern.

Dann riss er ihr die Kleider vom Leib – alles, mir nichts, dir nichts – und zog sie ins Bett. Sie fummelten aneinander herum und liebten einander eine Stunde, vielleicht auch länger, so lange eben, wie die Moserin danach dürstete.

Halblaute, leise, unverständliche Laute kamen aus ihrem Mund, als sie sich ihm entgegenbäumte.

Ein andermal legte sie sich einfach neben ihn, aber immer bewegte sich eine seiner Hände über ihren Körper. Sie vergrub ihr Gesicht an seinem Hals oder an seiner Affenbrust, ihre Haut an der seinen. Sie roch das offene Feuer auf der Grabmoosalm, sah das Vieh zum Fenster hereinschauen, sah sich selbst im schwarzen Mantel entlang gefrorener Wiesen auf den Wald zugehen, den … die … den Hund, nein, es war eine Hündin … die … die Dings … an ihrer Seite.

»Du tust doch alles für mich, gell?«, fragte sie ihn.

Er wirbelte herum und beugte sich auf Ellenbogen über sie.

»Ja, meine Herrin – alles!«

Dann lachte er lautlos.

Zum ersten Mal bemerkte sie Mundgeruch an ihm. Sie wandte sich zur Seite. Blickte aber noch einmal zurück, weil sie sich nicht sicher war, ob es ihm ernst war mit dem Allestun oder nicht.

Verschwörerisch nahm sie sein Gesicht in beide Hände und drückte zu. Übertrieben bäumte er sich auf.

Dann flüsterte sie ihm einige Sätze ins Ohr. Niemand außer ihm sollte es hören.

Er fuhr zurück, rollte sich zur Seite und nahm die Tür ins Visier.

»Klar«, sagte er entschieden. »Machen wir. Wann?«

Sie hatte nichts anderes erwartet. In Gedanken war sie noch immer auf ihrer Alm. Sie sah den … den Dings … Herrschaftszeiten, wieso fiel ihr der Name von ihrem … von … von dem Buben von der Resi nicht ein?

***

Ein ganz komisches Gefühl hatte der Seppe gehabt, seit er der Arabella begegnet war. Ein bisschen wie Feuer innen drin. Oder vielleicht täte Glut besser passen, überlegte er. Immer wenn er an die Bella dachte – eigentlich vom Aufwachen in der Früh bis zum Einschlafen am Abend, beim Essen, beim Strawanzen mit und ohne Sissi –, erschien ihr Bild vor ihm. Sie lächelte ihn in seinen Träumen an mit ihren strahlend weißen Zähnen und der Zahnlücke, sprach aber kein Wort mit ihm. Endlose Sekunden lang hielt sie lächelnd seine Hand in der ihren, und der Seppe war am Ende so aufgewühlt, dass er nicht mehr wusste, ob das, was er erlebt hatte, Wirklichkeit gewesen war oder nicht.

Er konnte auch nicht bestimmen, ob das, was er fühlte, der Bella zuzuschreiben war oder ob es Bauchweh war oder Schwitzen oder gar Fieber.

Auf jeden Fall war's schön.

Ganz anders, als wenn er an seine Mam dachte. Bei ihr wusste man nie so genau, ob man sich freuen sollte oder Angst haben musste.

Aber mit der Bella – jedenfalls hatte er so was noch nie erlebt.

Und jetzt lagerten sie zu viert in der Höhle – die Sissi und der Wolf Fell an Fell, und die Bella und er Rücken an Rücken. Er spürte ihre Wärme durch sein Hemd. Am liebsten hätte er hinter sich gegriffen und die Arme um sie geschlungen. Oder sich hingelegt und den Kopf in ihren Schoß gebettet.

Im diesigen Licht einer schon untergehenden Sonne schimmerte die kleine Wasserpfütze in der Höhle wie flüssiges Gold. Die Wände waren von einem durchsichtigen Blaugrau. Von der Decke tropfte alle Minuten ein dicker Tropfen und plumpste in die Pfütze. Der und all die anderen vor ihm hatten die Lache gebildet und dafür gesorgt, dass der Wolf immer etwas zu trinken hatte.

Das alles sah Arabella nicht. Sie hatte nur Augen für ihren neuen Freund, den Seppe. Und Ohren für ihn.

»Die Moserin, das ist meine … meine Uroma, woaßt scho. Also die Mutter von meiner Oma. Die Oma, die hoaßt Annemirl, und meine Mam, des is die Resi.«

Nach dieser Einführung des Grabmoosalm-Personals drehte sich die Bella um und hing von da an an Seppes Lippen. Er schilderte, wie der Mord an der Oma geschehen war. Vor allem horchte sie auf und wurde blass, als die Stelle kam, an der die Moserin das Gewehr hob und der Oma ins Gesicht schoss. Mitten durch den Mund.

»Und des Zeug aus ihrem Hirn is wie Kuhscheiße am Fenster und an der Wand runterglaffa.«

Der Bella wurde ganz anders.

Selbst der Wolf regte sich und rückte von der Sissi ab, als ob er die Geschichte verstanden hätte.

»Und glaubst du denn, dass die Moserin des mit Absicht gmacht hat?«, fragte Bella ungläubig mit zartem Stimmchen.

Jetzt fasste der Seppe Mut, ergriff Bellas kleine Hand und sah ihr tief in die Augen.

»Ja«, sagte er. »I glaub scho.«

Er legte eine Fingerspitze an die Nase und überlegte.

»Und die Mam hat nachher gsagt, dass die Moserin die Oma für den Wolf gehalten hat. Für den da«, fügte er hinzu und deutete auf den Grauen.

»Und warum hat sie wirklich gschossn? Hat die Moserin deine Oma ned gmocht?«

»Na«, flüsterte der Seppe leis, damit's kein anderer hören konnte. »I glaub, die Oma hat was gwusst, was sie ned hätt wissen sollen. Und jetzt, wo sie tot ist, kann sie's nimmer sagen.«

Draußen hämmerte der einzige Specht, den's weit und breit auf der Grabmoosalm gab, an einem Loch in seinem Baum, und die Sissi schnaufte tief ein und legte zufrieden den Kopf auf den Bauch vom Wolf.

Dritter Teil

EINS

Um fünf Uhr in der Früh hatte Rico Stahl es nicht mehr ausgehalten. Was war nur mit ihm los? Er kaute auf zwei Fällen herum, deren Lösung ihm früher nur ein müdes Lächeln entlockt hätte. Der Mörder – oder die Mörderin – von Gülsüm Hastemir hätte schon längst ermittelt werden müssen. Und diejenige Person zu finden, die die Heimleiterin umgebracht hatte, sollte auch kein Problem sein.

Doch er hatte es schon bald gemerkt – der neue Job als Mordchef in Rosenheim gab ermittlungstechnisch nicht mehr das her, worüber er vorher beim BKA verfügt hatte.

Funktionierte die Spurensicherung schlechter? Waren es die Mitarbeiter? Lag es daran, dass er kein Einzelkämpfer mehr war, sondern sich auf ein System – und damit auch auf die Bürokratie – verlassen musste? Standen ihm nicht genügend Mittel zur Verfügung? Waren die Methoden veraltet?

Er brauchte nicht lange nachzudenken – an all dem lag es nicht. Also musste er selbst der Grund dafür sein, dass die Presse anfing nachzufragen und der Präsident ihn zu sich zitiert hatte.

Allzu unruhig, zu nervös, zu rastlos, um zu schlafen, war er in seiner Wohnung hin und her gewandert. Er hatte die vier Fotos vom Glastisch im Wohnzimmer genommen und eingesteckt, die wie Feuer in seiner Tasche brannten, als er ziellos durch die leeren nächtlichen Straßen von Rosenheim schlenderte.

In diesen Minuten hatte er viele Gedanken gewälzt, alle gleich verworren, nebulös, gegensätzlich, ja blödsinnig. Er hielt in beiden Fällen den entscheidenden Durchbruch quasi in der Hand. Doch er kam nicht darauf, wie er ihn schaffen sollte.

Erst als er daheim sein Sakko auszog und auf einen Bügel hängte, merkte er, dass es unterwegs geregnet haben musste, ohne dass er davon etwas mitbekommen hatte. Er war bis auf das Hemd nass.

In der Montagszeitung hatte er von einem lange erfolglosen Fußballspieler gelesen, der sich nicht mehr rasieren wollte, bis er ein Tor geschossen hatte. Mit dem inzwischen langen Bart erkannte man ihn kaum wieder. Selbst von einem Rechtsanwalt hatte er gehört, der seiner gesamten Kanzleibelegschaft ein nobles Essen versprochen hatte, wenn er auch im nächsten Fall nach zehn gewonnenen den Sieg im Prozess davontragen würde.

Er nahm das als Ansporn.

Er hob das nasse Anzugsakko in die Höhe und schwor: Ich werde dich und andere Sakkos nie mehr tragen, bis beide Fälle gelöst sind. Um es dem Anzug gegenüber zu verdeutlichen, sprach er es aus: »Ich meine den Fall der toten Gülsüm und den Unruh-Fall.«

Das motivierte ihn.

Als Nächstes duschte er heiß, ging an den Kleiderschrank und suchte sich ein Hemd aus. Er wählte ein besonders schrilles in Magenta, der Farbe der Fuchsien und der Telekom.

Im Spiegel sah er sich ziemlich schräg grinsen. Was wohl die Mitarbeiter sagen würden, wenn er in diesem Aufzug vor ihnen erschiene? Was wohl Chili sagen würde? Und was Esther bei der nächsten Anhörung, die sehr bald folgen würde?

Die Fotos! Vor lauter verdeckter Eitelkeit hätte er um ein Haar die vier Fotos vergessen, die nun wieder auf dem Couchtisch lagen. Sie waren sämtlich privat. Links lag Franz Mühlhofer, Gülsüms Geliebter. Daneben Gülsüms Vater, dann ihr Onkel und schließlich an der rechten Tischkante Hakan Oben, der Mann ihrer Freundin.

Vom Deutschen existierte ein Ganzkörperbild. Er war ein hoch gewachsener Mann Mitte der Vierzig, trug ein Sakko zu einer teuren Jeans, hatte ein rundes, glatt rasiertes Gesicht mit Brille und lächelte still vor sich hin. Ein wenig glich er einem Handelsvertreter für Schweizer Uhren. Doch sein Gesicht war nicht das eines Mannes, der Termine mit Schmuckhändlern vereinbart und Uhren verkauft. Na ja, musste Rico denken, er verkauft ja auch keine Uhren, sondern produziert Klebstoff. Auch diese Tätigkeit prägt ein Gesicht.

Gülsüms Vater war in sitzender Position fotografiert worden. Er saß in sich zusammengesunken in einem Sessel mit Orientmuster und sah mit stumpfem Blick in die Kamera. Dunkler Teint, an den Seiten ergrautes Haar, sorgfältig gestutzter Oberlippenbart. Rico hatte Kenntnis, dass er achtundvierzig Jahre alt war. Doch dieser Mann sah aus wie achtundsechzig und schien offensichtlich am Ende seiner Kräfte zu sein. Er war der Typ Mann, der zwar zwanzig Jahre älter aussah, aber schon im Alter von sechs Jahren mit den gleichen Gesichtszügen herumgelaufen sein musste. Rico untersuchte die Rückseite des Fotos mit der Lupe, konnte aber nicht feststellen, ob die Aufnahme aus der Zeit vor Gülsüms Tod oder aus den Tagen danach stammte.

Der Onkel schien dem Vater zu ähneln. Doch hatte er im Gegensatz zu ihm ein ovales Gesicht mit einem starken Kinn, Haar und Schnauzbart waren dicht und dunkel. Er sah zufrieden aus.

Der Letzte der vier war Hakan Oben. Ihn und seine junge Frau Hanife hatte Rico zusammen mit Chili ausgiebig vernommen. Dabei hatte er ihn als kalt und abweisend eingestuft. Hier auf dem Foto wirkte er wie ein französischer Filmschauspieler, dessen Wirkung etwas ins Orientalische abgerutscht war. Das lag wohl an den schmalen Mondsichelaugen und dem Silberblick, den Rico live nicht bemerkt hatte.

Rico Stahl straffte seinen Körper und sah auf die glorreichen Vier hinab. Ein wenig kam er sich vor wie bei einer Zeugengegenüberstellung.

»Erkennen Sie den Täter wieder?«

Er betrachtete sich noch einmal kurz im Spiegel, strich das magentafarbene Hemd glatt und machte sich auf den Weg.

Esther Hastemir machte keine Anstalten, sich für seine Garderobe zu interessieren. Züchtig saß sie da, Gülsüms Schwester, Sonnenbrille im Haar, Lippenstift, Piercing in der Nase, Hände im Schoß gefaltet.

»Sie haben die letzte Nacht vor dem Tod Ihrer Schwester mit ihr zusammen verbracht«, stellte Rico fest. »Können Sie sich erinnern, was Gülsüm anhatte, als sie zu Bett ging?«

Esther nickte.

Sie war wirklich eine verdammt aufregende Frau. Wenn er beim Rosenheimer Herbstfest auf einer Bank neben ihr sitzen würde … Doch natürlich war sie zu jung und … sie war Zeugin in einem Mordfall, wahrscheinlich die wichtigste.

»Sie hatte wie immer einen Slip an und … ich glaube, einen weißen BH.«

Sie warf ihm einen Blick zu, vor dem er am liebsten geflüchtet wäre.

»Warum interessiert Sie das? Wäre es ihnen lieber, sie wäre ohne alles zu Bett gegangen?«

Rico musste schlucken. Er täuschte einen Hustenanfall vor und gab ihr ein Zeichen, weiterzusprechen.

»Was wollen Sie hören? Warum werden Sie rot, Herr Kommissar? Stellen Sie sich meine Schwester gerade nackt im Bett vor?« Eine kurze Sekunde lang hielt sie sich die Hand vor den Mund. »Da kann ich mich ja wohl selbst noch auf einiges gefasst machen.«

Wenn er die Lider geschlossen hätte, wäre in diesem Augenblick Claire vor seinem inneren Auge erschienen. Auch Claire, seine kleine Südfranzösin, hatte ihn oft auf diese Art zu necken gepflegt.

»Was erlauben Sie sich?«, wäre wohl in dieser Situation die Antwort eines bestimmten Kriminalrats gewesen, ging es Rico durch den Sinn. Doch der wäre gewiss nicht rot geworden.

»Haben Sie in der Wohnung beide ein eigenes Bett gehabt?«, fragte Rico zögernd. Er wusste, worauf er hinauswollte, und da gehörte dieses Fragespiel dazu.

»Hehehehehe«, lachte Esther leise und rückte die Brille im Haar zurecht. »Jetzt wird's aber heiß. Nein, hehehehehe, wir haben beide zusammen auf einem Klappbett geschlafen.«

»Mit einer Matratze, oder was?«

»Schaumstoffmatratze«, kam es gelassen aus Esthers hübschem Mund. Wie Scheinwerfer waren ihre Augen auf ihn geheftet.

»Können Sie sich noch erinnern, was Sie für Bettzeug benutzt hatten?«

Esther schien langsam zu begreifen, dass dieser Mann ihr nicht an die Wäsche wollte. Ihre weiteren Antworten erfolgten geordneter und weniger süffisant.

»Ja. Ich hatte ein weißes Laken drübergezogen. Für mich habe ich eine weiße Bettdecke benutzt, die von Gülsüm war gemustert. Sie mochte diese Decken mit Blumenmustern. Sie hat keine anderen genommen.«

»Kopfkissen?«, fragte Rico etwas schroff.

»Zwei«, erwiderte Ether ebenso knapp. »Ich ein weißes. Gülsüm … weiß ich nicht mehr.«

»Okay, vielen Dank, Frau Hastemir …«

»Hehehehehe. Esther, oder?«

»Na gut. Gerne, Esther. Hat Ihre Schwester in dieser Nacht gefroren? Slip und BH sind nicht gerade viel für eine Nacht bei knapp über Null. In dieser Nacht ist es kalt gewesen.«

Die junge Frau sah ihn aus großen Augen an. Um ihren Mund spielte ein Lächeln.

Die vollen roten Lippen fielen Rico erst jetzt auf. Vielleicht hatte er doch den falschen Beruf ergriffen? Als Benediktinermönch wäre er nicht solchen Skrupeln ausgesetzt. Er setzte sich kerzengerade hin und riss sich zusammen. Wie kam es, dass diese junge Frau so kurz nach dem grausamen Tod ihrer Schwester so cool, ja fast ausgelassen war?

»Ob Gülsüm gefroren hat, möchten Sie wissen? Ja, ich erinnere mich gut. Mitten in der Nacht war sie aufgestanden und hat sich ihren Bademantel angezogen. Mit dem legte sie sich dann wieder hin.«

»Mitten in der Nacht?«, fragte Rico, hellhörig geworden. »Können Sie sich an eine Uhrzeit erinnern?«

Esther zögerte keine Sekunde. »Ja, das war kurz nach Mitternacht. Ich weiß es so genau, weil ich … na ja, so halt.«

Rico hielt es für besser, nicht nachzufragen. Wenn es passte, wollte er die Frau nach ihrem Verhältnis zu ihrer Schwester fragen.

»Wo schlief denn eigentlich das Kind? Das Kind hatte sie doch sicher dabei, oder?«

»Das hatte ein eigenes Bettchen im Schlafzimmer.«

»Aha. Sagen Sie, trug Dömsül auch nachts ihren Schmuck? Oder hat sie den jedes Mal abgelegt?«

Ein ungehaltener Ausdruck legte sich über Esthers Miene.

»Gülsüm, bitte. Ist doch wohl nicht so schwer. Gülsüm. Und ja. Bestimmte Stücke legte sie nie ab.«

Rico griff nach einer kleinen Plastiktüte und schüttete den Inhalt auf den Tisch. Es waren vier Schmuckstücke, die bei Gülsüm gefunden worden waren. Bunt glitzernder Modeschmuck, nichts von Wert.

Im selben Augenblick wich alles Blut aus den Wangen der jungen Frau vor ihm. Sie zuckte sichtbar zusammen, ihre Augen füllten sich mit Tränen.

»Ja, das ist es, was sie ständig getragen hat … das war ihr … ihr …« Ihre Stimme erstickte unter Tränen.

»Ihr Schmuck?«, fragte Rico.

Sie nickte heftig und holte ein Päckchen Taschentücher aus ihrem Rucksack.

Rico Stahl erhob sich. Er tat es langsam, um die Zeugin nicht unnötig zu erschrecken.

»Fühlen Sie sich in der Lage, einige Gegenstände anzuschauen und zu identifizieren?«

Ihre Tränen waren echt. Die Trauer, die aus ihnen zu lesen war, ebenfalls.

Esther nickte und wischte sich mit dem Handrücken die letzten Tränen von den Augen. »Es geht schon wieder.«

»Kommen Sie«, sagte Rico. »Ich muss Ihnen etwas zeigen.«

Er führte sie in einen Nebenraum. Dort lagen ein blutbefleckter cremefarbener Bademantel, ein blutdurchtränktes Handtuch, blutbeschmiertes Bettzeug, ein Stück helle Auslegware, mehrere Matratzenteile und ein Stück gemusterter Plastikvorhang.

Rico hatte erwartet, dass die junge Frau zusammenbrach. Doch Esther zeigte sofort auf den geblümten Bettbezug.

»Kennen Sie den?«, fragte Rico.

»Ja, das ist die Zudecke von Gülsüm gewesen. Genau die. Das Kopfkissen?«

Sie war näher an die Sachen herangetreten, beugte sich darüber, berührte sie aber nicht.

»Weiß ich nicht mehr, welchen Bezug genau Gülsüm in dieser Nacht hatte. Der Bademantel gehört eindeutig meiner Schwester. Ich sehe es auch an dem Gürtel, der ist in der Mitte ausgefranst. Der Schaumstoff könnte von unserer Matratze stammen. Das Teppichzeug kenne ich nicht, auch nicht den Duschvorhang. Diese Teile gehören nicht zu uns.«

Rico Stahl schwieg. Er stand da in seinem Magentahemd, hatte die Hände in den Taschen seiner dunklen Hose vergraben und blickte nachdenklich auf Esther herab. Sie hatte sich seit Beginn ihres Gesprächs verändert. Von einer forschen, beinahe aggressiven Person zu einer nachdenklichen, kooperativen Zeugin.

Von einer Sekunde auf die andere änderte sich das erneut.

»Was haben Sie da eigentlich für ein Kitschhemd an?«, rief sie ihm übertrieben laut entgegen.

Er blickte ratlos an sich herunter. »Kitschhemd?«

»Na ja, Sie tragen doch sonst immer diese extracoolen Anzüge. Und Krawatten. Richtig spießig. So ein Kitschhemd ist echt krass für Sie, Herr Kommissar.«

Es folgte eine längere Pause, während der sie sich beide stillschweigend musterten. Rico sah der Frau an, dass sie nachdachte und über einer Lösung grübelte.

Dann sagte sie in traurigem Ton: »Ich will ehrlich zu Ihnen sein, denn Sie gefallen mir. Sie sind nicht so ein typischer Bulle.«

Sie streckte ihm die Hand hin.

Er nahm sie.

»Ich weiß nicht, wie ich mich verhalten soll«, sagte sie und entzog ihm die Hand wieder.

Rico kapierte sofort, was sie meinte. Sie befand sich in einem Zwiespalt. Auf der einen Seite wollte sie sich an der Aufklärung des Mordes an ihrer Schwester beteiligen. Auf der anderen wollte sie ungern ihre Familie belasten.

»Esther! Frau Hastemir! Sie wissen genau, wer Ihre Schwester getötet hat. Und auch, wo sie getötet wurde. Wahrscheinlich auch, warum.«

Ricos Ton war schärfer geworden. Er machte eine Pause.

»Sie müssen es mir sagen. Sonst machen Sie sich strafbar.«

Esther warf ihm einen verzweifelten Blick zu, der in privatem Umfeld sein Herz zum Schmelzen gebracht hätte. Am liebsten hätte er sie in den Arm genommen und getröstet. Ihm war bewusst, was in ihr vorgehen musste.

Sie breitete die Arme aus und senkte den Blick.

Rico kannte diese Geste von Mariendarstellungen in der Kirche.

»Ich kann Ihnen nicht sagen, was mit meiner Schwester geschehen ist und wer sie angeblich getötet hat. Ich kann es einfach nicht …«

Rico war viel zu erfahren, um zu glauben, dass Esther die Wahrheit gesprochen hatte. Sie stand unter erheblichem Druck und wusste selbstverständlich sehr viel mehr über die ganze schreckliche Geschichte, als sie ihm gegenüber preisgeben wollte.

Er versuchte es ein letztes Mal.

»Esther«, sagte er so eindringlich, wie es ihm unter den Umständen möglich war. »Denken Sie nach. Sie machen sich der Beihilfe schuldig, wenn Sie nicht die Wahrheit sagen. Es wird nicht mehr lange dauern, bis ich genügend Beweise habe, um den Mörder zu überführen. Und dann geht es vor Gericht. Sie werden schlecht aussehen. Zeugenaussage verweigert. Im Zweifelsfall die Unwahrheit gesagt. In einem Mordfall. Kommen Sie – sagen Sie mir, was Sie wissen!«

Esther war zu Boden gesunken und hatte die Arme um die Knie geschlungen. Tränen kullerten über ihre Wangen. Sie schüttelte den Kopf.

Er ließ ihr Zeit.

Wieder und wieder schüttelte sie den Kopf. Bis der Kopf vornüber sank und ihr Schluchzen in hemmungsloses Weinen überging.

Rico Stahl blickte auf die Uhr. Nicht erst nach diesem Gespräch war er sich sicher, wer der Täter war. Es konnte sich nur mehr um wenige Halbtage, vielleicht Stunden handeln, ihn zu überführen.

***

»Können Sie bestätigen, Frau Attl, dass Herr Mühlhofer Dienstagnacht hier in der Firma war?«

Frau Attl war die Personalchefin von Colatol. Chili Toledo befragte sie in deren spärlich bestücktem Büro, ohne den angebotenen Stuhl anzunehmen. Es würde nicht lange dauern. Entweder ja oder nein. Den Stand der Ermittlungen hatte sie der Personaldame quasi schon unter der Tür geschildert.

Zwei Frauen konnten nicht unterschiedlicher sein als Frau Attl und Chili. Die eine in einem zementgrauen, aus der Mode gekommenen Kostüm mit Jäckchen und Rock und einer Brille mit dicken dunklen Stegen. Die andere mit hautengen stonewashed Jeans, breitem Gürtel mit Silberschnalle und einem türkisfarbenen Top mit grün schillernden Pailletten um den Ausschnitt. Nicht zu vergessen die tellergroßen Ohrringe und die obligatorische Ray-Ban-Sonnenbrille im roten Haar.

Vor knapp zwei Jahren war bei Colatol ein Zeiterfassungssystem eingeführt worden, das die Anwesenheit des gesamten Personals bin hin zum Geschäftsführer kontrollierte. Das kam den Untersuchungen jetzt zugute.

»Ich war auf Ihre Frage vorbereitet. Ja, Herr Mühlhofer hatte Nachtschicht. Er ist am Dienstag um achtzehn Uhr sechsundvierzig gekommen und hat am Mittwoch um sechs Uhr siebenundfünfzig in der Früh das Gelände wieder verlassen. Es gab keine Unterbrechungen. Sehen Sie?«

Sie schob Chili den Ausdruck unter die Nase und wartete auf eine Reaktion.

»Über zwölf Stunden?«, fragte Chili mit hochgezogenen Augenbrauen. Maschinen lügen nicht.

»Über zwölf Stunden. Der Franz ist schließlich Produktionsleiter. Er verdient gut. Er fällt nicht unter die Tarifbestimmungen.«

Aha. So war das. Das sollten sie bei uns im Präsidium auch einführen. Wir fallen schließlich auch nicht unter die Tarifbestimmungen.

»Es ist also ausgeschlossen, dass Herr Mühlhofer zwischendurch mal Pause gemacht hat? Mit dem Auto eine Runde gedreht hat? Jemanden getroffen?«

Frau Attl nickte eifrig. »Ausgeschlossen. Unser System arbeitet hundertprozentig. Es hat sich vielfach bewährt.«

Aha. Chili strich sich unnötigerweise die Jeans am Po glatt und …

»Ach, da fällt mir zufällig ein, Frau Attl … am gleichen Tag, also am fünften des Monats, soll Gülsüm Hastemir hier bei Colatol angerufen und sich für ihr Fehlen entschuldigt haben. Grund war der Diebstahl ihrer Handtasche. Wird so etwas auch festgehalten?«

Wortlos drückte Frau Attl auf eine weiße Taste in einem ganzen Feld voll weißer Tasten vor ihr.

»Hallo, Herr Stuhlfauth, kommen Sie doch bitte kurz zu mir … Ja, jetzt. Sofort. Und bringen Sie die Tabelle für den fünften mit.«

Es ergab sich, dass Herr Stuhlfauth absolut sicher war und nachweisen konnte, dass Gülsüm Hastemir am Dienstag kurz vor sieben Uhr angerufen hatte. Er konnte sich sogar noch an den Grund erinnern, weil er in der Tat außergewöhnlich war.

»Gülsüm hat mir von einem Einbruch erzählt und auch etwas von einem entwendeten Pass geredet. Sie wollte deshalb zur Polizei gehen und gegen zehn Uhr wieder auf ihrer Arbeitsstelle erscheinen.«

Frau Attl schilderte Gülsüm Hastemir als pünktlich und zuverlässig. Und dass jemand anders sich für Gülsüm ausgegeben haben könnte, schloss Herr Stuhlfauth kategorisch aus.

»Die Stimm von der Gülsüm, die kenn i.«

***

Joe Ottakring hatte seine Kontakte nach Ankara spielen lassen. Und so war es nicht weiter verwunderlich, dass Chili Toledo als Erste erfuhr, dass Gülsüm nicht die leibliche Tochter ihres vermeintlichen Vaters war.

Mehmet Hastemir war 1964 in einem kurdischen Dorf in Ostanatolien geboren worden und wuchs als Mitglied einer Großfamilie nach fundamentalistischen Grundprinzipien auf. Er hatte sechs Brüder, die zum Großteil schon in Deutschland lebten und arbeiteten. Auch Mehmets Wunsch war es immer gewesen, später in diesem Land zu arbeiten, um für seine Familie sorgen zu können. Seine Ehefrau und die fünf Kinder blieben in der Türkei zurück.

»So weit zu Mehmet«, hieß es in der vom Türkischen ins Deutsche übersetzten E-Mail, die Ottakring kopiert und Chili zugespielt hatte.

»Gülsüms Mutter war in der Türkei bereits mit zwölf Jahren mit ihr schwanger gewesen. Ihr leiblicher Vater war Mehmet Hastemirs Bruder Cem Hastemir, der zunächst einige Zeit bei seiner vielköpfigen Familie in der Türkei geblieben war, bevor auch er nach Deutschland einreiste. Als eine von Mehmets Töchtern vor vielen Jahren starb, nahm Cems Tochter Türkan mit Billigung ihres Vaters die Stelle der Verstorbenen ein. Sie wurde zu Mehmet nach Deutschland geschickt, »weil sie es besser haben sollte.« Türkan hieß in Deutschland fortan Gülsüm und spielte ihre neue Rolle mit großem Geschick und Erfolg.

Mit dieser Überraschung wartete Chili beim nächsten Meeting im Präsidium auf.

Ottakring hatte ihr eingeschärft, die Quelle, aus der sie die Information hatte, nicht offenzulegen.

Was sich fast exakt zu dieser Stunde im Wohnstift Grandis abspielte, konnte keiner der Anwesenden auch nur im Entferntesten ahnen oder vermuten.

ZWEI

Beim Eingang zur geschlossenen Abteilung im Wohnstift Grandis handelte es sich um eine Schließtür mit Sicherheitsglas und Sicherheitsschloss. Wer keinen Schlüssel hatte, konnte nicht hinein und vor allem nicht heraus.

Der Moserin war dieser Umstand absolut bewusst. In der letzten Nacht – nach einem kurzen, heftigen Beischlaf – hatte sie das Problem mit Adlmayer besprochen.

Gemeinsam waren sie zu einer Lösung gekommen.

Der Adlmayer hatte ein – wie man so treffend sagt – bewegtes Leben hinter sich. Er war Franzose und stammte aus dem Elsass. Deshalb wäre sein Name korrekterweise auf der letzten Silbe betont worden: Adlma – yähr.

Doch hier war er nur der Adlmayer. Hier wurde bayerisch gesprochen.

Instabiles Elternhaus, Schulabbruch, Transportarbeiter beim Zirkus, mit dem er umherzog. Das war sein Leben, bis er vierzehn war. Schon damals besaß er den Körper, die Größe und die Kraft eines erwachsenen Gorillas. Mehr als ein halber Meter Bizepsumfang, ein Meter an den Oberschenkeln. Adlmayer sah früh schon wie ein Monster aus.

Er war neunzehn, als der Zirkus seine Zelte in Nürnberg aufschlug, und Adlmayer fuhr in einem Autoscooter im Kreis herum, als ihn der Leiter einer Catcherbude entdeckte.

»He, unser Zelt steht dahinten. Komm doch mal mit.«

Mitten in der Nacht trat er gegen den Star der Truppe, den Aserbaidschaner Zangilan, in den Ring. Am Ende der ersten Runde lag Zangilan – der in Wirklichkeit Josef Sauprügl hieß und aus Straubing stammte – mit dem Rücken auf der Matte. Innerhalb weniger Tage hatte die Catcherbude ein neues Vorzeigemodell: Adlmayer.

Sie tauften ihn I.K. Staatenlos.

Im besten Catcher-Alter, mit dreißig Jahren, wurde I.K. Staatenlos in die USA geholt und kämpfte in der World Wrestling Federation um mehrere Titel. Nach zehn Jahren war er fertig. In seinem letzten Fight im Madison Square Garden stürzte er außerhalb des Rings unglücklich auf den Rücken und wurde aussortiert.

Privat wie beruflich fiel er damals zuerst in ein tiefes Loch, doch kam er bald wieder auf die Beine, bevor es zu spät war. Zurück in Deutschland wurde Adlmayer Fotomodel für Nahrungsergänzungsmittel, Autoreifen und einen Erotikclub.

Einiges an Ersparnissen hatte sich angehäuft, und er konnte sich damit zunächst gut über Wasser halten. Bis sein Langzeitgedächtnis mehr und mehr schwand. Die Alzheimer-Krankheit begann seine Erinnerungen nach und nach brutal auszuradieren. Irgendwann wurde er tagsüber in der Innenstadt von Rosenheim aufgesammelt, als er ratlos vor einer Anwaltskanzlei stand.

Er wusste nicht, warum er davorstand, wusste nicht, warum er sich in Rosenheim aufhielt und wie er dort hingekommen war. Dem großen, stattlichen Mann, den er noch immer darstellte, fehlte so gut wie jeglicher Bezug zu seiner eigenen Vergangenheit. Dass er leidlich gut Englisch sprach und spärlich Bewegungen nachmachen konnte, die nur einer kennt, der aus dem Wrestling-Zirkus kommt, half ihm weiter. Mit seinem letzten Geld landete er im Grandis.

Dort lernte er die Moserin kennen und grub etwas aus, was bis dahin längst verschüttet gewesen war: seine Sexualität.

In diesem frühen Morgen wandte sich Adlmayer nach dem Sex der Betrachtung des Kühlschranks im Casino zu.

Früher hatte das Gerät in strahlendem Weiß geglänzt – aber das war lange her. Es war von einer dünnen Fettschicht ummantelt, was das Greifen schwierig gestalten sollte.

Der Flur, der zur Schließtür führte, lag wie immer im Halbdunkel.

Es roch nach Kaffee und Schuxn, dem oberbayerischen Nationalnachmittagsschmalzgebäck.

»Die Dings«, flüsterte ihm die Moserin zu. »Die Dings. Die Betreuerin.«

Überrascht legte Adlmayer eine Fingerkuppe an die Nase, überlegte kurz und nickte.

Auf Zehenspitzen schlich er hinaus und die paar Meter bis zur übernächsten Tür links. Sie war halb geöffnet und gehörte zum Büro der diensthabenden Betreuerin.

»Frau Wermuth«, so war auf dem Schildchen auf der rechten Brust der Betreuerin zu lesen. Frau Wermuth blätterte in der »Bunten«. Alles war ruhig.

Das tat sie am liebsten, wenn es ruhig war im Betrieb. Sich mit dem Seelen-, Innen- und Außenleben der Schönen und Reichen und Mächtigen zu beschäftigen. Das mochte sie. Oft bekam sie dabei Sehnsucht nach einem Mann. Ihr eigener war vor fünf Monaten abgehauen. Danach hatte sie keine Männer mehr angeschaut. Sie hatte die Faxen dick gehabt.

Aber ganz ohne Mann?

Sie hatte die Füße auf den kalten Heizkörper vor sich gelegt, sah aus dem Fenster und lächelte schmal. Links neben ihr an der kahlen weißen Wand das Bett, einen Meter zwanzig breit. Rechts neben ihr der Holztisch mit Spitzendecke aus dem Nachlass ihrer Mutter. Sie würde ihn bald waschen müssen wegen der Kaffeeflecken. Der Holzstuhl, auf dem sie saß, quietschte ein wenig beim Schaukeln.

Die Unruh.

Sie hatte die Unruh nie wirklich gemocht.

Eine berechnende Person, nur auf den eigenen Vorteil bedacht.

Aber sie deswegen umbringen? Nie! Sie glaubte auch nicht, dass die Unruh von jemandem aus dem eigenen Haus umgebracht worden war. Wer hätte es tun sollen? Es gab niemanden. Der Adlmayer vielleicht, der wäre brutal genug. Doch warum hätte er sie umbringen sollen?

Eine Spinne.

Frau Wermuth spürte, wie eine Spinne auf ihrem nackten Unterarm krabbelte. Es interessierte sie, wie die Spinne auf ihren Arm gekommen war. Nicht, wie sie die Spinne wieder loswerden könnte. Sie stellte den Unterarm senkrecht. Sie wollte sehen, ob die Spinne auch bergauf krabbelt.

Beim Betrachten wurde ihr Lächeln breiter.

Eine Sekunde später erlosch ihr Lächeln.

Es erstickte unter etwas Kaltem, das sich über ihren Mund legte.

Sie wollte schreien. Laut schreien. Aber es ging nicht.

Der Arm, an dem die Spinne kletterte, wurde mit dem anderen Arm zusammengebunden. Kurz danach die Beine.

Sie spürte fremde Hände, die fest zupackten.

Männerhände.

Ging es jetzt mit ihr auch zu Ende, so wie mit der Unruh?

Arme und Beine wurden mit dem Stuhl verbunden.

Sie konnte aus dem Fenster sehen, sonst aber sah sie nichts. Umzudrehen wagte sie sich nicht.

Dann war alles wieder ruhig.

Sie bekam mit, wie die Tür geschlossen wurde. Dann das Drehen des Schlüssels im Schloss der massiven Tür. Und dann undeutliche Geräusche. Stimmen, die sich bemühten, unhörbar zu sein.

Gott sei Dank, sie lebte noch.

Es hatte eine halbe Minute gedauert, bis der Adlmayer die Frau an den Stuhl gefesselt und ihr den Mund mit Tape zugeklebt hatte. Danach rieb er sich die Hände, betrachtete sein Kunstwerk noch einmal und schloss die Tür von außen ab.

Die Moserin war den Flur entlanggegangen und hatte lautlos die Türen der anderen Bewohner geschlossen. Im eigenen Zimmer, dem neben der Gretl Ottakring, stand ihr Rucksack bereit, in den sie die wichtigsten Utensilien gepackt hatte. Wirklich nur die wichtigsten, denn sie würde das Zeug eine Weile zu schleppen haben. Zahnbürste, Unterwäsche, Wasserflasche, solche Sachen. Und ihr Kopfkissen, darauf wollte sie nicht verzichten.

Mit Jeans statt ihrem Kaftankleid war sie hier im Grandis noch nie gesehen worden. Doch die hatte sie kurz entschlossen angezogen, sie waren für ihre Zwecke praktischer. Eine Bluse, ein Pulli und den Anorak für alle Fälle, das war's.

»Wollen wir?«, rief sie mit verhaltener Stimme.

Der Adlmayer hatte die letzten Minuten gespannt wie bei einem Titelkampf hinter dem Kühlschrank verharrt. Seine Glatze glänzte, und Schweiß drang ihm aus allen Poren. Die Augen leuchteten wie kleine Scheinwerfer.

Der Adlmayer fuhr sich mit den Fingerspitzen über die behaarte Brust unter der rot-weiß gestreiften Trainingsjacke und schnaufte tief durch. Dann ging er in die Kniebeuge und umfasste den Kühlschrank mit beiden Armen. Er reckte den mächtigen Körper, streckte die Knie durch – und wuchtete ächzend das Gerät in die Höhe. Mit einem gewaltigen Ruck beförderte er es in einem Schwung wie ein Gewichtheber nach oben. Selbst der superstarke Adlmayer wankte hin und her, bis er endgültigen Halt fand. Schweißgeruch drang durch seine Sportkleidung und füllte den Flur.

Die Moserin hielt beide Hände vor den Mund. Presste die Fingernägel in die Lippen, um nicht zu schreien. Mit weit aufgerissenen Augen starrte sie auf den Mann mit dem Kühlschrank. Würde er das Gewicht tragen können? Würde er ihn werfen wie ein Geschoss? Hätte Schwester Clara sie gesehen, sie wäre in Ohnmacht gefallen.

Fasziniert betrachtete sie einen Moment lang die alte Narbe an seinem Arm. Die Wunde musste von seinen Kämpfen stammen. Sie war irgendwann verheilt, aber die Narbe war gewachsen, Sprosse für Sprosse, wie eine ausziehbare Feuerleiter.

Der Adlmayer stand wie eine Statue. Seine Nackenmuskeln waren kurz davor zu platzen. Er wankte nicht, auch das Zittern seiner Arme war vorüber. Verschmitzt wie ein kleiner Bub bei einem lustigen Streich schaute er die Moserin an, stieß einen monströsen Schrei aus, nahm Anlauf – und rannte polternd auf die verschlossene Eingangstür zu.

»Uuuuuuuuuuuuuuuuuuuuuuaaaaaaaaaaaaaaaaahhhhh!«

Im letzten Augenblick neigte sich der Kühlschrank vor Adlmayers Brust nach vorn. Im Sinken schlug er in Schräglage mit der Oberkante voran auf dem Eingangsportal auf. Es gab ein höllisch lautes Knirschen und Scheppern.

Die Moserin schrie auf.

Holz zerriss, Glas splitterte in kleine und winzige Schnitzel und Fetzen.

Wie das weit aufgesperrte schwarze Maul eines Urwelttiers hatte sich ein gigantisches Loch geöffnet.

Der Adlmayer kreischte vor Triumph und zeigte den aufgerichteten Mittelfinger.

»Da hast du's, du Schlampe! Nie hast du mir geglaubt!«

Bei jedem Wort spuckte er Blut und Speichel auf den Boden. Weiße Wolken schienen aus seinem Mund zu kommen.

Die Moserin röhrte auf. Lachend, schluchzend, zähneklappernd klemmte sie die Daumen unter die Rucksackträger, kletterte durch das Loch und erreichte die andere Seite der geschlossenen Abteilung.

»Verschwinde!«, schrie der Adlmayer. »Verschwinde, du verrücktes Weib!«

Die Moserin drehte sich ein letztes Mal um. Dabei rammte sie mit dem Rucksack unabsichtlich einen Feuerlöscher von der Wand, der laut polternd hinter ihr her die Stufen hinunterkullerte. Am übernächsten Absatz löste er sich selbst aus und versprühte zischend dichte Wolken schneeweißen Löschpulvers.

Mit verzückter Miene hielt die Moserin kurz inne.

»Danke, Adlmayer, danke«, rief sie durch den Nebel nach oben. Und noch einmal »Danke«. Dann fuhr sie sich durchs borstige Haar und hastete mit einer Hand am Geländer die Treppe hinunter.

Im Erdgeschoss machte sie halt. Dort war es düster wie immer. Es roch nach Reinigungsmitteln. Sollte sie sich von der Gretl verabschieden? Nur – jetzt noch einmal hinauf? Sie verwarf den Gedanken.

Dass Schwester Clara durch den grauenhaften Lärm alarmiert worden war und an ihrem Arbeitsplatz bereits am Telefon hing, hatte die Moserin nicht vorausgesehen, bekam es auch nicht mehr mit. Sie trippelte so schnell sie konnte durch die offene Tür und durch den Garten hinaus auf die Straße.

Und schrak zurück.

Autos rasten, Omnibusse hupten, Fahrräder zogen in Scharen vorbei – der Straßenlärm und der Gestank brachten sie halb um. Auf der Grabmoosalm gab es so etwas nicht.

Die Moserin mit ihrem Rucksack auf dem Rücken geriet in Panik.

Wie sollte sie je die Straße überqueren? Und was bedeutete dieses grüne Licht in einem runden Glas auf einem grauen Pfahl da drüben?

Für zehn Sekunden zögerte sie … wollte umkehren … ab ins friedliche Dings … ins Dings … ins …

Nein! Sie musste ihr Werk vollenden.

Wegen des verrücktspielenden Feuerlöschers auf der Treppe zur Geschlossenen ließ Schwester Clara zuerst die Feuerwehr anrücken.

Dann verständigte sie den Notarzt, weil Herr Adlmayer sich an der Hand verletzt hatte und kiloweise Löschpulver geschluckt hatte. Er lag mit verdrehten Augen hinter dem zerstörten Eingang auf dem Boden und hechelte.

Frau Wermuth hatte angerufen und etwas ins Telefon geschrien, was klang wie »Überfall«, »befreit« und »Fesseln gelöst«.

Schwester Clara hastete nach oben und sah die ganze Bescherung.

Total verängstigte Bewohner und eine noch verängstigtere Betreuerin, die Clara erst zu Gesicht bekam, nachdem sie die Tür aufgeschlossen hatte.

Frau Wermuth hatte sich mit einer Hand befreien können, das Tape um ihren Mund gelöst und zum Telefon gegriffen.

Schwester Clara wollte die Polizeiinspektion verständigen. Die Nummer war programmiert.

Mit einem Rest von Klarheit kombinierte die Schwester, dass die Geschehnisse mit dem Mord in Zusammenhang stehen könnten. Also zog sie die Karte aus der Ablage, die ihr der freundliche ältere Herr in die Hand gedrückt hatte.

»Josef Ottakring, Kriminalrat a. D.«, stand auf der Karte. Sie rief ihn an.

»Sie müssen die Polizei verständigen«, antwortete der freundliche Herr Ottakring.

»Sie sind doch …«

»Nein, das war einmal. Bin ich nicht mehr. Sie müssen die Polizei verständigen. Am besten gleich die Kripo.«

Er gab ihr Nummer und Namen. Chili Toledo, Kriminalhauptkommissarin.

So kam es, dass auf die Minute genau Feuerwehr, Notarzt, Polizei, der Schreiner, der Glaser, Chili Toledo von der Kripo Rosenheim, die Spurensicherung und Joe Ottakring gleichzeitig im Wohnstift Grandis eintrafen und sich gegenseitig behinderten. Alle hatten sie auf derselben Etage zu tun.

Daneben hatte Schwester Clara sämtliche verfügbaren Pfleger (m/w) auf die Station beordert. Sie sollten für Ruhe sorgen.

Auch sonst gestalteten sich die Ermittlungen schwierig.

Als Erster stellte Joe Ottakring, der sich sofort um seine Mutter kümmerte, fest, dass das Nachbarzimmer leer war.

»Die Moserin fehlt. Hat irgendwer die Moserin gesehen?«

Auch eine Hausdurchsuchung brachte nichts ein. Die Moserin blieb verschwunden.

Frau Wermuth konnte nichts beitragen. Überfallen, gefesselt, verklebt. Aus. Keine Ahnung, wer.

Während Schreiner und Glaser die Schließtür notdürftig instand setzten, wurde Herr Adlmayer vom Notarzt versorgt und nebenbei von Chili Toledo vernommen.

Ihre Meinung war von der ersten Minute an eindeutig.

»Der Catcher hat mit dem Kühlschrank den Eingang eingeschmissen, und die Moserin ist geflüchtet.«

Das aber musste erst bewiesen werden. Vor allem fehlte ein Motiv für die Tat.

»Was, das soll ich gemacht haben? Den Kühlschrank durch die Tür geschmissen?« Der Adlmayer lachte Chili treuherzig an. »Können tät ich's ja. Aber …«

»Und woher stammt dann Ihre Verletzung?«

»Ja, das frag ich mich auch. Wer sind Sie überhaupt, dass Sie mir solche Fragen stellen?«

Es hatte keinen Zweck. Der Adlmayer wusste nichts. Gar nichts. Er konnte sich an nichts erinnern. Nicht, dass er die Betreuerin überfallen und gefesselt hatte. Nicht, dass er den Kühlschrank …

»Die Moserin? Ob ich weiß, wo die ist? Keine Ahnung. Vorhin war sie noch da.«

Ratlos schaute Chili den Kriminalrat an.

»Hast du so etwas in deiner Laufbahn schon mal erlebt?«

Versonnen schüttelte Ottakring den Kopf.

»Hübsch«, sagte er knapp.

»Was, hübsch. Was meinst du?«

»Na, hübsch, die neuen Ohrringe.«

Tatsächlich hatte sich Chili am vergangenen Wochenende im Klosterladen auf der Fraueninsel selbst neue Ohrringe geschenkt. Große goldene Kreuze an einem dünnen Kettchen, über zehn Zentimeter lang. Fröhlich schwebten sie über ihrer Schulter.

Es half auch nichts, dass die Spusi zuhauf Abdrücke von Adlmayers Pranken und seine Prints am Kühlschrank fand. Die Ermittlungslage blieb verworren.

Jetzt, da die Geschlossene eh vorübergehend zu einer Offenen geworden war, beschloss Joe Ottakring, seine Mutter ein wenig auszuführen. Sie setzten sich auf eine Bank im verwilderten Garten, abseits vom Geschehen.

»Mama, hast du den Krach nicht gehört?«

»Nein. Welchen Krach?«

Gretl Ottakring in einem von Flecken gezeichneten Kunstseidenkleid hatte ihre Augen auf den leeren Farbeimer gerichtet, der umgekippt wenige Meter von der Bank entfernt einsam neben der verdorrenden Thujenhecke lag.

»Meinst du den?«, fragte sie.

»Wie – den?«

»Na, den Krach eben.«

Ottakring stand auf und kniete sich neben den Eimer. »Meinst du den?«, fragte er ebenfalls. »Was ist das denn?«

Sie musste nicht lange überlegen. »Na, ein Krach eben. Ein weißer Krach.«

Ja mei. Gretl Ottakrings Sohn wusste nicht, ob er traurig sein sollte oder nicht. Er beschloss, seiner Mutter ein paar Fragen zu stellen.

»Welches Auto fahre ich?«

»Wie, welches Auto? Sie haben zuerst einen Roller bekommen. Und den haben Sie zu Schrott gefahren.«

Das stimmte. Da war er achtzehn gewesen. Wenigstens schien sie ihn als ihren Sohn anzuerkennen.

»Wie heißt das Haus, in dem du wohnst, Mama?«

Sie musste kurz überlegen. Dann begannen ihre Augen zu funkeln.

»Nummer zweiunddreißig«, sagte sie stolz.
Auch das war korrekt.
Hufschmiedstraße 32 war ihre frühere Adresse gewesen, als er noch bei ihr wohnte. Das hatte sie also noch drauf. Ereignisse und Tatsachen von damals.
Er machte einen letzten Versuch.
»Ist die Moserin eine Mörderin?«, fragte er sie zum x-ten Mal.
Ihre Augen waren ohne Verständnis. »Wieso?«, fragte sie. »Die Moserin? Wieso?«
Mehr war ihr nicht zu entlocken.
Er wollte es mit Bildern versuchen.
»Komm, lass uns wieder raufgehen.« Er nahm ihren Arm.
Sie stützte sich ab und trippelte neben ihm her.
Sie nahmen den Lift.
Er lud seine Mutter in ihrem Zimmer ab, ließ die Tür offen stehen und sah sich draußen um.
Die Flügeltür war provisorisch installiert.
Chili saß mit dem Adlmayer und der Betreuerin im Casino.
Schwester Clara machte Anstalten, sich mit ihm ihre Sorgen teilen zu wollen. Für ihn ein willkommener Anlass, sich wieder seiner Mutter zuzuwenden und die Tür zu schließen.
Bilder. Fotos!
Fotos, die sie in die Vergangenheit zurückführten.
Während er im Zimmer nach den Fotos suchte, die er ihr im Lauf der Zeit mitgebracht hatte, hörte er es draußen weiter rumoren. Die Handwerker taten ihre Arbeit.
Er stieg hinauf und klappte die oberen Türen des Wandschranks auf. Er konnte sich erinnern, dass sie die Fotos einmal von dort geholt hatte.
»Mutter! Mama. Was sind das für Aktenordner?«
Keine Reaktion.
Es waren drei dicke Ordner, eine schwere Pappschachtel und Schwarz-Weiß-Fotos im DIN-A4-Format in Klarsichthüllen, die er sämtlich nach unten wuchtete und vor seiner Mutter auf dem Tisch ausbreitete.
Das oberste Foto starrte ihn an.
Es war die Porträtaufnahme einer jungen Frau. Gerade Nase,

ovales, symmetrisches Gesicht, umrahmt von einer Bubikopf-Frisur. Was auffiel, waren das eckige Kinn und die frischen Wangen.

Ein morbider Glanz umgab diese Frau.

Das Foto zeigte mit Sicherheit nicht Gretl Ottakring.

»Mama, wer ist das? Woher hast du diese Fotos? Und die Ordner?«

Jetzt erst bemerkte er, dass Tränen in ihren Augen standen. Der Vorgang musste sie berühren.

»Mama, du weißt es. Du kennst diese Person.«

Er hatte die Bilder aus der Folie genommen und fächerte sie wie ein Kartenspiel auf. Es waren neun. Fotos im Porträt und solche in verschiedenen Posen.

Etwas an den Zügen im Gesicht dieser Frau kam ihm vertraut vor.

»Wenn du mich jetzt belügst oder nichts dazu sagst, stehe ich auf und gehe – und komme erst morgen wieder zurück. Und die Sachen hier nehm ich mit!«

Die Reaktion, die er mit seinen Worten hervorrief, überstieg seine Erwartungen. Er schien einen Nerv getroffen zu haben.

Gretl Ottakring war ruckartig aufgesprungen. Wieder mit dieser Elastizität, die er ihr niemals zugetraut hätte.

»Tu meiner Freundin nichts!«, schrie sie mit hochrotem Kopf.

Er ließ sie kommen. Währenddessen schlug er einen der Ordner auf.

Ihre Freundin?

Der Ordner war auf der Innenseite beschriftet mit »Cilly Moser«.

Er kramte seine Lesebrille hervor.

Von draußen kroch das Tageslicht herein wie kalter Schaum und erhellte den Raum.

Cilly Moser. Ihre Freundin.

Er nahm den aufgeschlagenen Ordner in die eine Hand und ein Porträtfoto in die andere. Damit stellte er sich vor seine Mutter hin.

»Mama! Cilly Moser. Ist das die Moserin?«

Gretl Ottakring verdrehte die Augen.

Ottakring befürchtete schon eine Ohnmacht.

Doch in einer verzweifelten Geste schlug sie beide Hände vors Gesicht und – nickte! Sie hörte nicht mehr auf zu nicken.

Ottakrings polizeilicher Instinkt meldete sich. Rote Lichter blinkten überall. Er spürte, dass er auf eine wichtige Sache gestoßen war.

Er musste nicht lange blättern, um festzustellen, dass Cilly Moser eine bekannte Bühnenschauspielerin von beachtlicher Bedeutung und mit schillernder Vergangenheit gewesen war.

Mit einem Schlag fügte sich in seinem Kopf vieles zusammen.

Warum deponierte sie diese Dokumente im Zimmer seiner Mutter? Ihr eigenes Zimmer war wegen des Unruh-Mordes durchsucht worden. Diese Überlegung erforderte einen gesunden Geist. War die Moserin gar nicht krank? Und wenn doch, in welchem Ausmaß?

Die Frau hatte ein Geheimnis und wollte es bewahren. Dazu unternahm sie die ausgefallensten Schritte. Womöglich sogar einen Mord?

Und nun war sie geflohen.

Wer hatte die Schließtür …?

Sein Eindruck rundete sich mit rasender Geschwindigkeit mehr und mehr ab. In Sekundenschnelle reifte das Puzzle zum fertigen Bild.

Die Moserin! Da schau her!

Er musste Chili verständigen.

Zwanzig Meter weiter, im Gemeinschaftsraum, war sie mit der Aufklärung der Sachbeschädigung einer Eingangstür im Altersheim beschäftigt. Sie vernahm einen dementen früheren Catcher.

Hier aber wäre sie in der Lage, einen Mord aufzuklären.

Im Handumdrehen.

DREI

Die Moserin.

Wann würde sie je zur Ruhe kommen?

Der schwere Rucksack störte sie. Der Lärm störte sie. Überhaupt die ganze Stadt störte sie.

Sie brauchte Stunden, um diesen Störungen zu entgehen. Sie kam an der Papierfabrik vorbei, begann, die Serpentinen Richtung Grabmoosalm hinaufzusteigen, dann war sie im Wald. Allein mit ihrem Rucksack. Das gefiel ihr. Das verschaffte ihr ein wenig Mut in all ihrer Angst und ihrem Verlorensein. Brachte sie zurück zu den intensiven Gedanken, die sie schon im Grandis gehabt hatte.

Im Dings.

Während einer kurzen Pause setzte sie sich auf einen Baumstamm und beobachtete die Ameisen in einem Haufen nicht weit von dem Baumstamm.

Ein irres Gewusel.

Sie hatte ein Gefühl, als ob sie fiele. Sie atmete und brachte dabei ein schneidendes, pfeifendes Geräusch heraus. Verursacht durch den dünnen Luftstrom, der sich durch ihre angstvoll verengte Kehle zwängte. Sie starrte geradeaus und sah hinter einem verschwommenen Regenbogen die Dinge, die auf sie zukommen würden.

Die Dinge, die gerade hinter ihr lagen, hatte sie größtenteils abgelegt. Sie konnte sich noch schwach erinnern, dass sie dem Hotel Dings, wo sie gewohnt hatte, entkommen war. Auch der Name Adlmayer sagte ihr etwas, wenn sie darüber nachdachte. Dass er es gewesen war, der ihr ziemlich radikal zur Flucht verholfen hatte, das ruhte nur mehr schemenhaft in ihrem Kopf.

Was aber glasklar wie ein Film vor ihr geistiges Auge trat, war ihre fernere Vergangenheit.

Sie war jung und sie war schön und sie war berühmt. Auf allen Bühnen in Wien, Zürich und Bern war sie aufgetreten, sogar zweimal in Hamburg und einmal in Amsterdam. Angefangen hatte alles mit der Bauernbühne in Fischbachau, wo ihre Mutter sie hatte spielen lassen.

Danach hätte Schluss sein sollen mit der Schauspielerei. Wenn es nach ihrer Mutter gegangen wäre.

»Nein, Cilly, du bist die Älteste. Du übernimmst die Alm.«

»Wenn i aber ned mog?«

Dann hatten sich beide angeschaut, die Mam und ihre aufsässige Tochter, und die Mutter hatte den Kopf geschüttelt. »Du tust, was ich dir sag.«

Am nächsten Tag war sie weg gewesen. Abgehauen. Verschwunden.

Sie ließ den Kontakt zur Heimat abbrechen. Setzte sich ins Ausland ab, wo sie ihre Erfolge feierte.

Ihre Mutter erfuhr davon nichts. Natürlich war der Name Cilly Moser ab und zu auch im Feuilleton der »Süddeutschen« zu finden. Doch auf der Grabmoosalm gab's keine Süddeutsche und selbst wenn – niemand hätte je den Kulturteil aufgeschlagen.

Nur zwei Freunde von damals wussten Bescheid. Sie hatten Cilly in die Hand versprechen müssen, dass sie ihr Geheimnis strikt für sich behielten. Das taten sie. Diese Freunde waren es auch, über die sie erfuhr, dass ihre nächstjüngere Schwester, die Eugenie, die Alm übernommen hatte.

Na gut, ihr sollte es recht sein.

Cilly Moser spielte klassische Rollen am Theater, am liebsten aber war ihr die Komödie. Cilly war groß und schlank und verfügte über eine ausdrucksstarke Mimik. Die Fähigkeit zur Improvisation und ihre Schlagfertigkeit taten ein Übriges, um sie überaus beliebt zu machen.

Die Männerwelt lag ihr zu Füßen. Sie hätte einfach zuzugreifen brauchen. Doch Cilly Moser war zurückhaltend. Zwar wechselte sie die Liebhaber, doch nicht sehr häufig.

Als Jahre später die Eugenie beim Rückwärtsfahren mit dem Traktor einen Hang hinunterstürzte und sich das Genick brach, durfte die große Schwester dem Ruf der Mutter nicht länger widerstehen.

Ausschlaggebend für ihre positive Entscheidung war jedoch ihr

Töchterchen, die Annemirl. Als Schauspielerin bist du nur dürftig in der Lage, alleinerziehende Mutter zu spielen.

Jeden Abend eine Aufführung, tagsüber die Proben und andere Pflichten. Ständig das Kind und die Sorge um das Kind im Schlepptau.

Sodass die Vorstellung, die kleine Annemirl auf der Grabmoosalm aufwachsen zu lassen, zunächst nicht abwegig war und mit der Zeit immer attraktiver wurde.

Die Annemirl war damals elf, Cilly Moser Ende dreißig, als sie dem Druck ihrer Mutter und ein bisschen der eigenen Überzeugung nachgab. Sie übernahm die Grabmoosalm und wurde damit zur »Moserin«. Die Tradition wurde gewahrt, der Betrieb ging nicht in andere Hände.

Doch sie lebte weiter in ihrer eigenen Tradition. Sie verfolgte das Theatergeschehen in Wien und in Zürich. Die Schauspielerei wollte sie nicht aufgeben.

Manche Gäste schätzten es, manche weniger, wenn plötzlich vor ihren Augen die Moserin, mit vier Maßkrügen in den Händen, einen stummen Schrei intonierte. Oder verkleidet als zerfurchte Hexe durch den Biergarten humpelte.

Sie ließ sich nicht beirren. Auf Sparflamme ließ sich die geliebte Schauspielerei auch in ihrer neuen Rolle beibehalten.

Niemand erfuhr je ein Sterbenswörtchen darüber, dass die Moserin von der Grabmoosalm einst eine gefeierte Bühnenschauspielerin war. Darauf legte sie Wert. Auch die beiden alten Freunde hatten dichtgehalten.

Die Mutter starb.

Das Geschäft florierte.

Die Annemirl kriegte ein Kind, die Resi.

Die Moserin mochte die Resi und schenkte ihr einen Hund.

Als der Hund starb, kriegte auch die Resi ein Kind, den Seppe.

Auch ihn versorgte die Moserin mit einem Hund. Sie taufte ihn Sissi. »Damit der Seppe ned so alloa is.«

Bis die Sache mit dem Alzheimer kam.

Am zweiten Weihnachtsfeiertag um halb fünf in der Früh war die Moserin leise aufgestanden. War aus ihrem Schlafzimmer geschlichen und barfuß im Schlafanzug die Holztreppe hinuntergegangen. Die drittletzte Stufe ließ sie aus, denn die quietschte seit Jahren. Unten ging sie an die Kommode, in der sie ihre Arbeitsklamotten aufbewahrte. Sie zog sich über jeden Fuß zwei Socken, denn sie wusste, dass es draußen saukalt war. Über den Schlafanzug streifte sie ihre blaue Feldjacke, die sie immer zum Kartoffelklauben anzog. Dann setzte sie die gestrickte Wollmütze vom Seppe auf, die passte wie angegossen und hielt die Kälte ab.

Draußen war es ziemlich hell. So hell, wie es bei Halbmond in einer sternklaren Winternacht ist.

In dieser Helligkeit schnappte sie sich ihr Fahrrad aus dem Stadel. Zum Kartoffelklauben fuhr sie immer mit dem Fahrrad.

Ihre nackten Finger froren fast am blanken Stahl der Lenkstange fest. Sie kramte in der Jackentasche und war froh, dass sie ein Paar Arbeitshandschuhe fand. Einer hatte an der Spitze des Mittelfingers ein Loch.

Sie gab sich große Mühe, das Fahrrad zu besteigen und loszufahren. Doch es war seltsam. Sie schaffte es nicht. Sie blieb mit dem Vorderreifen bei jedem Versuch im Schnee stecken. Komisch, dachte sie, es hatte doch früher nie geschneit bei der Kartoffelernte. Wollte man sie hereinlegen?

Na gut, dann blieb ihr nichts anderes übrig, als das Fahrrad zu schieben.

Das tat sie. Sie schob es neben sich her. Die Wiese auf dem Weg zum Acker war tief verschneit. Das ist gut, dachte sie. Der Schnee schluckt jedes Geräusch. Sie werden nicht merken, dass ich weg bin.

Sie schob das Fahrrad bis zu der Stelle, wo die erste Ruhebank stehen musste, die der Fremdenverkehrsverein kurz vor Rehwiesen aufgestellt hatte. Nur – die Bank war weg! Wer hatte die Bank abmontiert? Nur eine Riesenschneewand war da, wo sonst die Bank gestanden hatte. Sie lehnte das Fahrrad kurz gegen die Schneewand. Im selben Augenblick sackte das Radl in den flockigen Pulverschnee ein, und ein Stück der Bank kam zum Vorschein.

Sie schüttelte den Kopf und versuchte, den Trick zu durchschauen. Mit bloßen Händen schob sie den Schnee zur Seite. Darunter kam mehr und mehr die Bank zum Vorschein, die früher da gestanden hatte.

Man wollte sie ausschmieren. Eindeutig.

Sie hatten die Bank unter Schnee versteckt.

Das brachte sie zum Lachen.

»Hehehe. Mich ausschmieren wollen!«

Nun, da die Bank schon einmal da war, konnte sie sich auch hinsetzen und ein bisschen ausruhen. Kräfte für später sammeln. Kartoffelklauben ist anstrengend.

Die Resi fand die Großmutter kurz nach sechs neben ihrem Fahrrad. Die Moserin hatte sich auf die Bank gelegt, die der Fremdenverkehrsverein im vergangenen Jahr kurz vor Rehwiesen hingestellt hatte. Es hatte leicht geschneit, und eine dünne Decke aus Schnee hatte sich über die Großmutter gelegt.

Das war ihr Glück, meinte der Doktor.

Zwar war die Spitze des linken Mittelfingers erfroren, und sie hatte sich eine Blasenentzündung geholt. Aber abgesehen davon war sie erstaunlich unversehrt.

»Wieso bist du mitten in der Nacht mit dem Fahrrad aussi?«, schimpfte die Annemirl. »So was Saublödes. Was hast denn gwollt da draußen im Schnee!«

Das wusste die Moserin selbst nicht mehr. Sie wunderte sich auch.

Doch eines war klar. Die Annemirl, des is a ganz Böse. Sie so zu beschimpfen!

Nicht mehr lang, dann würde sie ihr das böse Maul stopfen!

Die Moserin erhob sich von dem Baumstamm, von dem aus sie eine halbe Stunde lang die Ameisen beobachtet hatte. Sie lupfte den Rucksack und schwang ihn auf den Rücken. Hunger hatte sie nicht, der Rucksack blieb unangetastet.

Es trieb sie stetig den Berg hinauf.

Sie atmete schwer.

Ihre Lungen schmerzten.

***

Der Seppe schlief in der einen Ecke der Höhle. Die Bella schlief dicht neben ihm. Der Wolf schlief in der anderen Ecke.

Die Höhle hatte etwa die Dimension von Seppes Zimmer auf der Alm. Sie war also nicht sehr groß.

Von außen war sie schlecht zu erkennen, denn um in die Höhle zu kommen, musste man sich auf den Bauch legen und kriechen. Außerdem war der Eingang von dichtem Gestrüpp verdeckt. Selbst der Wolf musste in die Knie gehen, wenn er den Eingang passierte.

Drinnen war die Höhle hoch. Wie hoch, konnte man im Halbdunkel des spärlichen Tageslichts nicht erkennen. Nicht einmal der Schein der Taschenlampe, die der Seppe von daheim besorgt hatte, reichte aus, um die Höhle in ihrer gesamten Höhe auszuleuchten. Die Wände waren aus purem Fels. Nur teilweise hatte der Stein etwas Moos angesetzt. Von oben, einen Meter rechts vom Mittelpunkt, tropfte es. Alle zwei, drei Minuten ein kräftiger Tropfen Felswasser.

Es roch nicht frisch, aber auch nicht unangenehm. Der Raubtiergeruch des Wolfs wurde von leichtem Moder übertönt. Innerhalb eines Tages hatte sich der Seppe an den Höhlengeruch gewöhnt.

Zu der Zeit, als die Moserin stetig den Berg hinaufstieg, lag die Sissi auf der Schwelle des Höhleneingangs, den Kopf draußen flach auf die Vorderpfoten gebettet, die Augen geschlossen. Es schien, als ob auch sie schliefe. Doch das täuschte. All ihre Sinne waren wach. Alle.

Zuerst bewegte sie die Nüstern hin und her und sog den fremden Geruch ein, der zwischen den Baumstämmen nahe am Boden den Berg heraufzog. Sie schnüffelte weiter und fand, dass ihr der Geruch gar nicht so fremd war. Die Ohren folgten. Sie spielten vor und zurück, als würde der Wind sie bewegen. Schließlich richtete sich Sissi auf. Ihrer Kehle entrang sich ein gurrendes, freudiges Heulen, ähnlich dem eines Wolfs.

Ihre Mitbewohner wurden schlagartig geweckt.

Lautlos schnellte der Wolf empor und drängte sich neben Sissi vor den Felseingang. Die Haare seines braun-grauen und ihres weiß-schwarzen Fells krümmten sich ineinander. Sein Rumpf war schmaler und der Brustkorb stand höher als der der Tigerdogge. Die kurzen, spitzen Ohren standen auf Alarm.

Während die Sissi mit dem Schwanz zu wedeln begann, schoss der Wolf Blitze aus seinen Augen ab. Langsam, Schritt für Schritt, bewegte er sich vorwärts. Er begann Hunger zu spüren. Seine Nackenhaare stellten sich auf.

Auch der Wolf roch Blut.

***

Die Moserin konnte bald nicht mehr. Sie schnaufte bis zum Umfallen, und ihr Atem pfiff.

Sie war immer eine stramme Berggeherin gewesen. Nichts hatte sie je zu stoppen vermocht. Jetzt aber, nach vielleicht zweihundert Höhenmetern, stützte sie sich mit dem Ellenbogen voraus an einem Baumstamm ab. Sie ließ den Rucksack von der Schulter gleiten und wollte sich gleichzeitig gemächlich auf den weichen Waldboden sinken lassen.

Der spitze Ast, den sie übersehen hatte, rammte sich tief in ihr Knie. Sie heulte auf. Sie jammerte nicht, obwohl der Schmerz wie Feuer durch ihren Körper zischte. Wie um Schutz zu suchen, legte die alte Frau den Kopf müde gegen den Stamm. Der Rinde nach war es eine Fichte.

Warum war sie eigentlich hier? Sie war mitten in einem Wald, den sie noch nie vorher erlebt hatte. Schwach erinnerte sie sich, dass sie früher einmal mitten in so einem Wald gelebt hatte. Doch das war lange her und weit weg. Die Dingsalm, die Dings … Sie kam nicht drauf, wie die Alm geheißen hatte. Und sie hatte keine Vorstellung davon, wie sie hierhergekommen war und wohin ihr Weg sie führen sollte.

***

Als der Wolf den Dreieinhalbmetersatz aus dem Stand gemacht hatte, war der Seppe über die Sissi, die diesen Sprung verträumt hatte, gestolpert. Die Arabella, dicht hinterm Seppe, fiel über die beiden. Alle drei versperrten sich kurz den Weg, während der

Wolf zehn Meter weiter mit hoch erhobenem Kopf wachsam und kampfbereit den Hang hinunterschnüffelte. So wie er da stand und die Luft einsog, hätte man meinen können, er habe mit der Nase einen frischen Kadaver erspäht.

Der kühle Regen, der sich mit den Gerüchen des Waldes vermischte, war es auch, der den Wolf lockte.

In der Hauptsache aber war es das offene Knie der Moserin.

VIER

Die Ereignisse überschlugen sich.

Die kleine Arabella Döring wurde noch immer vermisst. Da steckt ein Verbrechen dahinter, mutmaßte die Presse.

Die Moserin, mögliche Mörderin ihrer Tochter, war unter mysteriösen Umständen aus dem Wohnstift Grandis verschwunden.

Einiges deutete darauf hin, dass die alte Frau auch mit dem Mord an der Heimleiterin, dem Fall Unruh, zu tun hatte.

Im Fall der Türkin Gülsüm Hastemir war trotz augenscheinlicher Klarheit noch keine Festnahme erfolgt.

Wenn er ehrlich zu sich selbst war, hatte der frischgebackene Kriminalrat Rico Stahl, Ex-Star im BKA, mit seiner Mannschaft sehr schlechte Karten.

Und Rico war sehr ehrlich zu sich selbst.

***

Solch große Augen hatte Ottakring bei Chili noch nie beobachtet. Große graugrüne Augen mit einem goldfarbenen Splitter in der Mitte.

Chili war mit der Vernehmung des Catchers Adlmayer beschäftigt gewesen, als Ottakring sie zu sich bat. Im Zimmer seiner Mutter saßen sie sich an dem schmalen Holztisch am Fenster gegenüber.

Gretl Ottakring hockte kerzengerade auf ihrem Bett, hatte den Kopf gewendet und blickte versonnen zur Tür.

»Die Moserin heißt Cilly – und ist eine frühere Schauspielerin! I glaub's ned!«

Chili war platt.

Ottakring breitete alle Unterlagen und die Fotos vor ihr aus.

»Sie waren da oben hinter diesen Wandschranktüren versteckt.« Er räusperte sich. »Im Zimmer meiner Mutter. Raffiniertes Luder, die Moserin.«

Chili nickte mit fragenden Augen zu Ottakrings Mutter hin.

Er hob die Hand und winkte ab. »Da brauchen wir keine Angst zu haben«, sagte er. »Sie kriegt das nicht mehr mit. – Leider«, fügte er hinzu.

Chili sah sich die Bilder an und überflog die Urkunden, Programmhefte, Autogrammkarten und anderen Schriftstücke. Das eine oder andere Mal zeigte sie auf eine Stelle und fuhr sich versonnen durchs Haar. Zum Schluss klappte sie den Ordner wieder zu und lehnte sich zurück.

»Das heißt nix anderes …«, sie runzelte die Stirn und stützte das Kinn auf die offene Handfläche, »als dass wir gar nicht sicher sein können, ob die Moserin, äh, die Moser Cilly tatsächlich vom Alzheimer befallen ist oder den bloß spielt.« Mit Feuer im Blick sah sie Ottakring an. »Hab ich recht?«

Ottakring nickte schweigend. Er hatte Mühe, ihrem Blick standzuhalten.

»Und das wiederum bedeutet, dass wir nicht sicher sein können, ob nicht doch sie den tödlichen Schuss auf ihre Tochter abgegeben hat.«

Ottakring faltete die Hände auf der abgewetzten Tischplatte.

»Freilich«, sagte er. »Aber um das herauszufinden, bräuchten wir eine hieb- und stichfeste Zeugenaussage. Und die kann's nach allem, was wir wissen, nur von der Resi geben, die dabei war. Im Notfall und in Ergänzung dazu von ihrem Buben, dem Seppe.«

Chili nahm noch einmal die Klarsichtfolie mit den Fotos in die Hand und betrachtete das oberste Foto.

»Unglaublich«, sagte sie. »Die Moserin war Schauspielerin. Da bin ich wirklich gespannt, was wir …«

Sie konnte ihren Gedanken nicht mehr zu Ende spinnen.

Ottakrings Handy meldete sich. Er war keiner, der auf jedes Läuten sofort reagierte. Bei diesem aber drückte er die Empfangstaste.

»Ottakring.«

Es war Olaf Döring, Chef des »Oberbayerischen Volksblatts«. Der Vater, dessen Töchterchen seit Tagen vermisst war. Der deswegen in seiner Zeitung eine Kampagne gegen die Unfähigkeit der Polizei fuhr.

Er sprach so leise, dass Ottakring ihn kaum verstand.

»… … …«

»Sie meinen …«, antwortete Ottakring verhalten. Er stand auf und drehte sich von Chili weg.

»…«

»Ich bin eigentlich in Pension, wissen Sie. Aber –«

Offensichtlich wurde ihm das Wort abgeschnitten.

»… … … …«

»Na gut. Wann?«

Bei der nächsten Antwort verzog Ottakring den Mund. Er zuckte die Achseln, klappte das Handy zu und drehte sich um. Der Blick, den er Chili zuwarf, sprach Bände.

»Dringende Dienstgeschäfte?«, fragte Chili. Eine Augenbraue wanderte spöttisch in die Höhe.

Ein weiteres Mal hob Ottakring die Schultern.

»Kann man so sehen«, sagte er in beinahe entschuldigendem Ton. »Wir beide waren doch eh so ziemlich am Ende, oder?«

»Fachlich ja. Privat nein.«

Ottakring geleitete Chili vor die Tür, wo sie sich auf der Stelle wieder ins Chaos der Adlmayer-Befragung stürzte.

Dann kehrte er kurz ins Zimmer zurück, tätschelte die Wange seiner Mutter zwei-, dreimal – sein Zeichen höchster Wertschätzung –, nahm die Klinke in die Hand und verließ den Raum.

»Danke, dass Sie gekommen sind, Herr Ottakring«, sagte Olaf Döring.

Er hatte den Kriminalrat an den Besprechungstisch in seinem Büro gebeten.

Ottakring ging davon aus, dass Döring unter der Ungewissheit zu leiden hatte, was seine vermisste Tochter anging. Deshalb war er überrascht, wie der Mann vor Energie strotzte.

Olaf Döring war um die vierzig, gut mittelgroß, hatte ein auffallend quadratisches Gesicht, das gewellte Haar stand hinten auf dem Hemdkragen auf. Er wirkte durchtrainiert, klarer Blick, deutliche Aussprache. Eine Aussprache, von der man sagen würde, sie nehme kein Blatt vor den Mund.

»Wie schon am Telefon erklärt, ich brauche Sie.«

Anders als vorhin am Telefon sprach er jetzt laut und deutlich in einem sympathischen Bariton und mit angenehm bayerischem Akzent.

Ottakring bereute schon, überhaupt hergekommen zu sein. Trotzdem versuchte er, höflich zu bleiben.

»Wie schon am Telefon gesagt, ich befinde mich im Ruhestand«, sagte er.

»Ich brauche Sie. Sie werden meine Tochter ausfindig machen. Arabella. Ich glaube nicht an ein Verbrechen. Auch nicht an eine Entführung. Niemand will mich bisher erpressen. Überlegen Sie einmal, was für ein Gefühl Sie übermannen wird, wenn Arabella …« Er zögerte kurz und suchte nach Worten. »… na, jedenfalls, wenn Sie nichts dagegen getan haben.«

Diese Überlegung hatte auch Ottakring schon angestellt.

»Ich habe einfach kein Vertrauen mehr in die Arbeit unserer Polizei. Und – Sie müssen nicht umsonst arbeiten.«

Die Feststellung des Verlegers klang nicht wie eine Aufforderung oder eine unterwürfige Bitte. Sie knallte wie ein Befehl durch den Raum.

Ottakring bekam einen roten Kopf.

Er schluckte hinunter, was ihm auf der Zunge lag. »Arschloch« nämlich. Er kämpfte gegen den Drang an, aufzustehen und den Raum zu verlassen. Dem anderen den Rest des Kaffees ins Gesicht zu schütten.

Kurz: Er riss sich zusammen.

»Geld. Das Brecheisen der Macht«, sagte er knapp.

Die Sekretärin räumte die beiden leeren Espressotassen ab.

Fünfzehn Minuten später befand sich Ottakring wieder unten auf der Hafnerstraße.

Mit beiden Händen in den Taschen schritt er langsam über das Kopfsteinpflaster auf den Max-Josefs-Platz zu. In der Innentasche seines Sakkos trug er einen Umschlag. In dem Umschlag steckten zwei Fotos von Arabella in unterschiedlichen Posen.

Passanten grüßten ihn, doch er reagierte nicht. Zu viel ging ihm durch den Kopf.

Nach dem Gespräch und den Antworten, die er von Olaf Döring auf seine zahlreichen Fragen erhalten hatte, hatte er ein Gefühl für die Situation bekommen. Das Gefühl war relativ deutlich und klar.

Die Kleine war weder entführt noch ermordet worden.

Sie war schlichtweg ausgerissen.

***

»Mama! Mama! Hilfe! Mir ham die Moserin im Wald gefunden!«

Mein Gott, der Bub kann wieder reden! Die Resi wusste nicht, von welcher Nachricht sie mehr beeindruckt war.

Zuerst einmal umarmte sie ihren Sohn.

Der Seppe schlang die Arme so gierig um ihren Körper, als käme er von einer einjährigen Kreuzfahrt zurück.

»Mama, Mama! Hilfe!«

Hellgrünes Blümerlkleid, dunkelbraune Haferlschuh. Gut sah sie aus, die Resi. Richtig urig.

»Ja Seppe, mein Bub, seit wann kannst du wieder reden? Sag mal was. Was gscheits. Damit ich seh, ob ich dran glauben kann.«

Vor lauter Liebe zu seiner Mam vergaß der Seppe die Notlage, in der die Moserin steckte. Er stellte sich vor sie hin und stemmte die Fäuste in die Hüfte.

»Was gscheits?«, sagte er und spitzte die Lippen. »Vielleicht Gamsbart? Oder – Oachkatzlschwoaf?«

Seppes Mund formte das »aaa« und das »ooo« im Eichhörnchenschweif übertrieben mimisch. Jedenfalls so, dass seine Mutter begriff, dass in dem Seppe kein Pfeiferl mehr steckte.

»Oder Wolfshöhle? Oder A-ra-bellaaa?«

Bei dem Namen stutzte die Resi. War das nicht …? »Wie kommst du auf Arabella?«, fragte sie hastig.

Der Seppe versuchte sich nichts anmerken zu lassen.

»Aaaach nix«, sagte er übertrieben unauffällig.

»Jedenfalls – suuuper, dass du wieder reden kannst. Und du bist gar kein Autismus mehr.«

Sie überlegte einen Augenblick lang. Sie musste den Grund herausfinden, warum er plötzlich wieder reden konnte. Doch im Moment hatte die Moserin Vorrang.

»Wieso ist die im Wald und nicht im Grandis? Komisch.«

Der Seppe verzog das Gesicht. Seine Augen wurden zu kleinen Schlitzen. Er fuchtelte wild mit den Händen, während er sprach.

»Ach Mam, ist doch wurscht. Die Moserin. Der Wolf hat …« Dann schlug er die kleinen Hände flach vors Gesicht und fing an zu weinen.

»Der Wolf, der Wolf … der hat … hat die Moserin … Uuaaahääää.«

Er konnte die Flut seiner Tränen nicht mehr zurückhalten.

Um Gottes willen. Der Resi schwante nix Gutes.

Sie zerrte den Seppe neben sich ins Auto. Vergaß, ihm den Gurt umzulegen. Fegte trotzdem wie eine Furie durch den Wald.

Während der Fahrt berichtete der Seppe, was er erlebt hatte. Ungefähr erlebt hatte. Er war froh, dass er nicht geschimpft wurde, weil er schon wieder ausgerissen war.

»Der Wolf hat sie angefallen. Ihr Knie ist zerrissen. Kaputt. Total.«

Entsetzt schaute sie ihn an. Als sähe sie ihren Sohn zum ersten Mal.

»Wie, zerrissen?«, fragte sie.

Sie trat noch mehr aufs Gas. Die Hinterräder drehten im Sandboden durch.

»Sie kann nicht laufen. Ihr Knie ist kaputt.«

»Du meinst wirklich den Wolf? Der Wolf hat sie angefallen?«

Der nächste Gedanke übermannte sie. Sie trat auf die Bremse und hielt an.

»Wie kommt sie überhaupt hierher? Die sollte doch im Grandis sein. In der Geschlossenen.«

Der Seppe zuckte mit den Achseln und wusch seine Hände in Unschuld. »Keine Ahnung. Sie is halt da. Und mit ihrem Knie, das ist so wie beim Fußball. A bisserl Blut und es tut weh. Sonst nix.«

Die Resi legte den ersten Gang wieder ein und widmete dem Seppe einen langen Blick. Zuerst hatte er »total kaputt« gesagt, und jetzt diese Verniedlichung. Konnte sie ihm glauben? Oder war alles nur Phantasie?

In erster Linie war sie froh und glücklich, dass ihr Sohn wieder normal reden konnte. Imberdinent fand sie das. Sie musste wirklich herausfinden, welches bedeutende Ivent das hervorgerufen hatte.

Auf der sandigen Fuhre hatten sie Rehwiesen umkurvt und steuerten auf das Asphaltsträßchen zu, das kurvenreich aus dem Tal heraufführte.

Die Resi bekam große Augen, als sie sah, was da von rechts aus dem Tal heraufkam.

Ein orangefarbenes, niedriges Auto.

Auf die Resi wirkte es altmodisch. Aber es kam ihr vor, als hätte sie den Wagen schon einmal gesehen. Was hatte der hier oben verloren?

»Hehehe, ein Porsche!«, jubelte der Seppe.

Joe Ottakring setzte sich zur selben Zeit in den Porsche, als die Moserin begann, in den Bergwald einzusteigen. Seine alte Levis-Jeans reichte ihm über die abgelatschten Reebok-Turnschuhe.

Die Rollläden beim Firenze waren zu, der Parkplatz war leer. Offensichtlich Ruhetag. Im Pavillon vor dem »Schmiedwirt« probte die Blasmusik, am Hendlstand gegenüber der Tankstelle hatte sich eine Schlange gebildet. Es war Mittagszeit.

Gleich nach dem Gespräch mit Döring hatte Ottakring mit der Taxizentrale Edelweiß telefoniert und ihnen das Farbfoto von Arabella Döring aus der Vermisstenmeldung gefaxt. Süßes Mädchen, rundes Gesicht, blondes Haar. Bekleidet mit …

»Kleidung und Frisur mögen aktuell vielleicht anders sein«, hatte er hinzugefügt.

Nach einer knappen Stunde war der Rückruf gekommen.

Ja, der Schuster Franze hatte vor Tagen ein Mädchen mit diesem Aussehen kurz vor der Papierfabrik gesehen. Auf dem Straßerl Richtung Berg sei sie gegangen. Jeans, etwas Blaues – oder Grünes, blond. Aber das Gesicht – eindeutig. Er habe sich extra umgedreht und sich schon gewundert, der Franze, was so ein Madl allein da draußen zum Tun hat. Fußgänger treffe man auf dieser Strecke selten an. Aber es komme oft vor, dass Kinder oder Frauen ihre Väter oder Tanten von der Arbeit abholen. Deswegen habe er sich nix dabei gedacht, der Franze.

»Ja, das war sie. Definitiv!«

Also, auf geht's, sagte sich Ottakring. Für einen Augenblick überlegte er, ob er Olaf Döring verständigen sollte. Doch er entschied sich dagegen. Er würde vielleicht nur Hoffnungen nähren, ohne Ergebnisse vorweisen zu können.

Das Umfeld der Fabrik fühlte sich an wie Buttermilch in Pulverform. Saurer Geruch, flockige Luft. Er kurvte ein paar Minuten um das Gelände und hielt Ausschau. Dann hielt er kurz an und blieb im Wagen sitzen, bis ihn etwas zu dem Entschluss trieb, das gewundene Straßerl hinauf zur Grabmoosalm zu fahren.

In seinem Kopf arbeitete es. Wo wollte die Kleine hin, wenn sie auf der Straße zur Fabrik gesichtet worden war? Vielleicht war die Frage leicht zu beantworten.

»Bitte verbinden Sie mich mit Herrn Döring!«

Sekunden später war Döring am Telefon.

»Herr Döring, kennen Sie die Grabmoosalm?«

Heiseres Lachen am anderen Ende. »Na, und ob ich die kenne! Deshalb hat mich der Tod der Annemirl auch so berührt. Annemirl ist – war die Wirtin, wissen Sie. Haben Sie die Annemirl gekannt?«

Ottakring ging nicht auf die Frage ein. »Gut. Sie selbst kennen die Alm. Hat Arabella sie auch gekannt? Waren Sie mit ihr auch schon droben?«

Wieder dieses etwas irre Lachen.

»Ja freili. In der Schwammerlzeit. Dort droben im Bergwald gibt's die schönsten Steinpilze und Rotkappen. Manchmal findet man sogar ein paar Reizker, wenn man die Plätze kennt. Da war ich oft mit der Bella droben. Sie kann inzwischen alle Schwammerl unterscheiden.«

Kurze Pause.

Ottakring scannte unwillkürlich die Gegend nach einem blonden Mädchen ab.

»Sagen Sie, haben Sie schon eine Spur von meiner Bella? Führt sie etwa zur Grabmoosalm?«

Da hatte er den Salat. Er sah schon Horden von Journalisten die Wälder durchstreifen und laut rufend nach dem Mädchen forschen.

»Nein, nein« widersprach er. »Das war nur so eine Idee. Sie hat nichts mit der Grabmoosalm zu tun. Was war im Übrigen der Grund, in der Alm einzukehren, wenn Sie auf Schwammerlsuche waren?«

»Das werden wir zusammen veranstalten, wenn Sie meine Tochter ausfindig gemacht haben, Herr Ottakring. Die selbst gebrockten Schwammerl gleich anschließend da oben von der Wirtin zubereiten lassen … mit Kräutern und Rührei … himmlisch, sag ich ihnen. Ich kann nur hoffen, die Resi kocht genauso gut wie ihre Mutter.«

Ottakring hörte, wie Döring am anderen Ende die Luft tief in die Lungen sog. Als wolle er eine innere Barriere überwinden.

»Kommen Sie, machen Sie doch nicht rum!«, rief Döring laut. »So viel Kriminaler bin ich auch, um zu spüren, dass da was im Busch ist. Raus mit der Sprache: Haben Sie was herausfinden können?«

Ottakring lachte gezwungen. »Nein, wie gesagt, es war nur eine Frage, um eine Idee zu vertiefen. Sie hören wieder von mir, Herr Döring. Behalten Sie die Ruhe.«

Er drehte den Zündschlüssel, und die Zündung, die sich immer wieder selbst verstellte, brachte den Motor des Oldtimers stotternd wieder zum Laufen. Dann ging es die Auffahrt hinauf, eine kurvige und holprige Fahrt.

Er hatte das linke Fenster heruntergelassen, der Fahrtwind wehte ihm ins Gesicht und trug ein Geruchgemisch aus Tannengrün, Harz und Erde herein. Er meinte sogar, frisch geschnittene Steinpilze zu riechen. Doch das war sicher die Einbildung.

In der Haarnadelkurve kurz vor Rehwiesen glitt sein Blick nach rechts in den Wald. Er schnappte nach Luft. Es kam ihm vor, als hätte er einen Hund zwischen den Bäumen hindurchhuschen sehen. Der Hund sah allerdings aus wie ein Wolf. Doch das war unmöglich. Oder?

Er hatte den Kopf bis zum Anschlag gewendet. Sodass er den Vierradgetriebenen nicht rechtzeitig kommen sah, der von links in rasendem Tempo auf die Straße zuschoss.

Es hatte leicht zu regnen begonnen.

»Sie sind doch …«

»Hallo, Herr …«

»Der Mann, der wo der Großmutter das Gewehr weggenommen hat«, plärrte der Seppe dazwischen.

»Können Sie kochen?«, fragte Ottakring.

Die Resi schaute verwundert. »Ja freili«, antwortete sie trotzdem. »Wie kommen S' denn da drauf?«

»Bereiten Sie die Schwammerl vom Herrn Döring auch so gut zu wie Ihre Frau Mutter?«

Die Resi musste einen Lachanfall unterdrücken.

»Die hat meine Mutter nie selber gmacht. Die hab immer i gmacht. Und der Herr Döring versteht was von die Schwammerl. Und die Bella auch.«

Der Seppe zuckte zusammen.

Sie hatten sich außerhalb ihrer Autos auf dem schmalen Sträßchen zusammengestellt. Jeder musterte den anderen argwöhnisch.

»Warum erschrickst du?«, fragte Ottakring den Seppe lauernd.

»I? Erschrecken?«

Ottakring war gewarnt.

»Wo wollen S' denn so eilig hin?«, fragte er die Resi beiläufig.

»Ach, äh …«

Ein Rufen aus dem Wald.

Joe Ottakring konnte den Ruf eines Wolfs sehr wohl von dem eines Hundes unterscheiden.

Also hatte er sich vorhin doch nicht getäuscht. Aus dem Augenwinkel musterte er seine beiden Gegenüber. Die Resi ließ den Autoschlüssel durch die Hand kreisen. Der Seppe hatte große Augen und musste einen Schrei unterdrücken.

»Frau Moser«, sagte Ottakring bestimmt. »Ich bin Polizist. Ich setze mich jetzt hinten in Ihr Auto, und wir fahren gemeinsam dahin, wo Sie eh hinfahren wollten. Okay?«

Er hatte ein sicheres Gefühl im Bauch.

Der Seppe hielt es nicht mehr aus.

»O ja«, flötete er mit heller Stimme und warf sich auf den Vordersitz. »Schon wegen der Großmutter.«

»Großmutter.«

Bei dem Begriff musste Ottakring plötzlich an den Gülsüm-Fall denken. Er hatte ungewöhnlich lange nichts mehr darüber gehört. Weder Chili noch Rico Stahl hatten sich gemeldet. Dabei war schließlich er derjenige gewesen, der die Sache durch seine Kontakte nach Ankara beschleunigt und erleichtert hatte.

FÜNF

In früheren Zeiten hatten sie Büßerhemden getragen, um zu bereuen.

Die moderne Form der Buße war der Verzicht auf die Krawatte! Jedenfalls im Falle Rico Stahl. Er hatte auch keinen Anzug an, sondern eine sandfarbene Chinohose mit ziemlich ausgebeulten Außentaschen, darüber ein weites Leinenhemd in passender Sumpffarbe. Sein Stolz verbot ihm zuzugeben, dass er sich darauf freute, sich endlich wieder eine seiner geliebten Krawatten um den Hals schlingen zu dürfen. Er musste endlich den Fall der Gülsüm Hastemir lösen, dann hatte die Plage ein Ende.

Eigentlich war die Sache praktisch bereits erledigt. Der Staatsanwalt musste nur mehr seinem Antrag folgen und zuschlagen.

Die ermordete Gülsüm Hastemir hieß eigentlich Türkan Hastemir und war nicht die Tochter von Mehmet Hastemir, der sich als ihr leiblicher Vater ausgab, sondern von dessen Bruder Cem Hastemir, den sie als ihren Onkel ausgegeben hatte.

An diesem sonnigen Nachmittag drückte Gülsüms wahrer Onkel Mehmet Hastemir an der Pforte des Polizeipräsidiums die Klingel.

»Ich habe diese Sache gemacht«, gestand er der Pförtnerin, die schnell schaltete und Chili Toledo benachrichtigte.

»Kann ich davon ausgehen«, begann Chili, »dass Sie mit ›dieser Sache‹ die Tötung Ihrer Tochter meinen?«

Dass sie über die wahren Familienverhältnisse Kenntnis hatte, behielt sie für sich.

»Ja, ich habe es getan.«

Sie saßen im Vernehmungszimmer. Ein Uniformierter schnitt das Gespräch mit, ein Dolmetscher war schnell besorgt.

»Dann schildern Sie bitte, wie Sie Gülsüm getötet haben. Möglichst genau, bitte.«

Mehmet war blass und hatte tiefe Augenringe. Er schilderte Gülsüms Verhältnis mit dem verheirateten Franz Mühlhofer, dass sie oft über Nacht nicht nach Hause gekommen war und dass sie mit ihrem Verhalten Schande über die ganze Familie gebracht hatte.

»An dem Morgen, als es passierte, hatte ich wieder einmal einen heftigen Streit mit ihr gehabt. Sie hat mir vorgehalten, dass ich von dem Geld lebe, das sie mir gab.«

»Und? Stimmt das?«

Er nickte. »Ja, zum Teil. An diesem Morgen hat sie verlangt, dass ich Frühstück für sie mache, während sie noch im Bett lag. Ich fragte sie, ob sie sich nicht schäme, Derartiges von mir zu verlangen. Sie aber schrie mich an, ich könne ruhig etwas für sie tun. Sie arbeite schließlich, und ich säße den Tag über nur herum.«

Gülsüm, so schilderte Mehmet weiter, habe ihn ausgelacht. Wenn es ihm nicht passe, könne sie auch zu Freundinnen ziehen, und sie habe auch noch jemanden, der ihr helfen würde. Er stünde dann allein da und müsse zusehen, wie er ohne sie und ihr Geld zurechtkomme.

»In diesem Moment habe ich die Beherrschung verloren. Ich war so außer mir, dass ich nicht mehr wusste, was ich tat. Da habe ich blind auf meine Tochter eingeschlagen.«

Chili beugte sich vor und legte beide Hände flach auf den Tisch. »Womit haben Sie auf Ihre Tochter eingeschlagen? Mit den Fäusten?«

Mehmet bat um ein Glas Wasser. Man brachte es ihm.

»Nur dunkel kann ich mich daran erinnern, dass ich plötzlich irgendein Stück Metall in der Faust hielt ...«

»Ein Metall? Eisen? Einen eisernen Gegenstand oder was?«

Mehmet bedeckte sein Gesicht mit den Händen.

»Ich weiß es nicht mehr. Ich schlug jedenfalls damit auf sie ein. Immer und immer wieder. Ich war so wütend, so außer mir, das müssen Sie verstehen. Ich habe geschlagen, geschlagen, geschlagen.«

Er griff sich an den Kopf und stöhnte auf.

Chili lachte trocken. »Ich soll das verstehen? Wo haben Sie das Metallteil denn hergehabt?«

»Es lag wohl auf dem Schrank oder so.«

Chili ließ nicht locker. Sie glaubte dem Mann kein Wort. Immer wieder versuchte sie, ihn in die Enge zu treiben.

Er wand sich und erzählte das Blaue vom Himmel. Gülsüm sei leblos aufs Bett gefallen. Da erst habe er gemerkt, dass sie tot sei, und er sei darauf in Panik geraten. Eine Beruhigungstablette habe er genommen.

Danach sei er ziellos durch die Gegend gelaufen und habe einen Landsmann getroffen. Der sei bereit gewesen, ihm für dreihundert Euro zu helfen und die Leiche seiner Tochter fortzuschaffen.

»Was geschah mit dem Bettzeug und der Matratze? Wenn Ihre Tochter leblos aufs Bett gefallen ist, nachdem Sie sie vorher zu Tode geprügelt haben, muss sie doch Spuren auf dem Bett hinterlassen haben. Auch Gülsüms und Ihre eigene Bekleidung war doch sicher mit Blut verschmiert?«

Das hätten er und der Mann von der Straße in den Müllcontainern verteilt.

Chili wurde es zu bunt. Sie war sicher, dass es keine Affekthandlung gewesen war, sondern ein kaltblütig geplanter Mord an einer aufsässigen jungen Türkin, die geltende Moralvorstellungen mit Füßen getreten hatte. Durch ihren Tod sollte die besudelte Familienehre wieder reingewaschen werden. Die Frage war lediglich, wer den Mord ausgeführt hatte und wer daran beteiligt gewesen war.

Sie lud Mehmets Bruder Cem vor. Dieser gab eine vollkommen abweichende Darstellung des Geschehens.

Mehmet habe Gülsüm mit ihrem deutschen Freund in einer eindeutigen Situation überrascht, gab Cem Hastemir an, und er habe den Deutschen in die Flucht geschlagen. Die nachfolgende Auseinandersetzung sei dann eskaliert, und Mehmet müsse wie von Sinnen zugeschlagen haben. Dann sei sein Bruder zu ihm gekommen und habe ihn als Familienoberhaupt angewiesen, die Leiche abtransportieren zu helfen.

Chili stand nach dieser Aussage auf. Der Zorn stand ihr ins Gesicht geschrieben.

»Der angebliche Liebhaber befand sich zu diesem Zeitpunkt an seiner Arbeitsstelle!«, sagte sie Cem Hastemir ins Gesicht.

Die Kripo hatte auch die Aussage einer älteren Hausbewohnerin aus der Adlerstraße 17 in der Kastenau, dem Wohnhaus der

Hastemirs, erhalten. Sie hatte beobachtet, wie nachts zwischen ein und zwei Uhr zwei Männer einen etwa zwei Meter langen hellen Gegenstand aus dem Haus trugen und in einem beigefarbenen Lieferwagen mit Heckklappe verstauten. Beide Männer seien durch die Beifahrertür in das Fahrzeug eingestiegen. Am Steuer sei eine dritte Person gesessen.

Ob sie sich dessen ganz sicher sei?

Ja, sie war sich ganz sicher. Eine dritte Person hatte hinter dem Steuer des Lieferwagens gewartet.

Vor dem Hintergrund dieser Ermittlungsergebnisse lud Rico Stahl Gülsüms Schwester Esther ins Präsidium vor.

Selbstbewusst saß sie ihm gegenüber.

Das Haar, der Teint, die Augen – alles erinnerte ihn an Claire. Doch schnell streifte er diese Gedanken wieder ab.

»Sind Sie eigentlich echt?«, begann er in scharfem Ton. »Sind Sie tatsächlich Gülsüms Schwester? Und ist Mehmet Ihr wirklicher Vater? Oder sind Sie auch die Tochter seines Bruders Cem, so wie es Gülsüm war? Wenn ich Ihnen irgendwie helfen kann, das herauszufinden …«

Er beendete den Satz nicht.

Sie schien zunächst unbeeindruckt. Drehte die Handflächen zur Decke in einer Geste, die offenbar dazu gedacht war, ein reines Herz zu illustrieren.

Dann aber – als hätte sie so lange gebraucht, um zu begreifen – wurden ihre schwarzen Augen größer und größer. Entsetzen stand ihr ins Gesicht geschrieben.

»Sie … Sie wissen?«, stammelte sie.

Aha. Er hatte sie. Damit hatte sie nicht gerechnet.

»Ja, ich weiß. Und ich weiß auch, wer Gülsüm getötet hat.«

Er stand auf und stand mit den Händen in den Hosentaschen vor ihr. Blickte auf sie herab. Am liebsten hätte er sie in den Arm genommen. Aber er öffnete den Mund und sprach langsam mit dem scharfen und gequetschten Ton eines Scharfrichters: »Und ich weiß, dass Sie es auch wissen. Ganz sicher weiß ich es sogar.«

Er beobachtete ihre Mimik. Ihre Haltung.

Die Neunzehnjährige fiel urplötzlich in sich zusammen.

»Und ich sage Ihnen noch eines: Sie haben die Tat beobachtet. Sie waren dabei. Sie waren indirekt an dem Mord beteiligt. Das ist in Deutschland strafbar.«

Esther beobachtete eine Fliege, die von der rechten Kante des Lampenschirms zur linken flog. Dann erklärte sie hastig: »Ich bin nicht vorbestraft …«

Rico ging sofort darauf ein. »Und das soll auch so bleiben.«

Esther rang mit den Händen. Ihre Miene sprach Bände.

»Wenn Sie allerdings lediglich beim Abtransport der Leiche zugeschaut oder sogar mitgemacht haben sollten, ist das nicht strafbar. Paragraph zwo fünf acht Es-te-ge-be, Absatz sechs. Strafvereitelung gegenüber Angehörigen wird nicht strafrechtlich verfolgt.«

Rico hatte sich halb auf die Kante des Tischs gesetzt und kratzte sich lautstark am Kopf.

»Diese Straffreiheit gilt natürlich nur dann, wenn Sie auch die Wahrheit sagen«, schwindelte er. »Wenn Sie mir beispielsweise erklären, wer die Leiche in den Teppich gewickelt und sie abtransportiert hat.« Er machte eine kurze Pause. »Also?«

Schweigend und blass starrte sie ihn an. In ihrem Gehirn rührte sich rein gar nichts, das war erkennbar. Also musste er ihr auf die Sprünge helfen.

Sie öffnete die Lippen, doch Rico erkannte sofort, dass sie nicht die Wahrheit sagen würde.

Das wollte er vermeiden und ging in die Offensive.

»Ich will Ihnen sagen, wie es geschehen ist«, sagte er. »Mehmet Hastemir, Gülsüms leiblicher Onkel nämlich, hat Ihre Schwester getötet. Und zwar ziemlich bestialisch. ›Blutrausch‹ sagen wir dazu. Als offizieller Vater meinte er, die Ehre der Familie retten zu müssen. Ich bin mir nur nicht sicher, ob die Tat vorher abgesprochen worden war oder nicht. Cem, Gülsüms wirklicher Vater, hat dem Bruder geholfen, die Leiche zu verpacken. Und Hakan Oben, der Mann von Gülsüms Freundin, hat den Kombi gefahren, mit dem der Leichnam zum Parkplatz der Papierfabrik gebracht wurde.«

Ausdruckslos hielt Esther den Blick auf Rico gerichtet.

Im gleichen Moment öffnete sich die Tür einen Spalt, Chili bedeutete Rico zu kommen.

Er schritt zwei Meter rückwärts, Esther dabei ständig im Blickfeld haltend.

Chili flüsterte ihm etwas zu, und als er die Tür wieder schloss, lächelte er zufrieden.

Doch das Lächeln wurde ihm buchstäblich aus dem Gesicht gerissen.

Aus dem Nichts kam eine Ohrfeige und traf Rico Stahl hart auf die linke Wange. Er war so überrascht, dass er einen Abwehrschritt rückwärts machte, strauchelte und beinahe zu Boden gefallen wäre.

»Was werfen Sie mir vor?«, schrie die junge Frau vollkommen außer sich. Unter dem dunklen Teint staute sich das Blut. »Ich bin nicht vorbestraft. Und ich will nicht bestraft werden, nur weil Sie ein Opfer brauchen!«

Ricos erster Reflex war gewesen zurückzuschlagen. Doch er beherrschte sich. Mit seiner brennenden Backe stand er vor ihr und schwankte zwischen Wut und Verblüffung. Er warf einen kurzen Blick über die Schulter. Nein, Chili hatte den Vorfall nicht mitbekommen.

Er war geschockt über die kräftige Watschen.

Flüchtig versuchte er sich zu erinnern, wann er das letzte Mal geschlagen worden war. Bestimmt mehr als fünf Jahre her, zu BKA-Zeiten. Er hatte – so wie jetzt – einen Mann verhört, der verdächtigt wurde, Oberhaupt einer kriminellen Organisation zu sein. Mir nichts, dir nichts war der Mann aufgesprungen und hatte ihm mit der Faust ins Gesicht geschlagen. Ricos Lippen waren geplatzt, er hatte geblutet. Seine Wut war so groß gewesen, dass er zurückschlug und dem Mann das Nasenbein brach. Hinterher hatte dessen Rechtsanwalt Rico wegen Amtsmissbrauchs und Körperverletzung angezeigt, doch Rico war freigesprochen worden.

Eine Frau hatte ihn noch nie geschlagen.

Wenn seine schöne Perserin so erregt war, dass sie die Beherrschung verlor, pflegte sie Sachen nach ihm zu werfen. Ein Glas, ein Kopfkissen, eine gusseiserne Pfanne. Doch geschlagen hatte sie ihn nie.

Was wäre passiert, wenn sie es getan hätte? Hätte er dann im

Zorn zurückgeschlagen? In dieser Sekunde wurde ihm erstmals klar, dass er es nicht ausschließen konnte.

Er kam wieder zu sich und befühlte die brennende Wange. Auch Esther schien sich wieder halbwegs beruhigt zu haben. Wortlos führte er sie an ihren Stuhl zurück und setzte sich ebenfalls.

Er sagte kein Wort.

In sein Schweigen hinein überraschte sie ihn mit einem abrupten »Ja«.

Er räusperte sich. Seine Wange glühte.

Am liebsten hätte er das Mädchen an sich gezogen.

»Ja? Was, ja?«

»Ja. Sie haben recht. Ich habe die Sache mit ansehen müssen. Sozusagen als Warnung. Sozusagen. Aber mit der Reihenfolge liegen Sie falsch.«

Aha, hier tat sich was. Allerdings – die letzte Äußerung verstand er nicht.

»Reihenfolge? Welche Reihenfolge?«

»Na, wer Gülsüm getötet und wer den Wagen gefahren hat.«

Wieder einmal wunderte er sich. Sie behandelte das Thema, das ihr doch sehr nahegehen musste, wie Alltagskram. Als ob sie ihm ihren Einkauf bei Aldi schildern würde.

Darüber hinaus hätte er vor lauter Prügelei fast die Information übersehen, die Chili ihm vorhin gesteckt hatte.

Hakan Oben war zwar zurzeit arbeitslos. Doch interessant war, wo er beschäftigt gewesen war und welcher Arbeitgeber ihn entlassen hatte. Er hatte in der Papierfabrik gearbeitet, hatte Chili ermittelt.

»Wer hatte die Idee, Gülsüms Leiche am Parkplatz der Papierfabrik abzulegen?«, fragte er.

Noch eine passende Antwort von ihr, und der Fall war geklärt.

Wieder machte Esther die Geste mit den Handflächen zur Decke. »Ich bin sicher, Herr Kommissar, das werden Sie selbst herausfinden können. Als kleine Entschädigung sage ich Ihnen aber hiermit eine Information zu, die Sie garantiert umhauen wird.«

Sie bettete beide Hände Zentimeter vor ihrem Körper flach auf den Tisch.

»Garantiert!«, sagte sie und lachte ihn schamlos an. »Und diese kleine Info hat nichts mit dem Mord an meiner Schwester zu tun.«

»Aha?«, bemerkte Rico. Er lehnte sich in seinem Stuhl zurück und schloss die Augen. »Und was wäre diese nette kleine Info?«

Esther kicherte. »Bleib ich weiterhin ohne Vorstrafe?«

SECHS

Das Keuchen hörte sie als Erstes.

Nur ein Keuchen. Kein Trampeln, kein Rutschen, kein Blätterrauschen, nichts.

Nur ein lautes, wütendes Keuchen.

Dann war er über ihr.

Es hatte geregnet. Der Regen war nicht sehr stark gewesen und hatte auch nicht länger als fünfzehn, zwanzig Minuten gedauert. Und doch war die Nässe durch ihre Kleidung gedrungen. Eine heftige Wut stieg in ihr auf. Sie wollte sich nicht erkälten, nicht jetzt, wenn sie alle verfügbaren Kräfte benötigte.

Sie musste den Berg hinauf, das stand fest.

Sie befühlte ihr Knie. Der Schmerz raste. Unter ihrer Handfläche fühlte es sich brennend heiß an.

Dieses Scheißknie war der einzige Unsicherheitsfaktor in ihrem Plan. Das Einzige, was sie nicht hatte vorhersehen und berechnen können.

Bei allem war sie nicht unruhig. Es war eine ideale Gelegenheit. Hier im Wald gab es keine Menschen. Vorhin war ihr auf einem der Tierpfade ein älteres Pärchen entgegengekommen. Sie gingen mit Wanderstöcken. Da hatte sie sich abseits in dichtem Gestrüpp versteckt, bis sie vorbei waren. Drum herum wuchsen Brombeerhecken, und es gab ein paar Baumgruppen.

Die Resi!

Die Resi war die Einzige auf Gottes Erdboden, die ihr Geheimnis kannte.

Zwei Geheimnisse eigentlich.

Dass sie Schauspielerin gewesen war und dass sie es war, an der die Annemirl gestorben war. Niemand sollte wissen, dass sie Aktrice gewesen war. Das war schließlich auch der Grund, warum sie die Annemirl …

War es wirklich so gewesen? Hatte sie vielleicht nur geträumt? Das Blut, das wie ein Springbrunnen aus dem Mund ihrer Tochter schoss, das eklige Zeug, das von der Fensterscheibe tropfte … hatte das wirklich sie angerichtet? Die Cilly Moser?

Im Grandis hatte sie erfahren, dass die Polizei – der Sohn von der Ottakring – davon ausging, dass die Annemirl durch einen Unfall ums Leben gekommen war. Angeblich sollte der Hund beteiligt gewesen sein. Es gab nur zwei, die es besser wussten. Sie und die Resi. Einmal vom kleinen Seppe abgesehen.

Es sei, wie es sei.

Und nun war die … die Dings … die Resi dran.

Niemand. Nein, niemand.

Vögel zwitscherten.

Sie warf einen letzten Blick in die Runde. Es war kein Mensch in der Nähe.

Sie war allein.

Bis der Wolf über sie herfiel.

Sie warf die Arme nach vorn, um ihn abzuwehren. Doch seine Klauen drückten sie nieder wie ein verendendes Kaninchen.

Sie hörte sein Keuchen. Spürte und roch seinen stinkigen, heißen Atem, der über ihr Gesicht wischte. Angst hatte sie seltsamerweise nicht. Aber es tat sakrisch weh, als er über sie hinwegfegte und sich in das böse Knie verbiss.

Komisch, dachte sie, ein Hund würde dabei knurren. Doch der Typ da über ihr knurrte nicht. Stillschweigend vergrub er sich in ihr Knie.

Sie hämmerte mit Fäusten auf ihn ein.

Dünner Körper, dachte sie. Alles Rippen und Fell.

Grad noch etwas weiß-schwarz Geflecktes registrierte sie. Es nahte in weiten Sprüngen von oben. Den Hang herunter.

Gequält musste sie lachen.

Die Sissi?

Die sie dem Seppe geschenkt hatte.

Ein dickes schwarzes Fragezeichen erschien in der Mitte ihres Sichtfelds, bevor sich von links und von rechts ein schwarzer Vorhang zur Mitte hin zuzog.

Bevor es völlig schwarz wurde um sie.

***

Ottakring saß hinten, als Resis Geländewagen, dirigiert vom Seppe, sich vorsichtig durch den Hochwald ein Stück den Berg hinunterkämpfte.

Das letzte Stück gingen sie zu Fuß zu dritt hintereinander her.

Ottakring murmelte abwesend vor sich hin, während er damit beschäftigt war, einen Fuß sorgfältig vor den anderen zu setzen, um nicht zu rutschen oder zu stürzen.

Der Seppe flog wie ein Schmetterling durch die unregelmäßigen Baumreihen, zwitschernd, jubilierend und laut »Moserin« rufend.

Die alte Frau fanden sie schließlich auf dem Boden liegend, blutend, bewacht von der schwarz-weiß gefleckten Tigerdogge.

Von dem Wolf, den der Seppe meinte gesehen zu haben, weit und breit keine Spur.

Was Ottakring jedoch alarmierte, war das Mädchen, das neben der Moserin saß und ihr die Hand hielt.

Er war sich sicher. Vorsichtshalber holte er jedoch das Foto von Arabella heraus und verglich es mit dem lebenden Objekt.

Kein Zweifel möglich. Arabella Döring.

Und Cilly Moser. Lebend.

Gleich zwei Fliegen mit einer Klappe.

»Um Gottes willen, was ist denn mit dir passiert?«, schrie die Resi laut und rannte die letzten paar Meter.

Auch Ottakring trat auf die alte Frau zu.

Arabella hielt weiter ihre Hand.

»Sie braucht einen Arzt!«, sagte Ottakring sehr bestimmt und ließ keinen Widerspruch zu.

Wenig später saß er auf dem Rücksitz zwischen der Moserin und Arabella.

Amüsiert stellte Ottakring fest, dass auch der Seppe sich neben die Arabella quetschen wollte. Aber es war kein Platz mehr. Da flüchtete der Bub auf den Beifahrersitz, schnallte sich an und hatte nur mehr Augen für das Geschöpf hinter ihm.

Auf der Fahrt den Berg hinauf zur Alm versuchte Ottakring zum x-ten Mal, Lola zu erreichen.

»Kein Anschluss unter dieser Nummer.«

Er begann, sich Sorgen zu machen.

Gleich nach der Ankunft hatten sie die Moserin in der leeren Gaststube auf eine Bank gelegt und mit einer Decke zugedeckt. Kurz darauf war der Arzt aus dem Tal da. Während der sich um die Verletzte kümmerte, knöpfte sich Ottakring Arabella vor.

Arabellas Gesicht war auffälliger, als es auf dem Foto zu sein schien. Schon in ihren jungen Mädchenjahren erschien es markant und gefestigt. Augenscheinlich vom Vater ererbt, dachte Ottakring. Natürlich wies dieses Gesicht noch keine Härte auf wie bei ihm. Am auffallendsten neben der Lücke zwischen den oberen Schneidezähnen waren die Augen. Sie waren von einem tiefen, leuchtenden Blau.

Ottakring warf einen flüchtigen Blick auf den Seppe. Kein Wunder, dass der sich in sie verliebt hat.

»Hast du dich am Berg verlaufen?«, fragte er sie vorsichtig.

Sie sah ihm tief in die Augen und nickte. »Ja«, sagte sie, »verlaufen. Verirrt.«

Da wusste Ottakring, dass er den Vater verständigen konnte, ohne seelischen Schaden anzurichten.

Mit quietschenden Reifen kam das Polizeifahrzeug mit Blaulicht angerast und wühlte beim Bremsen den lockeren Kies und das bisschen Gras vor der Grabmoosalm auf.

Beide Türen wurden aufgerissen.

Heraus sprangen ein Beamter mit rundem Kopf und Schnauzer und eine Beamtin mit Pferdeschwanz.

Das Blaulicht drehte seine Runden.

»Gibt's hier eine Cilly Moser?«, brüllte der Mann. Er schwenkte mit erhobenem Arm ein Stück Papier durch die Luft.

Eine Antwort blieb aus.

»Cilly Moser?«, rief die Polizistin laut. »Kommen Sie heraus!«

Der Mann rannte rechts ums Haus. Die Frau rannte links ums Haus.

Da flog die Wirtshaustür auf. Die Wand erzitterte unter dem Aufprall. Die Moserin kam herausgestürzt, humpelte schnurstracks auf das Polizeifahrzeug zu.

Entschlossem riss sie die Tür auf.

Eine Sekunde später knirschte der Kies wieder. Diesmal in umgekehrter Richtung. Die Moserin raste mit Blaulicht den Berg hinunter.

Ottakring zückte sein Handy.

Das im selben Augenblick schellte.

»Ja?«

»Lola hier. Hast du angerufen?«

»Ja, hab ich. Aber ich muss jetzt leider auflegen. Ein Notfall.«

***

»Hallo, Chili?«, rief Rico Stahl ins Telefon. »Ich hole Sie ab. Wir fahren gemeinsam zur Grabmoosalm. Wo sind Sie?«

»Geht nicht«, gab Chili zurück. »Ich bin noch im Grandis. Mit der Spusi. Es ist wichtig. Dauert noch ein Weilchen.«

Mit der Spurensicherung im Grandis? War doch alles schon untersucht. Alles geklärt.

Oder?

»Okay. Ich will Sie trotzdem so bald wie möglich da droben haben. Sie kommen – bitte – nach, okay?«

»Okay.«

Was Chili nicht wissen konnte: Sie hatte nicht die geringste Ahnung, dass Rico Stahl in seinem besten Anzug im Wagen saß – einem dunkelblau-grau gestreiften von Baldessarini – mit passend gepunkteter Krawatte.

Und sie konnte nicht wissen, dass neben ihm eine attraktive junge Frau saß, mit der er sich allerdings nur spärlich unterhielt.

Noch bevor ihnen auf dem gewundenen Sträßchen zur Grabmoosalm das Polizeifahrzeug mit blinkendem Blaulicht entgegenkam, rief Chili auf Ricos Handy zurück.

»Wir haben Handschuhe gefunden! Gummihandschuhe mit reichlich Blut dran. Sie waren in einer Plastiktüte im Zimmer der Frau Ottakring versteckt. Genau wie die Privatakten der Cilly Moser.«

Kurze Pause.

»Deshalb war ich noch mit der Spusi beschäftigt.«

Rico erwachte wie aus einem Traum. Ohne Unterbrechung

hatte er an sein eigenes Vorhaben gedacht. An die Tatortbesichtigung. Mit der Frau, die neben ihm saß. Die er nicht aus dem Augenwinkel ließ, attraktiv, wie sie war. Und sie war die absolut wertvollste Zeugin im Gülsüm-Fall.

»Handschuhe? Sie meinen den Fall Unruh?«, fragte er etwas verwirrt. »Äh, dann … Ergebnisse werden Sie noch nicht haben, vermute ich da richtig?«

»Richtig. Aber ich bin sicher, wir sind auf der richtigen Spur.«

»Cilly Moser?«

»Genau. Die Moserin. Die DNA wird's beweisen.«

Rico räusperte sich laut. »Was sagt eigentlich Frau Ottakring dazu? Dass all die Beweismittel in ihrem Zimmer gefunden werden?«

Trotz der Fahrgeräusche hörte er ein Kichern am anderen Ende.

»Frau Ottakring? Kommen Sie, meinen Sie die Frage im Ernst? Die Ottakring können Sie doch vergessen. Ich will die Cilly Moser, diese Schauspielerin, erst mal in Handschellen vor mir sitzen sehen. Dann schauen wir weiter.«

Chili war hörbar genervt.

»Kommen Sie bitte gleich zur Grabmoosalm«, hatte er noch hinzufügen wollen, bevor er das Gespräch beendet hätte.

Doch dazu kam er nicht mehr.

Blaulicht!

Der Streifenwagen schlingerte auf seiner Straßenseite in gefährlicher Schräglage um die Kurve. Gerade noch, dass er mit einem Notfallmanöver ausweichen konnte, da war der Spuk schon vorbei.

Er war zu beschäftigt gewesen, um zu erkennen, wer da am Steuer saß. Es war eine einzelne Person gewesen.

Ungewöhnlich. Er widmete der Polizei einen Fluch.

Ein Blick auf seine Beifahrerin sagte ihm, dass sie kurz vor einem Herzanfall stand.

»Wann sind wir endlich da? Mir ist schlecht«, klagte Esther Hastemir.

»Wir haben's gleich geschafft«, gab Rico zurück. »Oder wollen Sie vorher raus?«

Ihre blauschwarze Mähne bildete einen reizvollen Kontrast zu ihrem sonst dunklen Teint, der nun recht blass geworden war. Der Piercingring in ihrer Nasenwand funkelte im Licht.

»Mir ist so schlecht.«

Wenig später hatten sie sich durch die graue Suppe gekämpft und waren da.

Pure Aufregung herrschte auf der Grabmoosalm. Die Umgebung kam Rico vertraut vor, obwohl er kaum einmal hier oben gewesen war.

Eine Polizistin und ein Polizist, beide mit hochrotem Kopf, gestikulierten wild in der Luft herum. Eine Hand presste das Handy ans Ohr.

Ein orangeroter Porsche war unter einem schiefen Obstbaum abgestellt.

Rico staunte. Dem Kennzeichen nach musste es Ottakrings Wagen sein. Ottakring selbst war nirgends zu sehen. Was suchte sein Vorgänger hier oben?

»Ja, jetzt kann ich mich sehr genau erinnern«, sagte Esther Hastemir, strich sich übers Haar und sah sich um. Nachdem sie die Angst um ihr Leben überwunden hatte, strahlte sie wieder eine solche Selbstsicherheit und Entschlossenheit aus, dass sie ein paar Jahre älter wirkte, als sie war.

Eine junge Frau in violett geblümtem Kleid kam abwehrend auf sie zu. Ihre nackten Füße steckten in dunkelbraunen Haferlschuhen.

»Was wollen Sie?«, rief sie Rico entgegen. »Sie san doch der …«

»Ja, der bin ich«, sagte Rico. »Wir wollen uns nur ein bisschen umschauen. Gut möglich, dass wir Sie dabei benötigen.«

Er deutete auf den geparkten Porsche. »Der Herr, dem diese Schleuder gehört, ist der hier?«

»Ja, der ist hier«, ertönte Ottakrings voll tönender Bariton hinter ihm. »Ist Ihnen die Moserin im Polizeiauto begegnet?«

Schlagartig ging Rico ein Licht auf. Er konnte sich denken, was geschehen war, und musste ein Grinsen unterdrücken, als er zu den beiden blamierten Uniformierten hinsah, die wirkten, als müssten sie auf einer Bühne den Clown spielen.

In der Zwischenzeit hatte sich Esther Hastemir mit langsamen Schritten dem Wirtshaus genähert.

Zwei der drei Fenster auf dieser Seite gehörten zur Gaststube.

Vor dem rechten blieb sie stehen. Es war offen. Sie legte die Hände aufs Sims, beugte sich vor und sah hinein.

»Hier!«, rief sie aus und winkte Rico erwartungsvoll zu.

Rico fasste Ottakring am Arm. »Ich werde schon noch erfahren, warum Sie ausgerechnet zur richtigen Zeit am richtigen Ort sind«, sagte er und zog Ottakring mit sich. »Ich brauche Sie nämlich. Als Zeugen.«

»Zeuge?«, fragte die Resi, die den beiden Männern gefolgt war. »Zeuge für was denn?«

»Ja, hören Sie ruhig zu«, sagte Rico Stahl.

Etwas nervös zupfte er an der gepunkteten Krawatte herum.

»Weil die Frau bestimmt was gesehen hat«, platzte der Seppe heraus.

Der Bub war mit seiner Sissi aus dem Hausinneren gekommen. Jetzt hing er an der Hand seiner Mutter.

Die Tigerdogge stellte sich neben Ottakring auf, schüttelte sich kurz und schmiegte ihren Kopf an seine Hüfte. Ihre Augen waren vor Wonne so verdreht, dass man nur das Weiße sah.

»Ich war so schockiert, als ich mit ansehen musste, wie Gülsüm in unserer Wohnung getötet wurde«, sagte Esther leise.

Mit weit geöffneten Augen blickte sie durch das Fenster in die Gaststube der Alm hinein. Als ob sich da drinnen gerade ein Mord abspielte.

»Ich bin aus unserer Wohnung gerannt und hab mich auf meinen Motorroller geschwungen. Es war stockdunkel, und ich bin blind dem stärksten Licht gefolgt, das ich sehen konnte: Den Lichtern der Papierfabrik. Und dann bin ich den Berg hinaufgefahren und hier gelandet.«

Sie sah Rico Stahl an.

Hinter ihrem Rücken warf ihm Ottakring einen galligen Blick zu, der wohl so viel sagen sollte wie: Was zieht ihr mich mit hinein? Das ist doch euer Fall.

»Und dann haben Sie sich hier ans Fenster gestellt?«

Esther nickte ein paarmal in Hast. »Ich hatte doch keine Ahnung, was ich hier wollte. Ich wollte nur eines: weg und vergessen. Die schrecklichen Bilder loswerden.« Sie legte eine Hand über die Augen. »Es war so grausam«, sagte sie.

Rico fiel auf, dass sie sich zur Seite drehte und die Resi ins Blickfeld nahm.

Die Resi bewegte sich vorsichtig und langsam wie auf einer dünnen Eisdecke von der Gruppe am Fenster weg. Der Seppe hing noch immer an ihrer Hand.

»Bleiben Sie ruhig hier, Frau Moser«, rief ihr Rico über die Schulter zu.

Als sie zögerte, ging er hin und schob sie vor sich her, zum Fenster hin.

»Kennen Sie diese Frau?«, fragte Rico an Esther gerichtet. »Schon mal gesehen?«

Esther nickte nur.

Wie zur Bestätigung nickte auch Rico der Resi zu und nahm die Hand von ihrem Rücken.

»Und?« Die Frage richtete er wieder an Esther. »Was haben Sie da drin gesehen? Können Sie sich an Personen erinnern? Waren es Männer oder Frauen? Oder beides?«

Esther holte tief Luft.

»Nur Frauen. Es waren drei. Eine alte, eine mittelalte, eine junge. Die junge war die da.« Sie deutete auf die Resi. »Ich hatte mir vorgestellt, dass es Großmutter, Mutter und Tochter sein könnten. Später hab ich das in der Zeitung bestätigt gefunden. Und nachher kam auch noch ein Bub. Vom Alter her könnte es der da gewesen sein.« Sie richtete einen Finger auf den Seppe.

»Gut, gut.« Rico wurde ungeduldig.

Auch Ottakring scharrte bereits mit den Hufen.

»Was ist dann da drin passiert? Was haben Sie gesehen?«

Wieder wollte Esther Luft holen. Doch es misslang. Ein schrecklicher, wimmernder Laut löste sich aus der Tiefe ihrer Brust.

Es war ein Laut, bei dem die Dogge die Ohren aufstellte.

Esther schlug die Hände vors Gesicht. »Es war noch schlimmer als vorher mit Gülsüm. Die alte Frau hatte ein Gewehr in der Hand, zielte und schoss der mittelalten mitten ins Gesicht. O nein!«

Rico umfasste ihren Unterarm und stützte sie.

»Blut spritzte. Unglaublich viel Blut kam aus ihrem Mund. Oder wo vorher der Mund gewesen war. Die Frau fiel über den Tisch …«

Sissi hatte sich von Ottakring gelöst und bellte laut. Es war ein tiefes, wütendes Bellen. Dann raste sie auf die Einfahrt zu.

Kies spritzte, Reifen knirschten. Ein Wagen mit Sportwagensound hielt.

»Bella!«, war eine dröhnende Männerstimme zu hören. »Arabella! Wo ist meine Tochter?«

Ottakring, als ob er diesen Besuch erwartet hätte, war ins Haus geeilt und kam mit Bella an der Hand wieder heraus.

Olaf Döring, mit Sonnenbrille modisch auf dem nach hinten gegelten Haar, trabte mit ausgestreckten Armen auf das Haus, auf Ottakring und seine Tochter zu. Tränen standen in seinen Augen.

Chili Toledo hatte zur selben Zeit die vorgeschriebene Höchstgeschwindigkeit um das Dreifache überschritten und war den Berg zur Grabmoosalm heraufgebrettert.

Fast hätte sie Döring über den Haufen gefahren.

Nun sprang sie aus dem Wagen. Mit wogendem Haarschopf joggte sie auf Rico zu. Sie sah an ihm herauf und herunter und rief: »Das hat doch etwas zu bedeuten, dass Sie wieder Anzug und Krawatte tragen, oder?«

Rico kam nicht zu einer Antwort.

Er stand im Weg.

Olaf Döring rannte ihn um, bevor er seine Arabella in die Arme schloss.

Rico stand gerade wieder auf, als er Chili lachend rufen hörte: »Und wissen Sie, was wir noch gefunden haben? Einen ganzen Sack voller Fachmaterial über die Alzheimer-Krankheit. Die Moserin muss sich damit schlaugemacht haben.«

***

Solch eine Inszenierung hatte der Kriminalrat Joe Ottakring in seiner langen Berufslaufbahn nie erlebt. Alles passte zusammen.

Unglaublich.

Er war davon so überwältigt, dass er Lola anrufen wollte, um es ihr mitzuteilen. Er ließ ihr Handy lange klingeln. Doch nicht einmal die Mailbox bekam er zu hören.

SIEBEN

Während die Fahndung nach Cilly Moser und dem Polizeiauto auf Hochtouren lief und Olaf Döring seine Tochter auf den sumpfigen Almwiesen spazieren führte, saßen sich die weiteren Beteiligten in der Wirtsstube gegenüber.

»Wer ist nun eigentlich Ihr leiblicher Vater?«, fragte Rico Stahl. »Als Gülsüms wirklicher Vater hat sich Cem Hastemir herausgestellt. Mehmet hatte nur vorgegeben, ihr Vater zu sein.«

Esther nickte kaum merkbar. Alle Selbstsicherheit war von ihr abgetropft.

»Ja«, sagte sie. »Mehmet ist mein Vater. Und er war es auch, der Gülsüm getötet hat. Aber Onkel Cem hat ihn mehr oder weniger dazu getrieben. Er als Vater hatte große Hemmungen, seine eigene Tochter umzubringen. Doch die Ehre der Familie musste gerettet werden. Also erhielt Gülsüms Onkel die Aufgabe.«

Wieder standen Tränen in Esthers Augen. Sie brauchte eine Pause.

Wie ehrlich ist diese Frau wirklich?, musste Rico denken.

Diese Frage schien auch Joe Ottakring zu beschäftigen. Zweifel sprachen aus seiner Miene.

Er beugte sich zu Chili, die ihm etwas zuflüsterte.

»Na, dann ist ja alles klar«, gab er leise zurück.

Esther hatte sich wieder gefangen.

»Hakan Oben war übrigens auch dabei, als der Körper … der Leichnam weggeschafft wurde.«

»Und Sie? Waren Sie nur danebengestanden und haben zugesehen?«, fragte Rico bestimmt.

Wieder nickte Esther unmerklich. »Ja. Sie wollten mich dabeihaben. Sozusagen als Warnung. Damit ich nicht auch auf die schiefe Bahn gerate.«

Rico gab sich einen Ruck. »Gut. Danke für diese erste Aussage. Herr Ottakring und Frau Toledo haben mitgehört. Das Übrige werden wir im Präsidium besprechen.«

Er wollte sich abwenden.

Doch Esther zupfte ihn zart am Ärmel.

»Bitte«, flehte sie mit leiser Stimme. »Sagen Sie meinen Leuten nicht, dass ich sie verraten habe. Bitte. Sie würden auch mich umbringen.«

Chili griff ein. »Das werden sie nicht«, sagte sie mit gerötetem Gesicht. Wut stand in ihren Augen. »Zunächst einmal werden sie weggesperrt. Sie werden keine Gelegenheit mehr für einen weiteren sogenannten Ehrenmord haben.«

Wie giftige Galle spuckte sie das Wort aus.

Und zu Rico Stahl gewandt: »Haftbefehle liegen vor.«

»Okay«, sagte der. »Dann machen wir uns wieder auf den Weg.« Er reckte sich und sah aus dem Fenster.

Die Tigerdogge strolchte nervös herum. Sie sah immer wieder auf, warf den Kopf, blieb stehen, schaute zum Wald hinüber, wedelte mit dem dünnen Schweif. Als ob sie auf etwas wartete.

Dann neigte Rico sich Chili zu. »Fachmaterial über Alzheimer? Unglaublich. Ich bin gespannt, wie das Gericht das sehen wird. Unzurechnungsfähig oder lebenslang? Ein einmaliges Ereignis. Weggesperrt wird die Arme auf jeden Fall.«

Er reichte Chili die Hand. »Glückwunsch«, sagte er. »Gut gemacht.«

Sein Blick blieb an der Resi hängen. »Und Sie, Frau Moser, und der Seppe kommen bitte mit!«

»Und die Sissi?«, fragte der Seppe besorgt.

Rico verkniff sich ein Lächeln.

Er stand auf, knöpfte sich den mittleren Knopf der Anzugjacke zu und sagte: »Ja, die ist auch verhaftet.«

Doch da hatte er die Rechnung ohne den Wirt gemacht.

Von fern war ein schauriges Heulen zu hören.

»Schön!«, rief der Seppe mit verdrehten Augen aus und sprang zur offenen Tür.

Die Sissi war weg. Sie war in einer Wolke aus Kies und Staub verschwunden.

»Gell, du hast Sehnsucht?«, rief der Seppe ihr nach. So wie ich nach der Bella, fügte er lautlos hinzu.

***

Als Cilly Moser mit Blaulicht und Vollgas über den Parkplatz der Papierfabrik Richtung Rosenheim raste, war ihr bewusst, dass die Fahndung nach ihr und dem Polizeiauto auf Hochtouren lief.

Unbewusst duckte sie sich hinters Steuer.

Ihr Ziel war das Wohnstift Grandis. Weshalb sie das Grandis zum Ziel gewählt hatte und was sie dort wollte, war ihr nicht klar.

Der Name Adlmayer spukte in ihrem Kopf herum, während sie sich mit gut achtzig Sachen und Blaulicht die zweispurige Münchener Straße stadteinwärts bewegte. Den Schalter oder Knopf, um die Sirene abzustellen, hatte sie nicht finden können.

Was sollte sie schon mit dem Adlmayer, dem alten, geilen Bock, auf ihrer letzten Reise? Sie hatte ihn benutzt, und er hatte ihr geholfen. Das war alles.

Cilly fühlte sich vollkommen klar im Kopf. Als wenn sie durch eine Nebelwand in eine mondhelle Nacht geraten wäre.

Die Annemirl war sie losgeworden. Die Annemirl hatte alles gewusst. Und sie erpresst. Wollte der Zeitung alles über ihre Vergangenheit erzählen.

Cilly, die Aktrice.

Cilly, die Konkubine des Intendanten. Das Liebchen der meisten Kollegen. Die Mätresse vieler, Abgöttin der ganzen Stadt.

Sie hatte nie ein Kind gewollt.

Schon gleich nicht die Annemirl.

Keine Ahnung, wer der Vater war.

Aber mei.

Nein. Niemand sollte es erfahren.

Gut, deshalb hatte sie sich das mit dem Alzheimer ausgedacht. Sich schlau gemacht. Doch je tiefer sie in die Materie eingedrungen war, je mehr sie darüber aus der Fachliteratur erfuhr, desto unsicherer war sie geworden.

War sie nicht vielleicht selbst eine Alzheimer-Patientin?

Aber sie hatte das doch immer nur gespielt.

Sie lachte laut. Sie fühlte sich ekelhaft gut hinter diesem Blaulichtsteuer.

Wahrscheinlich wusste die Resi auch alles über sie. Von ihrer Mutter.

Gut, die Resi war ihr momentan entkommen.

»Herrgottsakra!«, fluchte sie. Ein Möbelwagen hatte sie kurz vor der Ampel geschnitten. »Fühlen Sie sich wie zu Hause! Weko.«

Ein Lieferwagen, der ihr die Sicht nach vorn nahm.

Mit dem Handy hatte sie die ganze Zeit über schon gespielt.

Kein Polizeihandy. Eindeutig ein Privathandy. Obwohl es olivgrün war.

Sie erkannte es daran, dass die 112 gespeichert war. Kein Polizeihandy speichert diese Notrufnummer. Sie drückte die 112.

»Hallo. Hilfe, bitte!«, rief sie mit zittriger Stimme hinein. Sie war sogar rechts rangefahren, um nicht abgelenkt zu werden.

»Wir sind entführt worden. Mein Mann und ich und meine kleine Tochter. Man hat uns gefesselt. Wir befinden uns in einem weißen Lieferwagen.«

Cilly stieß ein künstliches Keuchen aus.

»Fühlen Sie sich wie zu Hause! Weko.«

»Wissen Sie, wo Sie sich befinden?«, fragte die 112.

»Nicht genau«, sagte sie schwer atmend. »Rosenheim. Münchener Straße irgendwo. Richtung Innenstadt. Bitte helfen Sie uns. Meine kleine Tochter weint. Sie hat Schmerzen.«

Sie bog von der Münchener Straße ab und machte einen gewaltigen Umweg Richtung Bahnhof.

Die Polizeifahrzeuge mit Blaulicht, die ihr entgegengerast kamen, begrüßte sie mit fröhlichem Blinken.

Sie lenkte das Fahrzeug auf den großflächigen Pendlerparkplatz am Bahnhof vor den Gleisen und stellte es zwischen den Autos ab.

Nach wenigen Metern war sie am Taxistand.

»Mich ausschmieren«, sagte sie leise vor sich hin. »Nein, nicht mit mir.« Sie machte die Tür des ersten Taxis auf.

»Zum Bahnhof bitte«, sagte sie und schwang ihre lange, abgemagerte Gestalt auf den Beifahrersitz.

***

Das komme öfters vor, sagte der Taxifahrer, ein Deutscher türkischer Herkunft, wenig später aus, dass jemand solche Scherze mache.

»Ist sogar ein alter Hut.«

Aber in diesem Fall habe er einen anderen Eindruck gehabt.

»Die Frau hat das gemeint, was sie gesagt hat. ›Zum Bahnhof bitte‹. Sie schien nicht gewusst zu haben, dass sie schon dort angekommen war.«

Er war erschüttert zu hören, was geschehen war.

Kurz vor Großkarolinenfeld hatte der Zug plötzlich gestoppt. »Plötzlich« bedeutete nach mehreren hundert Metern.

»Personenschaden«, hieß die Durchsage.

Nach vorläufigen Angaben der Bundespolizei handelte es sich um eine weibliche Person, sechzig bis achtzig Jahre alt, sehr schlank, keine weiteren Merkmale.

Das einzig Auffällige: Ihre Hand umklammerte selbst im Tod noch ein olivgrünes Handy.

Hannsdieter Loy
ROSEN FÜR EINE LEICHE
Broschur, 208 Seiten
ISBN 978-3-89705-559-9

»Ein spannender Krimi, der mit Witz, Menschlichkeit und Authentizität überzeugt. Ein Buch, das mit raffinierter Figurenkonstellation bis zum überraschenden Schluss den wahren Täter geheim hält.« Oberbayerisches Volksblatt

»Ein absolut lesenswerter Roman.« Rosenheimer Nachrichten

Hannsdieter Loy
ROSENMÖRDER
Broschur, 240 Seiten
ISBN 978-3-89705-686-2

»Indem Loy in seinen ›Rosenmörder‹ immer wieder überraschende Wendungen einbaut, konstruiert er einen kontinuierlichen Spannungsbogen, der die Handlung stetig vorantreibt.« Oberbayerisches Volksblatt

www.emons-verlag.de

Hannsdieter Loy
ROSENSCHMERZ
Broschur, 224 Seiten
ISBN 978-3-89705-614-5

»Loys Schreibstil ist eindringlich. Geschickt beschreibt er genau die Landschaften der Region und etabliert seine Charaktere fein säuberlich. Seine Figuren sind richtig aus dem Leben gegriffen.« Oberbayerisches Volksblatt

»Sehr oberbayerisch!« Bayern 1

Hannsdieter Loy
SPIEL DES TODES
Broschur, 224 Seiten
ISBN 978-3-89705-785-2

»Der Schriftsteller versteht es, durch seine phantasievolle, bildhafte Ausdrucksweise durchgehend Spannung zu erzeugen.« Oberbayerisches Volksblatt

»Ein kurzweiliges Lese-Vergnügen, mittendrin Bayerns James Bond.« Münchner Merkur

www.emons-verlag.de